Paul Gallico
Das Haus, das nicht verschwinden wollte

PAUL GALLICO

DAS HAUS, DAS NICHT VERSCHWINDEN WOLLTE

Aus dem Englischen
von Horst Kube

Roman

GUSTAV LÜBBE VERLAG

Titel der Originalausgabe:
The House That Wouldn't Go Away
Englische Originalausgabe Heinemann, London

Aus dem Englischen übertragen von Horst Kube
Schutzumschlag: Roberto Patelli, Köln
Gesamtherstellung:
Friedrich Pustet, Regensburg

Printed in West Germany
ISBN 3-7857-0262-0

Inhalt

Vorwort

Ich werde nie den Eindruck vergessen, den mein erstes Haus auf mich gemacht hatte. Das Gebäude, in dem ich aufwuchs, nannte man zwar ein Haus – ein New Yorker Mietshaus –, doch wir hatten nur eine Zimmerflucht, die das oberste Stockwerk von vorn nach hinten durchzog. Aber als Neunjähriger wurde ich in ein Haus in Westchester hinausgeschickt, in dem ein Schüler meines Vaters wohnte und in dem ich mich nach einer Krankheit zwei Wochen lang erholen sollte. Es war ein richtiges Landhaus, von Bäumen und einem Garten umgeben, farbenfreudig, mit mehreren Kaminen. Das Zimmer, in dem ich wohnte, lag unter dem Dach und hatte ein kleines Fenster. Ich erinnere mich noch immer an mein Schlafzimmer mit der seltsam gemusterten Steppdecke auf dem Bett und an den Blick aus dem Fenster. Als leidenschaftlicher Leser von Märchenerzählungen wohnte ich zum ersten Mal an einem verzauberten Ort. Es war ein Haus.

Paul Gallico

1 Das Haus

Vielleicht wäre es alles nicht so gekommen, wenn der Beginn der Osterferien nicht unter einem so ungünstigen Stern gestanden hätte. Die drei Kinder der Maitlands, Michael, Miranda und Roddy, verbrachten ihren zweiten Ferientag zu Hause, und schon zwei Tage lang regnete es. Und wie es regnete!

Verdrossen standen sie da in ihren Morgenröcken im Schlafzimmer der Jungen, blickten durch die Fensterscheibe, gegen die der Regen peitschte, und hörten zu, wie das Wasser vom Dach durch die Gossen zu der tief unter ihnen liegenden Hallam Street hinunterfloß. Die Autos, die unten vorbeifuhren, warfen Bugwellen auf wie Schiffe. Einsame, durchgeweichte Passanten eilten an den überfluteten Rinnsteinen entlang, bis sie aus dem Blickfeld entschwanden.

»Es ist kaum zu glauben«, sagte der zwölfjährige Michael, der älteste der drei Geschwister, ein schlanker, dunkelhaariger, technisch interessierter Junge, der wußte, was es zu bedeuten hatte, der Erstgeborene zu sein. Er lehnte sein Kinn auf die Arme, die er auf dem Fensterbrett verschränkt hielt, und blickte den kleineren Roddy an. »So ein gemeines Pech!«

Roddy, den nur einige Wochen von seinem achten Geburtstag trennten, kratzte sich seinen rothaarigen Lockenkopf. Er tänzelte nach hinten und trällerte einen Singsang vor sich hin: »Es regnet, es regnet . . . Hunde und Katzen, Pfunde und Spatzen, runde und Batzen . . .« Mehr Reime fielen ihm nicht ein.

»Du brauchst nicht immer Reime zu wiederholen«, sagte Michael, ohne sich umzudrehen.

»Ich? Wieso nicht?« Roddy stand wieder neben Michael und blickte seinen Bruder ein wenig verständnislos an. »Der Regen wiederholt sich doch auch immer wieder, oder nicht?«

»Wie meinst du das?« brummte Michael.

»Na ja, er ist doch nicht so wie der Schnee! Schneeflocken sehen nie gleich aus, oder? Aber Regentropfen sind immer gleich. Langweilig, dieser blöde Regen!«
»Warum gehst du nicht hinunter und siehst nach?« neckte Michael seinen kleinen Bruder.
»Ich brauche das nicht. Ich weiß es einfach. Und ich habe recht, nicht, Miranda?«
Doch Miranda sagte nichts. Sie blickte noch immer versonnen aus dem Fenster. Ein hochaufgeschossenes, zartgliedriges Mädchen, verfügte sie jetzt als Elfjährige, im Übergangsstadium zwischen Kindheit und Pubertät, über ein Feingefühl, das ihre Konzentrationsfähigkeit noch steigerte.
Da seine Schwester schwieg, kam Roddy ein neuer Einfall. »Ich weiß jetzt, was wir machen. Wir gehen alle nach unten und spielen ›Raketenabschuß‹ unter dem Fahrstuhlschacht.«
»Das spielst doch nur du«, spottete Michael.
»Und was spielst du? Den Regen beobachten?« Roddy trat nahe an seinen Bruder heran. »Willst du etwa den ganzen Tag hier bleiben und warten, daß es aufhört zu regnen?«
»Es hört nicht auf«, sagte Michael.
»Was denn, überhaupt nicht?«
»Noch lange nicht. Die Wetterleute sagen, daß es in den nächsten Tagen weiterregnen wird.«
»Woher weißt du das?« Roddy wollte die schlechte Nachricht nicht glauben.
»Ich hörte es heute früh im Radio.«
»Wann? Ich habe kein Radio gehört.«
»Das konntest du auch nicht. Aber ich habe meinen Transistor unter dem Kopfkissen. Hast du es auch im Transistor gehört?« fragte Michael seine Schwester.
Keine Antwort war zu hören. Miranda träumte noch immer vor sich hin.
»Miranda?« Michael versuchte es noch einmal.
Langsam wandte sie ihm das Gesicht zu. »Ja?«

»Ich sagte gerade . . .« Doch er unterbrach sich, als er ihren verschleierten Augenausdruck sah. »Miranda, geht es dir nicht gut?« fragte er statt dessen.
»Doch, ich glaube schon«, antwortete sie und blickte wieder in den Regen hinaus.
»Stimmt das auch wirklich? Oder ist sonst etwas los? Irgend etwas anderes, meine ich.« Er legte ihr die Hand auf die Schulter und drehte sich so, daß er ihr ins Gesicht blicken konnte.
Miranda strich sich ihr langes braunes Haar aus der Stirn und sah ihn freundlich an. »Wirklich, es ist schon wieder gut. Ich hatte nur . . .«
Doch es war noch nicht gut. Sie mußte sich auf den Rand von Michaels Bett setzen, und er und Roddy hockten sich neben sie auf den Fußboden.
»Was ist dir denn?« fragte Michael ängstlich und mit leiser Stimme.
Roddy meinte: »Soll ich Mammi holen?«
»Nein!« Miranda schüttelte energisch den Kopf. Dann blickte sie von Roddy zu Michael und wieder auf den Boden.
»Kannst du es uns nicht sagen?« Behutsam ergriff Michael ihre Hände. Das einsetzende Schweigen konnte jetzt nur noch Miranda brechen.
Michael und Roddy warteten, um sie nicht abzulenken. Dann begann sie leise zu sprechen. »Ich muß sehr früh aufgewacht sein. Ich habe wohl über eine Stunde im Bett gelegen, ohne mich zu rühren – halb wach und halb schlafend. Ich weiß auch nicht, was es war – es war sehr seltsam.«
Roddy rutschte auf seinen Knien hin und her. »Hattest du einen bösen Traum?« fragte er.
Doch Miranda schüttelte wieder den Kopf. »Nein, Roddy. Ich hatte eigentlich keinen Traum, an den ich mich erinnern kann.« Nach einer Weile fuhr sie fort: »Es war mehr eine Art Vision, die ich hatte. Ich lag einfach da. Ich weiß auch nicht . . .«
Michael umschloß ihre Hände, um sie zum Sprechen zu ermutigen.

»Ich lag mit offenen Augen da und starrte an die Decke – doch ich sah nicht nur die Decke. Nach und nach erkannte ich immer mehr von dem Haus.«

»Von welchem Haus, Miranda?« fragte Michael behutsam, um sie nicht zu erschrecken.

»Von dem Haus, das hier war. Das immer noch hier ist.«

»Du meinst Melton Court?«

»Nein.« Sie schüttelte wieder den Kopf. »Nicht dieser Häuserblock. Das Haus, das dort war – dort ist –, wo jetzt die Wohnungen sind.«

»Was für ein Haus?« fragte Michael.

»Ein prachtvolles Haus. Auf einem großen Grundstück – und mit allem möglichen schönen Drumherum.«

Sie spürte, daß die beiden Jungen sie mit verständnislosen Blicken betrachteten. Dennoch fuhr sie mit Bestimmtheit fort: »Wir wohnen nicht nur hier, sondern auch noch in einem ganz anderen Haus.«

Roddy unterbrach sie. »Aber dies ist doch unsere Wohnung. Niemand anders wohnt hier – nur noch Mammi und Daddy. Und niemand hat vorher hier gewohnt. Dies ist hier ein Neubau.«

»Genau wie die Nachbarn – ich weiß.« Miranda nickte. »Aber hier ist noch ein weiteres Haus – ein richtiges Haus. Es ist viel, viel größer als dieses hier. Unsere Wohnung ist nur ein Teil davon, im ersten Stock.«

Vorsichtig forschte Michael weiter, da Miranda wieder in ihren Trancezustand zurückzufallen schien. »Meinst du also ein Haus, das hier gestanden haben muß, bevor Melton Court gebaut wurde?«

»Ja, das kann so sein, ich glaube schon, daß es so ist«, antwortete sie leise, als ob sie sich entschuldigen wollte. »Man mußte es natürlich abreißen, um Platz zu schaffen.«

»Na also«, sagte Roddy, »es ist weg, nicht? Wenn es abgerissen wurde, kann es nicht mehr hier sein – auf Lastwagen haben sie dann das ganze alte Zeug weggeschafft.«

»Ja, all die Steine und Balken, und die Fenster und Schornsteine, die Wände und das Dach«, stimmte Miranda zu. »Aber sie konnten die Stelle nicht wegschaffen, wo das Haus war, oder? Sie würde immer hier bleiben, nicht wahr?«
Michael fing Feuer. »Und wir sind in einem Teil von ihm?«
»Ja«, antwortete sie mit Bestimmtheit. »In einem recht großen Teil, meine ich.«
Roddy betrachtete seine Schwester aus den Augenwinkeln. Am liebsten hätte er sie gefragt, woher sie das wüßte, doch er unterließ es, denn Miranda hatte mancherlei Ahnungen, und das, was sie ahnte, traf zumeist auch zu. Miranda war kein wunderliches Geschöpf, aber sie hatte die Fähigkeit, die Dinge zu spüren oder sie sich so stark einzubilden, daß es fast wie ein Spüren war – vielleicht trafen sie deshalb auch so häufig zu.
Miranda schien sich manchmal in einer anderen Welt zu bewegen, und gelegentlich öffnete sie die Tür zu jener Welt. Michael, der etwas ältere Bruder, war in der Lage, durch diese Tür unmittelbar zu ihr hindurchzuschlüpfen, doch Roddys Gesichtskreis war noch immer beschränkt, und so konnte er nur einen Blick hineinwerfen.
Jetzt war die Tür wieder offen, und Roddy spürte das plötzliche Verlangen, einmal hindurch zu gelangen, die triste Welt des Regens und der Langeweile hinter sich zu lassen und ihre Phantasien zu teilen. »Kannst du es noch sehen?« fragte er.
»O ja, Roddy.« Miranda lächelte. »Ich werde es immer sehen. Weil es hier ist – jetzt – überall um uns herum.«
Michael war aufgestanden. Er hielt die Hände tief in die Taschen gesteckt und ging langsam zum Fenster zurück. Er starrte wieder nach draußen, drehte sich dann um und lehnte nachdenklich am Fensterbrett. Er blickte zu Miranda hinüber, während Roddy aufstand und sich auf den Rand seines Bettes setzte.
»Es tut mir leid, daß du ...« Michael stockte.
»O, dir braucht nichts leid zu tun, Michael.« Miranda lächelte zu ihm hinüber. »Ich glaube, wir haben großes Glück. Wir haben

doch noch nie in einem richtigen Haus gewohnt! Davon haben wir doch immer geträumt. Nur ist es diesmal kein Traum. Ich weiß auch nicht, was es ist.«

Michael und Roddy tauschten schnelle Blicke aus.

»Du sagst, du kannst es alles erkennen?« forschte Michael.

»Ja, alles.« Miranda nickte eifrig. »Jedes Zimmer und jede Treppenstufe.«

»Werden wir es sehen?« fragte Roddy. Er war sich nicht sicher, ob er es wollte und ob er überhaupt daran glauben sollte.

»Ich weiß es nicht«, sagte Miranda. »Aber ich kann euch alles davon erzählen.«

»Könntest du es richtig beschreiben?« fragte Michael.

»O ja! Ich glaube, ich könnte es besser beschreiben als Melton Court.«

»So gut, daß ich danach eine Zeichnung anfertigen könnte?«

»O ja! Natürlich! Würdest du das wirklich tun, Michael?«

»Ich glaube, eine Zeichnung würde uns allen nützen.« Er lächelte und blickte dann zur Tür hinüber. Sie öffnete sich einen Spalt, und Mr. Maitland steckte den Kopf hinein.

»Nun kommt schon, ihr drei«, drängte er sie mit freundlicher Stimme. »Das Frühstück ist fertig.« Sie standen auf, um ihm zu folgen. »Hat euch der Regen wieder beim Spielen gestört?« fragte er.

»Nein, gar nicht, Daddy«, antworteten sie zugleich.

»Er hat uns eher zum Spielen ermuntert«, raunte Michael lächelnd Miranda und Roddy zu, während sie zu dritt das Zimmer verließen.

2 Die Zeichnung

Beim Frühstück gab sich jeder seinen eigenen Gedanken hin. Miranda machte sich Gedanken, weil sie sich nicht sicher sein konnte, ob sie sich noch später an alles erinnern würde, was sie beim Aufwachen vom Haus gesehen hatte. Michael und Roddy machten sich Gedanken, weil sie es nicht erwarten konnten, mehr darüber von ihr zu hören. Mr. Maitland sah gedankenvoll seiner bevorstehenden Fahrt durch den strömenden Regen zu seinem Büro bei der Firma National Motors entgegen. Und Mrs. Maitland überlegte, ob die neue Haushaltshilfe, Mrs. Prume, trotz des Regens erscheinen würde. So saßen sie alle am Frühstückstisch und aßen schweigend ihr Rührei mit Speck. Roddy, der als erster fertig war, konnte sich ein zweites Glas Orangensaft nachschenken – den Rest aus dem Krug.

Nachdem er jedem der Kinder einen Abschiedskuß gegeben hatte, machte sich Mr. Maitland zum Gehen fertig, und seine Frau, eine jung gebliebene Vierzigerin, begleitete ihn zur Tür. Er trug einen gut sitzenden Nadelstreifenanzug, und als sie ihm noch schnell ein Haar vom Kragen wischte, warf er ihr ein vertrautes Lächeln zu. Dann zog er den Regenmantel an, knöpfte ihn in Eile zu, griff nach seinem Schirm, warf noch einen prüfenden Blick in die Aktentasche und verließ im Geschwindschritt die Wohnung.

Die Kinder standen mit ihrer Mutter an der Tür und winkten ihm nach, während er den Fahrstuhl betrat. Doch gleich darauf kehrten sie wieder in ihr Spielzimmer zurück, wo sie sich gänzlich dem Zauber des Hauses hingeben konnten.

Miranda wußte, daß Michael der geeignetste Architekt war, der ihre Vorstellung von diesem Haus verwirklichen konnte. Er opferte einen großen Teil seines Taschengeldes für Papier und Malutensilienkäufe und verwendete viel Freizeit, um hingebungsvoll Entwürfe und Zeichnungen, angefangen von Autos bis hin zu Abschußrampen (und nicht nur für Roddys Raketenabschüsse) zu erstellen. Er hatte es jetzt eilig, denn er nahm seinen neuesten und größten Skizzenblock zur Hand, riß die Blätter mit den letzten Entwürfen ab und war bereit, nach Mirandas Angaben zu zeichnen.

Sie war wieder in ihr Schweigen verfallen und hockte sich neben Michael nieder.

»Vielleicht solltest du in Trance fallen«, schlug er vor.

»Was ist Prance?« fragte Roddy.

»Rede nicht so dumm, Roddy. Ich meine Trance, nicht Prance«, korrigierte Michael. »Es ist so etwas wie . . . ich weiß es auch nicht so genau . . . aber ich habe darüber gelesen. Du blickst in eine Kristallkugel oder vielleicht eine Schüssel mit Wasser oder einen Ring oder so etwas, und dann bist du in einer Art Halbschlaf und kannst Dinge erkennen.«

»Ich glaube nicht, daß ich dies tun könnte«, sagte Miranda. »Ich würde es auch nicht gern tun. Aber ich könnte meine Augen schließen.«

Als sie es tat, stand das Haus sogleich wieder da, hinter einer roten Ziegelmauer – und sie warf einen Blick darauf durch das eiserne Tor, das auf den Zufahrtsweg führte. Es stand so da, wie es einmal erbaut worden war, auf einem geräumigen Grundstück, von Ulmen umgeben.

Michael blickte von seinem Skizzenblock auf und fragte sie leise: »Siehst du es, Miranda?«

»Ja, ich sehe es.« Sie nickte eifrig.

»Ich kann ein Haus zeichnen«, sagte Roddy. »Mit einem Schornstein, aus dem Rauch kommt.«

»Jetzt nicht, Roddy«, wies ihn Michael zurück. »Wo wollen wir anfangen, Miranda? Wie groß ist es?«

»Fange an mit der Außenmauer«, erwiderte sie, »mit eisernen Torflügeln, durch die man hindurchblicken kann, dann kommt ein Fahrweg, der zum Haus führt. Es hat drei Stockwerke und ein Dachgeschoß. Aber die Fenster sind komisch. Sie sind nicht wie unsere Fenster – einfach viereckig – sondern sehr lang und schmal. Kannst du so etwas zeichnen?«

»Ich glaube, ich weiß was du meinst«, sagte Michael. »Sieht ein Haus an der Ashburn Road nicht so aus? Mammi sagte, es soll aus der viktorianischen Zeit stammen.«

»Ich weiß das nicht so genau«, sagte Miranda. »Aber im Dach sind vier hübsche kleine Fenster, und jedes hat ein spitzes Überdach. Kannst du sie zeichnen? Und diese hohen, sehr hohen Schornsteine, die man jetzt nicht mehr hat, denn die neuen sind flacher. Zwei sind an der rechten Seite des Hauses, und einer an der linken, so daß wir erkennen können, wo die Kamine sind.« Sie machte eine Pause und fuhr dann fort: »Wie nennt man das komische kleine Zierdach vor der Eingangstür?«

»Den Portikus, glaube ich.«

»Ja, der ist auch da. Die Fenster im Erdgeschoß und im ersten Stock sind höher als die weiter oben gelegenen. Man könnte durch die Fenster direkt in den Garten gelangen.«

Michael zeichnete wie besessen. Seine Hand bewegte sich vom Dach bis zum Erdboden, genau nach Mirandas Angaben.

Roddy, dessen Kinn auf der Schulter seines Bruders lehnte, fragte dazwischen: »Kannst du einen Hund einzeichnen?«

»Noch nicht, Roddy«, fuhr ihn Michael an. »Soll es so aussehen, Miranda?«

Sie schlug die Augen auf. »O ja, Michael. Ich wünschte, ich könnte so zeichnen wie du! Wir können die Farben später auftragen, doch zumeist haben wir Grau und Weiß, die Tür ist dunkelrot, und das Dach ist schräg. Die Schornsteine sind aus roten Ziegeln . . .«

»Darf ich sie bunt machen?« unterbrach Roddy wiederum. »Ich kann Schornsteine gut malen.«

»Das werden wir später sehen«, sagte Miranda. Sie war begeistert über die Art, wie das Haus Gestalt annahm – wie es Michael gelang, nach ihrer Beschreibung zu zeichnen, als ob auch er das Haus gesehen hätte. Ihre Überzeugung, daß es vorhanden sein mußte, bestärkte sich immer mehr.

»Wir sollten jetzt aber auch eine Zeichnung vom Inneren des Hauses machen«, schlug Michael vor. »Dann könnten wir genau feststellen, wo wir uns befinden. Kannst du es erkennen, wenn du deine Augen zumachst?« Er schlug das beschriebene Blatt seines Zeichenblocks um.

»Ja, natürlich«, sagte Miranda und schloß die Augen. »Zwei der Dachfenster gehören zu den Mädchenkammern, die beiden anderen zum Dachboden. Der Dachboden ist groß und wie ein U gestaltet; der breitere Teil liegt nach vorn, und weiter hinten das Treppenhaus.«

Michael mußte sich Mühe geben, um mit Mirandas schneller Beschreibung Schritt zu halten. »Fangen wir beim Dach an?« fragte er.

»Ich weiß nicht. Warum nicht? Macht es etwas aus?«

»Architekten beginnen gewöhnlich mit . . .«

Miranda unterbrach ihn. »Dies ist eben ein sehr ungewöhnliches Haus – und ich beschreibe es nur, ich entwerfe es nicht.«

»Tut mir leid, Miranda«, sagte Michael reumütig. »Bitte weiter.«

»Nun, weiter hinten sind noch zwei Schlafkammern . . .«

»Noch auf dem Dachgeschoß?«

»Ja. Aber mit gewöhnlichen Fenstern. Und da ist noch ein Badezimmer zwischen zwei Schlafkammern.«

Als Michael seine Zeichnung des Dachgeschosses beendete, sagte er: »Ich meine, wir sollten eines der großen Schlafzimmer in ein Wohnzimmer für die Dienerschaft umwandeln. Drei Schlafzimmer sind ausreichend. Nirgends gibt es so viele Bedienstete, ausgenommen in Schlössern.«

Mit einem Kopfnicken gestattete ihm Miranda diese künstlerische Freiheit. Er schlug wieder ein Blatt seines Zeichenblocks um. »Das nächste Stockwerk. Welches würde dies sein?«

»Das zweite Stockwerk – dies würde dann unseres gewesen sein. Mit Schlafzimmern an der ganzen Vorderseite.«

»Unseres?« fragte Roddy.

»Das Stockwerk für die Kinder«, erklärte Miranda.

»Würde ich dann mein eigenes Schlafzimmer haben?« fragte er aufgeregt.
»Natürlich würde es so sein. Wir alle haben unsere eigenen Schlafzimmer im Haus«, sagte Miranda. »Und dann wäre noch das Zimmer der Nanny da.«
»Welcher Nanny?« fragte Roddy ungläubig. »Wer ist Nanny?«
»Das weiß ich auch nicht so genau«, gab sie zu, »aber wir würden bestimmt eine Nanny haben. Also da wäre nach hinten zu das Badezimmer für uns und die Nanny – und noch ein großes Spielzimmer, wo wir auch unsere Mahlzeiten einnehmen würden, und die kleine Küche der Nanny, wo sie das Essen für uns kochen würde.«
»Alles in einer Reihe?« fragte Michael.
»Ja, ich glaube schon, mit dem Treppenhaus in der Mitte.«
Michael zeichnete sorgfältig alles ein und sagte dann zu sich selbst: »In Ordnung!« Dies war das Signal für den Übergang zum nächsten Stockwerk.
»Dann kommen wir zum ersten Stock. Hier sind viele Schlafzimmer, vor allem Badezimmer, so daß niemand zu warten braucht.« Miranda lächelte mit geschlossenen Augen. »Und Mammi könnte ein Boudoir haben, und Daddy ein Ankleidezimmer.«
Während Michael mit dem Zeichnen auf der neuen Seite begann, fragte er: »Wie buchstabiert man Boudoir, und wofür ist es da?«
»Wie man es schreibt, weiß ich nicht genau«, erwiderte Miranda. »Ich glaube, man schreibt es B-u-d-o-a-r, und dort könnte Mammi ihre Kleider haben, und ihre Spiegel, Fläschchen und Duftwasser und was sie so braucht.«
»Und wo soll ich es einzeichnen?« fragte Michael mit gezücktem Bleistift.
Miranda machte ihre Augen ganz fest zu. »Also das große Schlafzimmer liegt nach vorn hin, und dann kommt ein großes Badezimmer, und danach kommen Mammis Boudoir und Daddys Ankleidezimmer. Dort könnte er alle seine Anzüge und Schuhe und die anderen Sachen haben.«

»Er hat nur vier Paar Schuhe«, warf Roddy ein.
»In unserem Haus könnte er aber mehr Schuhe haben«, erwiderte Miranda.
»Wie sieht es auf der anderen Seite des Korridors aus?« fragte Michael.
»Dort sind Gästeschlafzimmer und Bäder«, antwortete Miranda sofort. »Man nennt sie nach der Art der Dekoration ›das gelbe‹, ›das blaue‹ und ›das grüne‹ Schlafzimmer – nach den Farben der Vorhänge und Kissen, der Tapeten und Bettdecken. Und wenn ein Gast kam, brauchte man nur zum Zimmermädchen zu sagen: ›Daisy, führen Sie Mr. und Mrs. Trimble zum blauen Zimmer‹.«
»Wer sind Mr. und Mrs. Trimble?« fragte Roddy. »Wann werden sie kommen? Und bringen sie Geschenke mit?«
»Natürlich nicht, Roddy. Ich habe diese Leute nur erfunden«, erklärte Miranda.
»So wie das Haus?«
Miranda reagierte nachdrücklich. »Das bestimmt nicht, Roddy. Das Haus gibt es wirklich.«
»So ist es«, stimmte Michael zu. »Sieh es dir an.«
Er hatte die gesamte Zeichnung des ersten Stockwerks beendet, möglicherweise den Alptraum eines Architekten, doch vom Standpunkt der Kinder einen logischen und klaren Aufbau.
Als Miranda hinblickte, glänzten ihre Augen vor Erregung, da das Haus mit jedem Bleistiftstrich ihrer Vorstellung immer näher kam. »Michael«, rief sie aus, »wo sind wir jetzt?«
»Was meinst du damit?«
»Ich meine natürlich in unserem Haus«, erklärte Miranda.
Es dauerte ein paar Sekunden, bis er zu einem Entschluß kam, doch dann sagte er: »Ach so, ich verstehe schon. Ich bin gleich wieder dabei.« Er ging zu einem Schrank, holte ein Blatt Pauspapier und ein Lineal heraus, und dann zeichnete er ziemlich maßstabgerecht den Grundriß ihrer Wohnung in Melton Court: Wohn- und Speisezimmer an einem Ende, die Küche jenseits der

Diele, das große Schlafzimmer und das Badezimmer sowie die beiden kleineren Schlafzimmer mit dem dazwischenliegenden Kinderbadezimmer am anderen Ende. Dann legte er das Pauspapier über die Zeichnung des ersten Stockwerks des Hauses.

Miranda stieß einen verzückten Schrei aus. »Wir sind im großen Schlafzimmer und in Mammis Boudoir. Sieh doch, wie groß das ist. Wir könnten hier gut spielen. Ich könnte ›Verkleiden‹ spielen.«

Michael lachte sie aus. »Ja, das könntest du! Aber was sollte ich in einem Boudoir machen?«

»Aber verstehst du denn nicht? Du hast doch auch noch Daddys Ankleidezimmer. Du könntest alle deine Sachen dort unterbringen. Wir haben die besten Zimmer im Hause – direkt an der Vorderseite.«

»Und wo bin ich denn?« fragte Roddy. Er fühlte sich wieder einmal übergangen.

»Direkt zwischen uns hier im Badezimmer.« Miranda deutete auf die Zeichnung, und dann lachte sie mit Michael über die komische Lage. »Doch der Raum ist so groß, daß du ihn nicht als Badezimmer erkennen würdest. Das Bad könntest du als eine Art Unterseebootbunker verwenden.«

»Juchhe!« Roddy schien der Vorschlag zu gefallen.

»Das wäre dann alles dein Reich – und du könntest dort machen, was du willst«, fügte sie hinzu.

Danach gewann Mirandas Haus auch im Erdgeschoß Gestalt. Alles, was an eine Etagenwohnung gefesselte junge Leute sich wünschen konnten, kam hinzu: Eine breite Eingangshalle, eine ansehnliche, herrschaftliche Treppe, Bibliothek, Herrenzimmer und Salon. Außerdem gehörten noch Speisezimmer und Frühstückszimmer dazu, verbunden durch Doppeltüren, die Pantry des Butlers, die große alte Küche mit Speisekammer, daran anschließend der Abwaschraum und dann die Waschküche.

Michael wurde häufig aufgefordert, seinen Radiergummi zu benutzen, und manchmal wies er vergeblich darauf hin, daß seiner

Meinung nach die Anordnung der Räume falsch war. Miranda ließ sich nicht aus der Ruhe bringen. Sie wollte sich auch nicht streiten, sondern sagte dann nur. »Ich kann das nicht ändern. So ist es nun einmal.« Michael war einfallsreich genug, um sich danach zu richten.

Als alles fertig war, sagte sie zufrieden: »Also genau wie es sein soll. So sieht es aus.«

Michael betrachtete seine Entwürfe kritisch und sagte dann: »Und wie sieht der Keller aus?«

Miranda schloß noch einmal die Augen. »Hier unten ist es dunkel«, sagte sie. Dann schlug sie wieder die Augen auf. »Du kannst selbst den Keller zeichnen, Michael.«

»Soll ich das so machen, wie ich will?«

»Ja«, räumte sie großzügig ein. »Das heißt, so wie es sein soll. Ich meine, wie es in Wirklichkeit ist.«

»Ich überlege gerade, ob dort unten eine Art Werkstatt für mich sein könnte.«

»Ja, das wäre gut«, sagte sie, immer noch großzügig. »In jedem großen Haus gibt es eine Art Werkstatt im Keller, oder nicht?«

Michael lächelte, nickte, und versuchte dann, Mirandas Methode der Konzentration nachzuahmen, indem er fest seine Augen schloß. Es gelang ihm in gewisser Weise – nicht etwa, daß er etwas Bestimmtes erkannte, wie es bei Miranda der Fall zu sein schien, aber es half ihm, sich das vorzustellen und zu übertragen, was nach seinen Erfahrungen unterhalb des Erdgeschosses von Melton Court vor sich ging.

Nach einer Weile öffnete er wieder die Augen und zeichnete einen Boilerraum ein, einen Abstellraum, einen großen Weinkeller, Lagerräume für Kohle und Holz, und seine Werkstatt, vollständig eingerichtet mit Drehbank und Werkzeugschränken.

Als er sich dann zurücklehnte und seinen Bleistift aus der Hand legte, kamen Miranda und Roddy nahe an ihn heran, um die fertigen Zeichnungsblätter voller Bewunderung zu betrachten.

»O, Michael!« rief Miranda aus. »Ist das nicht wunderschön? Du

hast es genau so gezeichnet, wie es aussieht. So hat es auch damals ausgesehen, nicht?«
»Ja, habe ich das?« sagte Michael zögernd. »Dann ist es gut.«
Roddy erklärte: »Ich möchte gleich darin wohnen. Kann ich das?«
»Ja, natürlich – wir alle können es. Es ist ja hier«, sagte Miranda. Sie streckte die Arme aus und tanzte durch das Zimmer.
Doch Michael, der noch immer seine Zeichnungen studierte, meinte dazu: »Ich glaube, wir sollten erst einmal herausfinden, wer zusammen mit uns wohnt, und ob uns diese Leute auch gefallen.«
Durch Michaels Bemerkung wurde den Kindern klar, daß ihre Familie nicht die einzige war, die das Haus bewohnen sollte. Es würde noch andere Menschen geben, die um sie herum wohnten. Doch dies störte sie nicht – im Gegenteil, es machte den Gedanken noch aufregender. Was würden die anderen Leute in Melton Court denken, wenn sie wüßten, daß sie nicht nur in ihren eigenen Wohnungen, sondern auch noch in einem anderen Haus lebten?

3 Rund Herum

Immer noch regnete es in Strömen gegen die Fensterscheiben, doch Michael, Miranda und Roddy schenkten dem Wetter kaum noch Beachtung. Sie waren ganz damit beschäftigt, das auf Papier gebannte Haus zu erforschen, so, wie es jetzt die ersten drei Stockwerke von Melton Court umfaßte.
»Was treibt ihr denn, Kinder?« tönte die Stimme von Mrs. Maitland aus der Richtung des Speisezimmers.
Sie hatte an diesem Morgen genug zu tun, um Mrs. Prume, die neue Haushaltshilfe, einzuweisen, die trotz des starken Regens pünktlich gekommen war. Sie erklärte ihr die Lage der Räume, die

Art ihrer Aufgaben, die Stunden, an denen sie benötigt würde, und die Probleme, die auf sie zukämen, wobei sie jedoch darauf achtete, alles in der Weise hinzustellen, daß sich die Arbeit leicht und in Minutenschnelle erledigen ließe, wenn man den Staubwedel nur geschickt zu benutzen wisse.

»Wir zeichnen«, rief Michael zurück.

Mrs. Maitland beruhigte diese Antwort ein wenig, wenn auch nicht vollständig, denn Michael beschäftigte sich auch sonst mit Zeichnen, wenn er nichts anderes zu tun hatte. So rief sie zum Kinderzimmer hinüber: »Und was machen Miranda und Roddy?«

»Sie zeichnen auch«, kam die Antwort. »Sie helfen mir.«

»Sehen Sie, Mrs. Prume«, erklärte sie der Haushälterin, »Sie werden auch merken, daß die Kinder sehr ruhig sind – sie rennen nicht immer umher, sie stehen nicht im Weg und bringen nicht alles durcheinander.«

Tatsächlich waren die drei gerade jetzt besonders still. Sie überlegten, welche Wohnungen von Melton Court einen Teil ihres Hauses einnehmen würden. Doch je mehr sie darüber nachdachten, desto mehr mußten sie sich gegenseitig eingestehen, daß sie kaum mehr als ein Dutzend Nachbarn kannten.

Selbst die am nächsten wohnenden Nachbarn waren ihnen nahezu fremd. Viel vertrauter waren ihnen Mr. Biggs, der Hauswart, und Mr. Thompson, der Verwalter. Doch auch diese waren ihnen mehr oder weniger nur als Gestalten bekannt, die im Erdgeschoß und im Keller arbeiteten. Von all den Leuten, die zusammen mit ihnen im gleichen Stock und in den beiden Stockwerken darüber wohnten, kannten die Kinder kaum einen einzigen Namen.

So schien die Vorstellung, die sie sich von dem Haus machen konnten, zeitweilig gefährdet durch die Tatsache, daß sie nicht in der Lage waren, eine Liste der Bewohner zusammenzustellen. Doch es war ja jetzt nicht mehr eine bloße Vision – ihnen standen nun Michaels hervorragende Zeichnungen zur Verfügung, die er genau nach Mirandas Angaben angefertigt hatte.

Roddy gab zu bedenken, Miranda müsse doch auch die ursprünglichen Bewohner erkannt haben, als sie das Haus in allen Einzelheiten gesehen hatte.
»Ja, das habe ich auch«, bestätigte sie.
»Und wie sahen sie aus?« fragte er.
»Seltsam, aber doch ähnlich wie wir.«
Michael blickte nachdenklich zu ihr hinüber. Er war sich darüber im klaren, daß bei ihrer Vorstellung von dem Hause Einbildung und Wirklichkeit durcheinandergemischt waren. Sie hatte ihn zwar davon überzeugt, daß tatsächlich ein Haus nach Melton Court hineinreichte, doch er wußte nicht, ob sie sich wirklich über so viele Einzelheiten des Inneren sicher sein konnte.
Manchmal steckte sehr viel Sicherheit in ihren Erklärungen, doch zu anderen Zeiten weniger Gewißheit. Diesmal aber sprach sie wieder mit voller Überzeugung: »Da sind drei Kinder – zwei Jungen und ein Mädchen – etwa gleich alt wie wir oder vielleicht etwas älter. Eine Mutter und ein Vater und eine Nanny, und sehr viele Bedienstete für das Haus und für den Garten.«
»Nur eine Familie in diesem großen Gebäude?« fragte Roddy ungläubig.
»Aber sicher«, erklärte ihm Miranda. »So haben die Leute damals gelebt.«
»War die Nanny ein sehr altes Fräulein?«
Doch bevor Miranda antworten konnte, schaltete sich Michael ein, denn er wollte zur Gegenwart zurückkehren. »Sollten wir nicht die Leute berücksichtigen, die hier und jetzt im Hause wohnen?« fragte er nüchtern.
Miranda blickte ihn ein wenig entrüstet an und gab zunächst keine Antwort.
»Ich meine, wir sollten jetzt damit beginnen«, fuhr er mit sachlicher Stimme fort, »daß wir herausfinden, wer in unserem Haus wo wohnt und welche Wohnung es im Apartementhaus ist und wo sie liegt, und dann, welche Leute das sind.«
Miranda nickte zustimmend. Sie schien nicht mehr wie zuvor zu

widerstreben, doch es fiel ihr leichter, sich zunächst an Roddy zu wenden, als Michael direkt eine Antwort zu geben.

»Michael hat natürlich recht«, sagte sie zögernd. »Aber« – und sie blickte hilfesuchend von einem zum anderen – »wie sollen wir das anfangen?«

Michael ergriff nun ganz die Initiative. »Es gibt natürlich die Namenstafel im Hausflur. Mr. Thompson hat in seiner Kartei die Namen von allen Leuten, die in den Wohnungen leben. Aber es sind nur die Namen. Ich glaube schon, daß wir alle Namen von ihm bekommen könnten, aber er würde nicht begreifen, wofür wir sie überhaupt brauchen. Und was bedeuten schon die Namen für ein Haus? Unsere Zeichnungen würden damit auch nicht genauer. Wir würden dadurch auch nicht klüger, oder?«

»Mr. Thompson kennt alle Leute im Haus, nicht? Er muß jeden einzelnen kennen«, meinte Roddy. »Ich glaube, er ist der einzige Mensch in Melton Court, der jeden anderen vom Sehen her kennt. Er scheint aber auch alles über die Leute zu wissen – wer sie sind, wo sie wohnen, welche Familie sie haben, und was für Leute sie sind. Habt ihr nie gehört, daß er Frau Sowieso fragte, wie es ihr geht?«

»Aber, Roddy«, unterbrach ihn Michael, »es ist doch Mr. Thompsons Aufgabe, jeden zu kennen, der hier wohnt. Er wäre ein schlechter Verwalter, wenn er die Leute nicht kennen würde. Aber wenn er die Leute beim Namen kennt, bedeutet das noch nicht, daß er auch weiß, was für Leute das sind. Und das würde er uns wohl auch nicht sagen.«

»Michael hat recht, Roddy«, schaltete sich Miranda ein. »Wir müssen nicht nur wissen, wie die Leute heißen und wo sie wohnen. Wir wollen sie näher kennenlernen.«

»Und wie können wir das?« wandte Roddy ein.

»Wir können nicht einfach im Hausflur herumstehen und uns die Leute ansehen. So geht das nicht«, sagte Michael mit Bestimmtheit. »Wir können auch nicht in allen Stockwerken herumlaufen und systematisch an jeder Wohnungstür läuten.«

»Nein, das könnte ich nicht.« Miranda schüttelte den Kopf.
»Ich auch nicht«, fügte Michael hinzu.
»Mir würde es nichts ausmachen«, sagte Roddy.
»Wirklich?« Miranda lächelte nachsichtig. »Was, du würdest also an den Türen läuten und dich bei den fremden Leuten bekanntmachen?«
»Ja, warum nicht? Es würde großen Spaß machen.«
»Du wärest wirklich dazu bereit?« fragte Michael noch einmal.
»Das habe ich doch schon gesagt!« Roddy stand schon bereit loszulaufen.
»Ich glaube, das geht so nicht«, warf Miranda ein. »Ich meine, es wäre nicht richtig, die Leute in ihren Wohnungen zu belästigen.«
»Sie werden aber nicht belästigt«, entgegnete Roddy. »Ich werde sehr höflich sein, und sie brauchen nicht mit mir zu sprechen, wenn sie nicht wollen. Aber vergeßt nicht, sie sind nicht nur in ihren eigenen Wohnungen. Sie sind auch in unserem Haus. Du hast das selbst gesagt, Miranda.«
»Ja, ich weiß das«, gab sie zu. Dann überlegte sie, und schließlich ergriff sie die Initiative. »Also gut«, sagte sie.
»Du meinst also, ich kann das machen?« fragte Roddy aufgeregt.
»Aber ich glaube, wir müßten das noch richtig organisieren«, warf Michael ein. Miranda und Roddy blickten ihn aufmerksam an. »Wir haben gesehen, daß Miranda durch ihre unerwartete Vision des Hauses eine Art Wahrsagerin geworden ist – jemand, der solche Dinge, die andere nicht bemerken, erkennen und spüren kann. Fast wie eine Hexe, könnte man sagen.«
»Ich glaube, ich wäre lieber eine Hexe als eine Wahrsagerin«, sagte Miranda lächelnd. Ihr schien die Bezeichnung zu gefallen.
»Wir sollten demnach Miranda zur Oberhexe ernennen«, schlug Michael vor.
Miranda akzeptierte den Titel mit zurückhaltender Würde und wartete darauf, daß Michael auch sich selbst und Roddy entsprechende Ehrentitel verleihen würde.

Roddy war bereits ungeduldig. »Kann ich auch eine Hexe sein, Michael?« fragte er.
»Rede keinen Unsinn«, wies ihn Michael zurecht. »Hast du schon einmal von einem Jungen gehört, der eine Hexe ist? Ein Hexenmeister, ja. Aber –«
»Also gut, ein Hexenmeister«, kicherte Roddy und wirbelte im Zimmer herum.
»Nein«, entschied Michael. »Hexenmeister wäre nicht das Richtige für dich.«
»Aber für dich wohl«, höhnte Roddy.
»Wiederum falsch. Da ich alle unsere Pläne und Nachforschungen leiten muß, sollte ich vielleicht den Titel Untersuchungsleiter haben.«
»Ja, fein!« rief Miranda. »Untersuchungsleiter wäre der richtige Titel.«
»Und was wird aus mir?« Roddy sah die beiden ein wenig weinerlich an. »Wie soll ich genannt werden?«
Michael blickte aufmunternd zu ihm hinüber. »Miranda wird die Oberhexe, ich der Untersuchungsleiter, und du, Roddy, hast dich als Freiwilliger gemeldet und solltest daher der Chefkundschafter sein.«
»O ja, prima!« jubelte Roddy.
Alle lachten, als sich der Chefkundschafter Roddy zum Abmarsch bereit aufbaute und militärisch grüßte. Da ertönte die Stimme der Mutter, die zum Mittagessen rief.

4 Roddys erster Besuch

Mrs. Prume hatte einen guten Eindruck gemacht. Michael, Miranda und Roddy hörten, wie ihre Mutter die neue Hilfe lobte, während sie beim Mittagessen saßen, das wie stets so viel besser schmeckte als das Schulessen.

Mutter Maitland tat ihr Bestes, um die Vorfreude der Kinder auf die begonnene Ferienzeit zu erhöhen. Sie sprach von bevorstehenden Besuchen bei Freunden, von Kinobesuchen, Museen und Ausstellungen, sogar von einem Wochenendausflug, den sie mit dem Vater unternehmen wollten.

Sie nahm an, daß es der Regen war, der die Kinder so einsilbig bleiben ließ. Sie wollte sich auch nicht beim Geschirrabwaschen helfen lassen, sondern machte den Vorschlag: »Wollt ihr nicht die Laubsäge ausprobieren, die Miranda zu Weihnachten geschenkt bekam? Ich glaube, der Karton ist überhaupt noch nicht geöffnet worden.«

»Vielleicht machen wir das«, sagte Miranda, ohne es eigentlich zu wollen.

»Dürfen wir dann gehen, Mammi?« fragte Michael.

»Aber natürlich.« Mrs. Maitland lächelte, während die Kinder sie wieder allein ließen.

Sie dachte darüber nach, ob sie noch einige Schulfreunde ihrer Kinder zum Spielen einladen könnte. Doch wo sollten sie spielen? In der Wohnung war einfach nicht genügend Platz vorhanden. Und an einem verregneten Tag würden sie sich vielleicht erst recht beengt vorkommen.

Im Kinderzimmer zog sich Roddy seinen Anorak an, um sich auf seine erste Unternehmung als Chefkundschafter vorzubereiten. Michael setzte sich nieder, um die Zeichnungen, die er vor dem Essen nur flüchtig skizziert hatte, noch einmal zu überarbeiten. Miranda saß an seiner Seite, reichte ihm die Stifte und spitzte sie von Zeit zu Zeit an.

»Also ich gehe jetzt«, verkündete Roddy.

»In Ordnung«, sagte Miranda, noch immer etwas um ihn besorgt. »Aber sieh dich vor – und bleibe nicht zu lange weg.«

»Dies ist fürs erste nur ein Erkundungsgang«, mahnte Michael. »Sieh dich überall um – aber mach dich nicht unbeliebt.«

»Ich weiß schon«, versicherte Roddy den beiden. »Ich werde wohl in einer Stunde zurück sein. Alles klar?«

»Alles klar«, wiederholten Michael und Miranda, und beim Weggehen meinte Roddy, ein klein wenig nervös: »Wenn ich die Wohnungstür einen Spalt offenlasse, macht ihr sie dann leise zu, wenn ich draußen bin?«
»Ja, natürlich«, sagte Michael, und stand auf, um ihm zu folgen. »Also dann viel Glück!« Michael und Miranda winkten ihm nach.
Obwohl Roddy es nicht zugeben wollte, so unternahm er doch diese erste Erkundungsmission hauptsächlich deshalb, weil er selbst wissen wollte, ob an der ganzen Geschichte etwas Wahres war.
Gleich zu Anfang war er ziemlich entmutigt: Alles blieb still, nachdem er bereits an vier verschiedenen Wohnungstüren geklingelt hatte.
Da sagte sich Roddy, daß wahrscheinlich viele Bewohner von Melton Court unterwegs sein müßten, entweder zur Arbeit oder bereits im Osterurlaub. Also fuhr er mit dem Fahrstuhl vom ersten Stock zum Erdgeschoß, in der Absicht, über die Hintertreppe den alten Mr. Biggs in seiner Kellerwohnung zu besuchen. Wenigstens er mußte zu Hause sein.
Doch als sich die Fahrstuhltüren öffneten, stieß er unversehens mit dem nassen Regenschirm einer jungen Frau zusammen, die es sehr eilig hatte, in den Aufzug zu kommen. Im gleichen Augenblick entschied er sich, sie zu begleiten, und so fragte er: »Zu welchem Stock möchten Sie bitte?«
»Zum dritten«, antwortete sie atemlos, noch immer damit beschäftigt, ihren tropfenden Regenschirm zusammenzufalten.
Roddy drückte den entsprechenden Knopf, die Türen schlossen sich, und sie fuhren schweigend nach oben. Offenbar wollte die Frau nichts mit ihm zu tun haben. Als sich im dritten Stock die Türen öffneten, eilte sie hinaus und bemerkte nicht, daß er ihr über den Korridor bis zur Tür ihrer Wohnung Nummer 3B folgte.
Sie schloß die Tür auf und lief mit dem nassen Schirm zunächst

zum Badezimmer. Unterwegs rief sie aus: »Ich habe ein paar Pastillen geholt, Tom. Antiseptisch, antibiotisch und anästhetisch, steht auf dem Aufdruck. So hast du wenigstens etwas zum Einnehmen gegen deine Erkältung.«
Als der Mann im Morgenmantel in die Diele kam, bemerkte er Roddy, der vor der offenen Wohnungstür stand. Der junge, mittelgroße Mann erschien Roddy recht bleich, doch er wurde noch blasser, als er den Jungen entdeckte. Zunächst starrte er ihn nur an, und Roddy blickte mit einem entschuldigenden Lächeln zurück.
»Was möchtest du denn, junger Mann?« fragte er.
Dann rief er nach hinten: »Wer ist dein Freund, Amy?«
Sie kam ganz schnell aus dem Badezimmer gelaufen, nahm ihr Kopftuch ab und schüttelte sich ihren blonden Haarschopf zurecht. »Bist du nicht der Junge aus dem Fahrstuhl?« fragte sie.
»Ja, ich war im Fahrstuhl, als Sie hereinkamen«, sagte Roddy. »Ich wohne hier. Roderick Maitland, Wohnung 1A«, stellte er sich vor.
Die Frau kam zu ihm und schüttelte seine Hand. »Ich heiße Amy Anderson, und dies ist Tom, mein Mann.« Tom nickte, und dann schüttelte auch er Roddys Hand. »Du mußt mich nicht für undankbar halten«, fuhr die Frau fort. »Ich war ganz vom Regen durchnäßt und wollte nur schnell zu unserer Wohnung gelangen. Da habe ich gar nicht mehr an dich gedacht.«
»Ist schon gut«, sagte Roddy lächelnd. »Ein scheußlicher Tag, nicht?«
»So ist es«, bestätigte Tom. »Doch warum stehen wir in der Diele herum? Komm doch herein, vielleicht möchtest du etwas Warmes trinken.«
»Ja, komm nur herein«, drängte auch seine Frau. Sie hielt die Tür für Roddy auf, zog ihren Schlüssel ab und machte die Tür wieder zu.
»Was möchtest du trinken? Heiße Schokolade? Warme Milch? Tee? Zitrone mit Honig?« fragte ihr Mann, während er Roddy ins Wohnzimmer führte und auf ein Sofa deutete.

»Etwas warme Milch«, antwortete Roddy und setzte sich auf eine Sofaecke.
»Also gut. Du trinkst warme Milch, meine Frau trinkt Tee, und ich werde Zitrone mit Honig zu mir nehmen. Ich bin nämlich etwas erkältet«, sagte er.
»Ja, ich hörte es«, sagte Roddy, doch dann verbesserte er sich schnell: »Ich meine, ich hörte Ihre Frau sagen, daß sie Pastillen für Sie geholt hat.«
»Das stimmt. Wenn ich mich erkälte, wirkt sich das immer gleich auf meinen Hals aus. Heute früh konnte ich kaum sprechen«, erklärte er, obwohl ihm das Reden jetzt gar nicht mehr schwer zu fallen schien. »Jedenfalls hole ich jetzt mal die Getränke.« Damit ging er in die Küche.
Roddy, der nun im Zimmer allein war, versuchte, von seinem Platz aus möglichst viel von der Wohnung zu erfassen. Er hielt sich an der Sofaecke fest und spähte hinüber zum Schlafzimmer, dessen Tür offen stand. Das Bett war ein wenig eingedrückt; er vermutete, daß Mr. Anderson darauf geruht hatte.
Er versuchte, sich Michaels Zeichnungen vorzustellen, besonders die Stelle, wo die Wohnung in das Haus hineinpaßte. Sie gehörte bestimmt zum oberen Teil des Hauses, doch er war sich nicht sicher, welcher Teil des Dachgeschosses in Betracht kam. Er schloß die Augen, wie er es bei Miranda gesehen hatte, doch bevor er seine Gedanken konzentrieren konnte, fühlte er einen Luftzug. Mrs. Anderson ging gerade an ihm vorüber, und als er die Augen wieder aufschlug, hatte sie es sich ihm gegenüber bequem gemacht.
Sie lächelte ihn freundlich an und schob ihm ein kleines Silbertablett zu. »Etwas Süßes?« fragte sie.
»Danke«, nickte er und wählte eine in Silberpapier gewickelte Praline aus, die seiner Erfahrung nach eine Nuß- oder eine Karamellfüllung enthalten mußte. Und es stimmte auch: Es war eine Haselnuß.
»Wohnst du hier schon lange?« fragte Mrs. Anderson.

»Eigentlich nicht. Nicht ganz ein Jahr. Wir sind im vergangenen Sommer eingezogen.«
Mrs. Anderson nickte. »Wir wohnen hier erst seit Januar. Wir wollten ein Haus an der Drewsbury Road erwerben, doch der Eigentümer trat von seinen Verkaufsabsichten zurück.«
»O, ich kenne die Drewsbury Road«, unterbrach sie Roddy. »Wir kommen jeden Tag auf dem Schulweg daran vorbei.«
»Wo ist deine Schule?« fragte Mrs. Anderson.
»In Canfield.«
»Das soll eine sehr gute Schule sein, sagt man.«
»Ja, dort ist es schon ganz in Ordnung.« Roddy schluckte den Rest seiner Praline.
»Hast du Brüder oder Schwestern?«
»Einen Bruder, Michael, und eine Schwester, Miranda. Sie sind aber etwas älter als ich.«
»Aber ihr geht alle auf die gleiche Schule?«
»Ja.«
»Das muß aber Spaß machen.« Mrs. Anderson bot noch eine Praline an, die Roddy jedoch mit höflichem Kopfschütteln ablehnte.
»Manchmal macht es auch Spaß«, gab er zu.
Mr. Anderson kam mit dem Tablett herein, auf dem die Getränke standen, stellte es ab und setzte sich neben seine Frau.
»Jetzt können wir uns Aufwärmen«, sagte er, indem er auf die Gläser deutete.
»Wir sprachen gerade über die Drewsbury Road«, erklärte sie.
Das Lächeln auf seinem Gesicht verschwand. »Ach so. Dort, wo wir nahe daran waren, ein Haus zu kaufen«, sagte er, indem er eine Pastille einnahm.
Eine Zeitlang schwiegen alle drei, und Chefkundschafter Roddy blickte verstohlen zum Fenster hinüber, wobei er darüber nachdachte, auf welcher Seite des Häuserblocks es liegen könnte.
Mr. Anderson folgte seinem Blick. »Dieser Regen ist heute schlimmer als je zuvor, meinst du nicht auch?«

»Das stimmt«, sagte Roddy zerstreut. »Ich überlege gerade, ob Sie von hier zur Hallam Road blicken können.«
»Nein.« Mr. Anderson stand auf, als ob er sich noch einmal vergewissern wollte. »Auf dieser Seite liegt der Platz. Aber von unserem Abstellraum kann man zur Hallam Road blicken – wenn man überhaupt zum Fenster gelangen kann. Zur Zeit ist er mit Kisten und Kartons vollgestopft. Wir haben noch nicht alles eingeräumt. Es ist schwierig, sich in einer Wohnung einzuleben, findest du nicht?«
»Ja, sehr«, stimmte Roddy zu.
»Wir sehen dies auch nur als eine zeitweilige Lösung an, bis wir hier in der Nähe ein Haus gefunden haben.«
»Auch wir hoffen, bald ein Haus zu finden«, gab Roddy zum besten.
»Es gibt bestimmt nichts Besseres«, erklärte Mr. Anderson und lehnte sich zurück, wobei er an seinem Zitronensaft nippte. »Interessant, daß du mich an den Blick aus dem Fenster erinnert hast. Ich hatte schon immer eine Theorie über Fenster, nicht wahr, Schatz?«
Mrs. Anderson nickte, über ihren Tee gebeugt.
»Es scheint mir ein sehr großer Unterschied zu bestehen zwischen den Fenstern in einem Haus und den Fenstern in einem Wohnblock«, fuhr Mr. Anderson fort. »Die Fenster in Wohnungen scheinen immer nur viereckige, in die Außenwand eingelassene Löcher zu sein, um Licht hereinzulassen – soweit es überhaupt Licht gibt«, sagte er lächelnd mit einem Blick nach draußen, zum trüben Nachmittagslicht hin. »Die Fenster in Häusern sind demgegenüber etwas ganz anderes. Sie sind wie Augen der in ihnen wohnenden Menschen, die durch sie das Geschehen draußen sehen können. Man kann sie sich als sehr wachsame Augen vorstellen – aufmerksame, nicht mißtrauische, aber reserviert blickende Augen. Weit offen am Tage, und nachts, wenn die Vorhänge zugezogen sind, mit etwas heruntergelassenen Lidern – doch noch immer still und nachdenklich zwischen diesen Lidern hindurchschauend.«

Roddy, ganz in das Zuhören vertieft, trank den Rest seiner Milch aus und machte es sich auf dem Sofa bequem. Daß das Gespräch eine solche Wendung genommen hatte, erschien ihm unerhört spannend.

»Ich weiß nicht, ob du es schon gemerkt hast«, fuhr Mr. Anderson fort, »aber sehr häufig scheint ein Haus sogar ein eigenes Gesicht zu haben, bestehend aus den Fenstern und der Eingangstür. Dann scheinen diese Augen dich wirklich zu beobachten und dich sogar zu verfolgen, wenn du vorübergehst. Manchmal ist es ein fröhliches Gesicht, manchmal ein ernstes, und in bestimmten Fällen ist es ohne Ausdruck, doch es erfüllt ein Haus mit Leben, wie man es in einem Wohnblock wie diesem niemals findet.«

Mrs. Anderson und Roddy hörten noch immer schweigend zu, so daß Mr. Anderson weitersprechen konnte.

»Nun, und hast du hier ein Dach über dem Kopf? Nur eine Decke – und darüber eine weitere Decke, und noch eine und noch eine, bis du schließlich zu der großen flachen Decke oben auf dem Gebäude gelangst. Sie ist dennoch kein richtiges Dach. Ein schräges Dach ist ganz etwas anderes – mit Schindeln oder Ziegeln – bei denen man das Trommeln des Regens und das Klopfen des Hagels wirklich hören kann. Nur Menschen in solchen Häusern haben ein Dach über dem Kopf – und die Augen ihrer Fenster bleiben für sie wachsam, auch wenn sie ihre Haustür verschlossen haben.« Mr. Anderson brach unvermittelt seine Schilderung ab. »Laß uns bald in ein Haus ziehen – und je früher, desto besser, ja, Schatz?«

Seine Frau machte ein wehmütiges Gesicht, und Roddy war so gerührt, daß er meinte, ein paar tröstende Worte sprechen zu müssen: »Sie sind im Dachgeschoß unseres Hauses – und so haben Sie nicht nur ein Dach über dem Kopf, sondern auch besondere Fenster.«

Mr. Anderson und seine Frau blickten sich verwundert an. »Was meinst du?« fragte er Roddy.

»In dem Haus, das hier war – in dem Haus, das Miranda heute früh gesehen hat. Hier würde sein, wo ein Teil vom Dachgeschoß war. Die Wohnräume der Bediensteten.« Mr. Anderson rückte unruhig hin und her und sagte dann, indem er Roddy scharf beobachtete: »Ich glaube, ich verstehe nicht ganz . . .«

»Ich verstand es zuerst auch nicht«, gestand Roddy. »Aber Miranda war sich ganz sicher – und Michael und ich, wir sind uns jetzt auch sicher.«

»Nun . . .« Mr. Anderson blickte seine Frau und dann Roddy an. »Wir würden gern deinen Bruder und deine Schwester gelegentlich kennenlernen, nicht wahr, Amy?«

»Ja«, stimmte Mrs. Anderson zögernd zu.

»Und ich bin sicher, meine Geschwister würden auch gern Sie kennenlernen.« Roddy stand auf. »Sicher werden sie sich freuen, daß Sie in unserem Haus sind. Ich glaube, es ist Zeit, jetzt wieder zu ihnen zu gehen.«

Auch seine Gastgeber standen auf, noch immer im unklaren darüber, weshalb sie ihn überhaupt bewirtet hatten.

»Vielen Dank für die Milch und das andere«, sagte Roddy lächelnd. »Und hoffentlich geht Ihre Erkältung bald vorüber.«

»Danke«, nickte ihm Mr. Anderson zu, und seine Frau begleitete ihn zur Tür.

»Auf Wiedersehen!« Roddy winkte zurück, während er den Korridor entlanglief. Die Tür schloß sich hinter ihm. Sein erster Kundschaftergang hatte ihn so freudig erregt, daß er nicht auf den Fahrstuhl warten wollte. Stattdessen rannte er über die Hintertreppe hinunter, um zwei Stockwerke tiefer, in der Wohnung 1A, Bericht zu erstatten.

5 Vom Dachgeschoß zum Keller

Als am Briefschlitz der Wohnung 1A geklappert wurde, lief Michael schnell zur Wohnungstür, um Roddy einzulassen. Zusammen gingen sie leise zum Spielzimmer, wo Miranda auf dem Fußboden über den Zeichnungen des Hauses kniete.
Roddy zog den Reißverschluß seines Anoraks auf und ließ sich in gespielter Erschöpfung auf dem Fußende seines Bettes nieder. Miranda und Michael warteten ungeduldig darauf, daß er seinen Bericht begann. Doch einige Augenblicke lang genoß er die Neugierde der beiden anderen.
»Na, wie war's?« fragte Miranda schließlich.
»Hat es geklappt?« erkundigte sich Michael.
»Wenn alle so nett wären wie Mr. und Mrs. Anderson, dann könnten wir von Glück sagen.«
»Wer sind diese Leute?« fragte Michael ungeduldig.
»Sie wohnen in 3B, und . . .«
»Was hast du überhaupt dort oben gewollt? Ich dachte, du wolltest zuerst unser Stockwerk auskundschaften«, unterbrach ihn Miranda.
»Das wollte ich auch«, verteidigte sich Roddy. »Aber niemand hat mir geöffnet. Ehrenwort!«
Dann berichtete er, welchen unerwarteten Verlauf die Ereignisse genommen hatten, als er in den dritten Stock gelangt war und Tom und Amy Anderson besucht hatte. Michael und Miranda hörten zu, ohne ihn zu unterbrechen. Als er alles erzählt hatte, umarmte ihn Miranda und flüsterte: »Das hast du fein gemacht, Roddy. Das Haus scheint sich für uns schon aufzutun, und das hast du geschafft.«
Michael fügte lächelnd hinzu: »Gratuliere, Chefkundschafter! Das war ein erstklassiger Bericht.«
Roddy nahm das Lob mit einem Kopfnicken entgegen, und Mi-

randa bewegte sich vorsichtig bis zu der Stelle, wo die Zeichnung des dritten Stockes ausgebreitet war.
Ohne aufzublicken sagte sie: »Wir wollen gleich die Andersons eintragen, ja? Sie müßten hier sein«, wobei sie auf den zweiten der Vorderräume des Dachgeschosses deutete.
Michael kniete sich neben sie und trug den Namen in Großbuchstaben ein.
»Während du weg warst«, sagte Miranda zu Roddy, »erzählte mir Michael, daß er in Mr. Biggs' Kellerwerkstatt einige Wandpläne und Zeichnungen von Melton Court gesehen hatte, als wir das erste Mal dort unten waren. Erinnerst du dich auch daran?«
»Nein, ich glaube nicht.« Roddy schüttelte den Kopf.
»Ich auch nicht«, sagte Miranda. »Aber wir könnten doch Mr. Biggs wieder einmal besuchen.«
»Du meinst, ich soll nicht allein zu ihm gehen?« fragte Roddy. Er machte ein etwas trauriges Gesicht. »Ich wollte doch vorhin schon zu ihm, bevor ich zu Mrs. Anderson ging.«
»Ich weiß, Roddy«, sagte Michael. »Wir trauen dir auch zu, daß du dies allein könntest. Ich möchte mir aber diese Zeichnungen einmal ansehen. Wir dachten also, du könntest Mammi fragen, ob wir nach unten gehen dürfen, um ›Raketenabschuß‹ zu spielen, und . . .«
»Raketenabschuß?« jubelte Roddy.
»Ja.« Michael sah ihn vergnügt an. »Und dann würden wir zusammen Mr. Biggs besuchen, falls er nicht zu sehr beschäftigt ist.«
Roddy fing an, vor sich hin zu summen, doch Miranda unterbrach ihn: »Wolltest du nicht Mammi fragen, ob wir jetzt gehen dürfen?«
»Schon gut«, seufzte er. »Aber wir spielen dann auch ›Raketenabschuß‹?«
»Bestimmt«, sagte Michael. »Aber wir haben nicht mehr viel Zeit, wenn du dich nicht beeilst.«
Roddy sauste aus dem Zimmer wie eine seiner gespielten Raketen, und Michael und Miranda lachten ihm hinterher. Dann rollte Mi-

chael seine Zeichnungen zusammen und legte sie auf den Schrank, wo sie außer Sicht waren.
»Er hat sich wirklich ein Spiel verdient nach seinen heutigen Entdeckungen«, sagte Miranda, während sie Michaels Lineal und Bleistifte wegräumte.
»Ich mache das schon«, versicherte Michael. »Wenn Mammi uns gehen läßt, zähle ich sogar den Countdown für ihn.«
Da kam Roddy schon wieder hereingesaust, gefolgt von seiner Mutter. Begeistert rief er den beiden zu. »Mammi sagt, wir dürfen spielen!«
»Aber nur, wenn ihr versprecht, daß ihr dort unten keine Ungelegenheiten bereitet«, erklärte Mrs. Maitland. »Denkt daran, daß ihr nichts anfassen dürft.«
»Das werden wir auch nicht«, versicherte Roddy schnell. »Wir werden jedenfalls Mr. Biggs besuchen«, fügte er hinzu und blinzelte zu Miranda und Michael hinüber, während er seinen Raumfahrerhelm vom Regal holte.
»Danke, Mammi«, sagte Miranda, als sie zusammen zur Diele gingen.
»Also ab mit euch.« Mrs. Maitland lächelte. »Und denkt daran, mir etwas Mondgestein mitzubringen.«
Dorothy Maitlands Lächeln verging, als sie die Wohnungstür schloß und zum Spielzimmer der Kinder hinüberblickte: Trotz der Schränke, Bücherregale und Spielzeugkisten war es ein Schlafraum geblieben – so gedrängt, so eingezwängt, so behelfsmäßig. Sie sah zu den verregneten Fenstern hinüber, und die Regentropfen spiegelten ihre innere Traurigkeit wider. Ihre Traurigkeit und ihre Sehnsucht. So wie alle ein Nachlassen des Regens herbeisehnten, so sehnte sie sich mehr als je zuvor nach einem wirklichen Heim für ihre Familie, das Raum bot für ihre Kinder zum Wohnen und zum Wachsen. Sie brauchten Raum, damit sie nicht zum Spielen in den Keller eines Wohnblocks gehen mußten. Sie brauchten ein Haus mit Raum zur Entwicklung von Körper und Geist. Sie brauchten Freizügigkeit zum Gedeihen und zur Entfaltung.

In dieser Osterzeit war ein Entschluß in ihr herangereift: Wo auch immer ihr Ehemann einen neuen Arbeitsplatz bekäme – irgendwie müßte es ihnen gelingen, ein eigenes Haus zu beziehen. Weit schwerwiegender als alle Schulden, die auf sie zukämen, war die Verpflichtung, die sie Michael, Miranda und Roddy gegenüber trugen und die nun bereits überfällig war. Sie konnte es nicht mehr ertragen, länger zu warten. Noch am gleichen Abend wollte sie das Thema mit ihrem Mann besprechen. Trotz aller beruflichen Aussichten in der Autofirma ließ sich dieses Problem auch für ihn nicht mehr wegleugnen.

Inzwischen bahnten sich die Kinder vorsichtig, aber gut gelaunt durch das Gewirr von Boilern, Pumpen, Rohren und elektrischen Leitungen ihren Weg, um zu der unterhalb von Melton Court gelegenen Kellerwerkstatt von Mr. Biggs zu gelangen. Hier im Keller war die Basis und der ausgeklügelte Mechanismus des Hauptfahrstuhls – gleichzeitig auch die Basis für das Spiel, das sich Roddy ausgedacht hatte.

Er blickte zum Schacht hinauf, während er darauf lauschte, daß sich der von hier aus unsichtbare Fahrstuhl, vom Knopfdruck eines Hausbewohners in Gang gesetzt, langsam nach unten bewegte. Seine Augen blitzten durch das Visier seines Raumfahrerhelms. Michael und Miranda sahen zu, wie er hin und her balancierte, um die Abschußrampe zu prüfen.

»Fertig zum Abschuß?« war seine durch den Helm gedämpfte Stimme zu hören. Mit gespreizten Beinen stand er hoch aufgerichtet da, die Augen aufmerksam auf seinen Bruder gerichtet.

»Noch dreißig Sekunden.« Michael hielt den Arm dicht vor das Gesicht und nickte bei jeder Bewegung des Sekundenzeigers seiner Uhr. »Zehn, neun, acht . . .« Seine anschwellende Stimme hallte von den Kellerwänden wider.

Miranda hatte sich neben ihn gestellt. Sie blickte abwechselnd auf ihre eigene Armbanduhr und zu Roddy hinüber, wobei sie auf die nächste Bewegung des Fahrstuhls lauschte.

Michael zählte langsamer, während sich die Türen des Fahrstuhls direkt über ihnen öffneten. Als sich die Türen wieder schlossen, intonierte er die letzten Sekunden des Countdown: »Drei, zwei, eins . . .« Und dann, nach einer zeitlosen Pause, in der alle wie in Kap Kennedy den Atem anhielten, kam das Geräusch des Fahrstuhls, der sich nach oben bewegte, und gleichzeitig kündigte Michael an: »Lift off. Wir haben Lift off.«

Nach einer Konzentrationspause erwiderte Roddy: »Roger, Houston. Alle Systeme funktionieren.«

»Roger, Roddy. Alles sieht gut aus«, gab Michael zurück.

Als der Fahrstuhl unvermittelt einige Stockwerke höher zum Stehen kam, war der Zauber zwar nicht zerstört, doch zumindest unterbrochen, und Roddy zog sich feierlich seinen Helm über den Kopf und trat einige Schritte vor, dem Kontrollzentrum zu.

»Das hat prima geklappt«, jubelte er. »Können wir das nicht noch einmal . . .«

Michael schüttelte den Kopf. »Nein, das geht jetzt nicht«, drängte er. »Wir müssen versuchen, Mr. Biggs anzutreffen.«

Roddy blieb nichts anderes übrig, als sich Michael und Miranda anzuschließen, denn er wollte nicht allein an der Abschußrampe bleiben. Auf dem Weg durch den unterirdischen Kellergang stellte er sich vor, daß die bedrohlichen Hinweisschilder ›Hochspannung‹ und ›Eintritt verboten‹ den Zugang zu Luftschleusen in einer Weltraumstation darstellten.

Mr. Biggs war tatsächlich in seiner Werkstatt beschäftigt. Er stöberte in Schubladen und kramte in alten Papieren. Die meisten Blätter schien er wegwerfen zu wollen, denn er ließ sie in die Abfallkiste auf dem Fußboden fallen. Er begrüßte die Kinder wie immer mit freundlichem Gesicht und bot ihnen gleich Keks und Zitronenwasser an.

Wie Mr. Thompson, der Verwalter von Melton Court, hatte auch Mr. Biggs in früherer Zeit bei der Kriegsmarine gedient. Der jetzt Sechzigjährige hatte die Hälfte seines Lebens unter Deck verbracht, erst als Kesselheizer und schließlich als erfahrener Maschinist. In Melton Court, noch immer unter Deck, wurde er wieder zum Maschinisten. Jetzt trug er Zivilsachen und war damit beauftragt, die drei großen Boiler zu überwachen, die alle Heizleitungen für den Wohnblock versorgten. Auch die Wasser- und Stromzuführungen waren zu kontrollieren, ferner die Maschinen, die für die Funktion des automatischen Fahrstuhls sorgten. Außerdem stand er für kleinere Reparaturen zur Verfügung, als Klempner, Tischler und Elektriker.

Seine Kellerwerkstatt war eine Art verbotenes Paradies für die Kinder der Hausbewohner, es sei denn, Mr. Biggs und seine Frau erlaubten ihnen ausdrücklich den Zutritt. Hier gab es viele gefahrvolle Stellen für Kinder, und die roten Hinweisschilder an den Türen deuteten überall darauf hin, daß sie hier nichts zu suchen hatten.

In dieser Kellerregion hatte Mr. Biggs auch seine Wohnung. Da er und seine Frau Agnes keine Kinder hatten, waren sie sehr freundliche Gastgeber und schienen fast dankbar zu sein, wenn ihre jungen Freunde aus den Wohnungen in den oberen Stockwerken sie besuchten.

»Ihr wollt mir wohl beim Aufräumen helfen?« fragte er scherzend, während er eine Stelle freimachte, auf der das Tablett mit den Getränken und Keksen abgestellt werden sollte. Er betrachtete die Stapel alter Papiere, Quittungen, Broschüren und Zeichnungen von Rohranlagen und elektrischen Leitungen. »Wie sich doch das alte Zeug ansammelt. Ich werde froh sein, wenn ich es los bin. Papiere sind immer feuergefährlich, meine ich.«

Die Kinder setzten sich eng auf einer Bank in der Nähe des Tisches zusammen. Michael stellte mit Befriedigung fest, daß die Zeichnungen von Melton Court an den umliegenden Wänden und Schranktüren angeheftet waren.

»Manches alte Zeug ist hier schon so lange aufbewahrt, wie ich hier wohne – seit der Zeit, als Melton Court errichtet wurde«, fuhr Mr. Biggs fort.

Während Mr. Biggs aufräumte, halfen ihm die Kinder, indem sie die von ihm aussortierten Papiere in die große Abfallkiste warfen, die auf dem Fußboden stand. Dabei lauschten sie den aufregenden Kellergeräuschen: dem Summen der Fahrstuhlmotoren beim Stoppen und Starten, dem Zischen von Dampf und dem Klappern von automatischen Schaltern.

Mr. Biggs ergriff ein Bündel mit alten, längst überholten Lieferscheinen, schob es hinüber zu den Kindern und sagte: »Werft es weg.« Er machte eine kleine Pause und schmunzelte. »Der Kapitän eines Zerstörers, auf dem ich 1943 diente, hat einmal gesagt: ›Nicht der Feind wird einmal dies Schiff zum Sinken bringen, sondern die Ansammlung von so viel Papierkram‹.«

Er fuhr fort, indem er einen Satz Zeichnungen in die Höhe hielt: »Hier sind noch mehr alte Papiere.« Auf dem obersten Blatt war die Vorderansicht eines altmodischen dreistöckigen Hauses aus der viktorianischen Zeit mit hasenohrförmigen Schornsteinen und Dachfenstern zu sehen. Es handelte sich um aufeinanderfolgende Blätter von Architektenzeichnungen, die das Hausinnere, Keller und Dachboden zeigten. Auf einer weiteren Zeichnung erschien der Grundriß des Gartens mit dem Treibhaus und der Hütte des Gärtners.

Michael, Miranda und Roddy beugten sich von ihren Sitzen aus so weit vor, wie sie konnten, um die Zeichnungen besser zu erkennen. »Was ist das?« fragte Michael, mühsam seine Erregung beherrschend.

Mr. Biggs sortierte nachdenklich die Papiere und hielt den Kindern das erste Blatt entgegen. In altmodischen Buchstaben enthielt es den Aufdruck: Bennett, Magruder & Griswolds, Architects, 15 Crossburn Lane, London E. C. 2, und dann das Datum vom 26. Juli 1873.

»Dies ist das Haus, das zuvor hier gestanden hat«, sagte Mr. Biggs.

Die Kinder konnten kaum glauben, was sie hier zu sehen bekamen. Besonders für Miranda war es eine fast beängstigende Bestätigung. Bei dieser verblüffenden Entdeckung konnten sie ihre mit Schreck vermischte Neugier nur schwer unterdrücken. War es nun ein Zufall oder ein Glücksumstand – Miranda fühlte in ihrem Inneren, daß es etwas Besonderes zu bedeuten hatte, ja daß es eine Fortsetzung ihrer Vision des vergangenen Morgens sein konnte.

»Etwas über hundert Jahre liegt das zurück«, schnaufte Mr. Biggs. »Die Architekten, die Melton Court erbaut haben, müssen alle diese Papiere hier gelassen haben. Die Zeichnungen haben etwas mit den Leitungen zu tun. Doch sie wurden im letzten Jahre alle ausgewechselt, als wir neue Rohrleitungen bekamen. Werft den Kram weg.«

Michael ließ sich die Papiere von ihm geben, doch statt sie wegzuwerfen, betrachtete er sie eingehend. Miranda und Roddy lehnten sich an ihn, um besser zu sehen.

»Wie hieß es? Hatte es einen Namen?« fragte Miranda, nach außen hin ruhig.

»Kann möglich sein. Ich will mal nachsehen.«

Mr. Biggs nahm die Papiere wieder an sich, doch der Name war kaum noch zu entziffern. »Das sieht so aus, als ob hier ›Hall‹ stehen würde«, meinte er schließlich. »Ja, jetzt erkenne ich es. Das heißt Hallam Hall. Seht selber nach, stimmt's?«

»Ja, Hallam Hall!« bestätigte Michael. »An der Hallam Road, wo wir jetzt sind. Natürlich!«

»Ja, das stimmt«, sagte Mr. Biggs, indem er den Kindern die Keksschale anbot und selbst ein Stück nahm.

»Aber was geschah damit?« fragte Miranda. Sie hielt die Zeichnungen fest in der Hand.

Mr. Biggs antwortete ganz sachlich. »Man hat es natürlich abgerissen und alles weggeschafft. Ich nehme an, dies geschah, als das Grundstück an Lord Truciman verkauft wurde. Als Teil der Truciman-Hausbesitzungen entstand dann schließlich Melton Court.«

»Dürfen wir diese behalten?« fragte Michael plötzlich, indem er auf die Zeichnungen deutete, die Miranda festhielt.

»Nun, warum nicht«, sagte Mr. Biggs. »Ich habe bereits zwei

Sätze davon und brauche nicht noch mehr.« Aber er wunderte sich nun doch über die Neugier der Kinder. »Wofür wollt ihr sie haben? Hat euch die Schule über die Ferien etwas aufgegeben?«
»Nein, das nicht.« Michael schüttelte den Kopf. Unschlüssig blickte er Miranda und Roddy an, der sich jetzt ungewöhnlich schweigsam verhielt.
»Mr. Biggs«, begann Miranda langsam, »ich weiß, daß es sich dumm anhört, aber obwohl wir diese Zeichnungen noch nie gesehen hatten und auch noch nie etwas von Hallam Hall gehört hatten – habe ich das Haus tatsächlich gesehen . . .«
»Du hast es gesehen?« Mr. Biggs verschluckte sich beinahe an seinem Keks. »Wie konntest du das?«
»In einer Art Vision, als ich heute früh aufwachte. Es erschien mir ganz klar – und es sah genauso aus wie dieses hier. So als ob es noch hier wäre, und wir einen Teil davon bewohnen.«
»Nun ist es gut.« Mr. Biggs stand auf, als ob er die Kinder zur Ordnung rufen wollte. »Das bildest du dir doch wohl nur ein? Vielleicht hast du das nur geträumt . . .«
»Ich habe das nicht geträumt. Wirklich nicht. Das alles ist einfach auf mich zugekommen. Ich habe Michael und Roddy alles darüber erzählt. Ich habe es genau beschrieben, und Michael hat sogar einige Zeichnungen danach angefertigt. Und es kommt mir gar nicht komisch vor, daß ich jetzt diese Baupläne zu sehen bekomme. Alles scheint gut zusammenzupassen. Obwohl das tatsächliche Gebäude vielleicht verschwunden und hier jetzt Melton Court ist, ist das eigentliche Haus nicht weggegangen. Es ist überall um uns. Wir wohnen in einem Teil des ersten Stockwerks, und alle Bewohner der ersten drei Stockwerke von Melton Court leben in einem Teil davon.«
»Mr. und Mrs. Anderson sind im Dachgeschoß«, unterbrach Roddy.
Miranda nickte Mr. Biggs zu. »Und Ihr Untergeschoß ist der Keller. Der ganze Keller gehört Ihnen.«
Mr. Biggs holte sich seine Pfeife aus der Jackentasche und stopfte

sie aus einer alten Tabaksdose. »Nun, ich habe zu meiner Zeit so manche komische Geschichten gehört«, sagte er bedächtig. »Aber was ihr da sagt, setzt allem die Krone auf. Übrigens, wollt ihr nicht jetzt lieber nach Hause gehen – wenn ihr überhaupt noch wißt, wo das ist?«

»Du lieber Himmel! Schon ein viertel nach fünf!« Michael blickte auf seine Countdown-Uhr. »Jedenfalls vielen Dank, Mr. Biggs, für diese Zeichnungen.«

»Schon gut.« Mr. Biggs begann, den Tisch abzuräumen. »Vergiß nicht deinen Raumfahrerhelm, Roddy.«

»Und vielen Dank dafür, daß Sie uns wegen des Hauses nicht ausgelacht haben«, sagte Miranda.

»Nein, darüber lache ich nicht. Bestimmt nicht«, versicherte ihr Mr. Biggs. Er war im Augenblick auch zu verblüfft, um genau zu wissen, was er tat.

6 Ein geheimnisvoller Raum

Als Michael, Miranda und Roddy wieder in ihrer Wohnung Nr. 1 A eintrafen, war es fast Zeit zum Abendessen. Mrs. Maitland freute sich, die Kinder wieder bei sich zu haben und den vertrauten Klang ihrer Stimmen zu hören. Sie amüsierte sich über Roddys unförmigen Raumfahrerhelm, den er achtlos auf dem Fußboden der Diele liegengelassen hatte. Sie wußte dadurch, daß die Kinder wirklich »Raketenabschuß« gespielt hatten, und war beruhigt, als sie ihr erzählten, daß sie Mr. Biggs nicht gestört, sondern ihm beim Aufräumen geholfen hatten.

Was sie jedoch unvorbereitet traf, war die Erzählung der Kinder über das Haus. Sie mußte es einmal erfahren, und die Kinder wollten es ihr gegenüber auch nicht mehr verheimlichen. Ganz zufällig kam es dann heraus, als Michael nach einem Gummiband suchte, mit dem er die Baupläne von Hallam Hall, die ihm Mr. Biggs gegeben hatte, umwickeln wollte. Miranda erklärte ihr dann die Einzelheiten, Michael rollte für sie die Pläne aus, und Roddy staunte aufs neue über die geheimnisvollen Zusammenhänge, denen sie auf die Spur gekommen waren.

Mrs. Maitland hörte aufmerksam und ohne Kommentar zu, bis sie den ganzen Bericht gehört hatte. Sie reagierte erst, als sich alle an den Küchentisch gesetzt hatten und sie den Kindern die Teller mit Fleischklößchen und Spaghetti gefüllt hatte.

Sie war nicht skeptisch, wie Miranda befürchtet hatte, und war an der Entdeckung von Hallam Hall ehrlich interessiert. Sie glaubte Miranda, was die Hauptsache war, wenn auch ihre Einstellung hinsichtlich der Erkundungen, die in Melton Court bereits in Angriff genommen worden waren, sehr zurückhaltend erschien.

»Ich glaube, ihr solltet Fremde nicht in eure Erkundungen einbeziehen«, meinte sie besorgt. »Schließlich könnt ihr nicht wissen, wie sie es aufnehmen werden, wenn ihnen gesagt wird, daß sie in Wirklichkeit zwei Heimstätten bewohnen – oder zumindest einen Teil eines alten Hauses außer ihrer hiesigen Wohnung. Sie könnten euch einfach auslachen, oder sie würden sich vielleicht darüber aufregen. Ihr müßt verstehen, daß die meisten Leute hier viel lieber in einer Wohnung leben als in einem Haus. Sie würden sich nicht freuen, wenn ihr ihnen sagt, daß sie auch zu einem anderen Gebäude gehören. Nein, das solltet ihr lieber für euch behalten. Seht das alles als ein Spiel an. Ich weiß, das ist für euch eine sehr aufregende Sache, doch andere könnten sich dadurch belästigt fühlen. So groß Melton Court auch ist, ist es doch nur eine kleine Wohngemeinschaft, wenn man ins Gerede kommt.«

»Aber Mammi«, warf Miranda schnell ein, »es ist kein Spiel. Es ist Wirklichkeit, und eine Wohngemeinschaft, wie wir sie sehen, lebt zusammen in einem wunderbaren großen Haus, und sie erlebt auch alles gemeinsam. Wir versuchen nicht, jemandem etwas wegzunehmen. Wir möchten nur, daß die anderen auch wissen, daß sie mit uns etwas gemeinsam haben – etwas, das wirklich hier ist und das ihnen wie uns gehört.«

Mrs. Maitland schüttelte den Kopf. »Ich meine, es wäre unklug, andere in etwas einzubeziehen, über das sie nichts wissen – und in den meisten Fällen auch nichts wissen wollen.«
»Aber du glaubst uns doch«, wandte Michael ein.
Mrs. Maitland überlegte und nickte dann zustimmend. »Ja, ich glaube euch. Und so wie ihr würde auch ich gern in einem Haus wohnen. Ich hoffe, daß uns unser nächster Umzug nicht wieder in eine Wohnung, sondern gleich in ein Haus führt.«
»Meinst du das wirklich?« jubelte Miranda.
»Ja, das meine ich«, lächelte Mrs. Maitland. »Aber das kann noch einige Zeit dauern, und es hängt natürlich auch von Daddys Karriere ab.«
Der Schlüssel drehte sich im Schloß der Wohnungstür, und aus der Diele war die Stimme von Mr. Maitland zu hören. Mrs. Maitland stand auf, um ihren Mann zu begrüßen, wobei sie den Kindern zuflüsterte, dem Vater gegenüber das Gesprächsthema nicht zu erwähnen.
Nachdem sich alle einen guten Abend gewünscht hatten, zog sich das Ehepaar zu einem Cocktail ins Wohnzimmer zurück. John Maitland fragte seine Frau, wie sie den Tag verbracht hatte.
»Es war ein recht seltsamer Tag«, sagte sie.
»Wieso? War etwas mit Mrs. Prume?«
»Nein, Mrs. Prume ist ganz in Ordnung, möchte ich sagen. Es handelt sich um die Kinder.«
»Waren sie schwierig?«
»Nein, durchaus nicht. Nur sehr seltsam. Sie machen mir etwas Sorgen.« Dann gab sie ihrem Mann einen Bericht über die fixe Idee, von der die Kinder nach ihrer Auffassung besessen waren.
»Nun, ist denn das so schlimm?« John Maitland setzte sich bequem zurück. »Das zeigt doch nur, daß sie eine gesunde Phantasie besitzen – und man sollte sich doch freuen, daß sie sich etwas ausgedacht haben, mit dem sie sich beschäftigen. Bei diesem schlechten Wetter haben sie auch wirklich Pech an ihren ersten Ferientagen.«

»Ja, sie haben sich durch das Wetter nicht die Laune verderben lassen«, sagte sie seufzend. »Aber ihre Phantasie ist allzu lebhaft. Ich meine, Miranda sagt, sie wisse über alles genau Bescheid, und Michael hat sogar Zeichnungen davon angefertigt. Sie erzählen immer wieder etwas über die Räume, in denen sie wohnen. Und dann ist ihnen noch der Zufall zu Hilfe gekommen – in Gestalt der Baupläne von Hallam Hall, die sie behalten haben. Sie glauben, daß es noch hier sei – oder, wie ich es verstehe, der Raum, wo es stand, sei noch hier. Nur Kinder können sich etwas Derartiges vorstellen. Nach ihrer Auffassung leben wir alle in einem Teil des Raumes, in dem das alte Haus stand, oder wo sie meinen, daß es gestanden habe.«

John Maitland behielt seinen kühlen Kopf. »Was ist schon dabei?« fragte er gleichmütig. »Das ergibt also zwei Häuser für den Preis eines Hauses. Warum machst du dir darüber Gedanken?«

»Es geht nicht nur um uns, sondern um andere Bewohner des Häuserblocks.«

»Wieso? Was haben andere damit zu tun?« fragte John Maitland.

»Weil die Kinder festzustellen versuchen, welche Leute dies sind und wo sie in dies andere Haus hineinpassen.«

John Maitland brauchte ein paar Sekunden, um diese Auskunft zu verarbeiten, doch dann zuckte er die Schultern und erklärte: »Ehrlich gesagt, ich begreife nicht, weshalb dich das aufregt. Die Kinder sind schon groß genug, um sich ihre eigenen Gedanken zu machen. Man kann zwar verhindern, daß Kinder im Hausflur Fußball spielen, aber man kann sie nicht vom Denken abhalten.«

»Und man kann nicht verhindern, daß Kinder sich in einem großen Häuserblock einsam fühlen«, gab sie zurück.

John Maitland stand langsam auf, streckte sich und sagte: »Und man kann uns jetzt nicht am Essen hindern. Was gibt es denn heute?«

»Ein Regentags-Ragout. Einverstanden?«

»Einverstanden«, sagte er lachend und legte einen Arm um ihre Schulter, während sie gemeinsam zur Küche gingen.
Michael, Miranda und Roddy waren nach dem Abendessen inzwischen in ihr Spielzimmer zurückgekehrt. Michael entfaltete erneut die Baupläne von Hallam Hall, legte sie nebeneinander und kniete sich auf den Fußboden. Miranda kniete sich neben ihn, und zusammen verglichen sie die Pläne mit den Zeichnungen, die Michael zu Beginn des Tages angefertigt hatte.
Michael war zwar beschämt über seine laienhaften Entwürfe im Vergleich zu den Plänen der Architekten, doch Miranda fielen sofort viele Übereinstimmungen auf. Tatsächlich stimmten so viele Einzelheiten, daß die Pläne von Hallam Hall als eine Ergänzung, nicht als eine Korrektur von Michaels Zeichnungen erschienen.
Roddy interessierte sich besonders für das Dachgeschoß. Als einziger von den dreien, der das Geschoß bisher ausgekundschaftet hatte, als er die Andersons besuchte, verglich er eingehend die Pläne von Hallam Hall mit den Zeichnungen seines Bruders.
Michael stellte vorsichtig seine Nachttischlampe auf den Fußboden, um alle Abschnitte der Pläne genau betrachten zu können. Er überlegte lange und machte dann den Vorschlag, die Pläne der Architekten als Leitfaden zu betrachten und seine eigenen Zeichnungen so zu verwenden, daß hier die Namen der Bewohner von Melton Court nach Roddys Erkundungen eingetragen werden sollten.
Miranda und Roddy waren gleich damit einverstanden und schlugen vor, den Namen von Mr. Biggs im Kellerabschnitt einzutragen.
Während Michael den Namen einzeichnete, verglich Miranda die Zeichnungen des Dachgeschosses miteinander und erhob warnend den Finger: »Du mußt wissen, daß dieser Raum hier leer bleiben muß. Er wurde immer verschlossen gehalten.«
Michael und Roddy blickten sie betroffen an, und sogar Miranda erschrak, als sie erkannte, was sie gerade gesagt hatte. Wie war sie darauf gekommen? Weshalb ein verschlossener Raum? Sie stellte

sich selbst diese Frage, während auch Michael und Roddy sich danach erkundigten. Sie schloß die Augen, und ihre Verwirrung wandelte sich bald zur Konzentration.
»Es war das Baby«, sagte sie fast flüsternd. »Es wurde immer allein in einem Raum eingeschlossen.«
Ihre Brüder beobachteten sie ängstlich, während sie ihre Augen noch fester schloß.
»War es ein Junge oder ein Mädchen, Miranda?« fragte Michael vorsichtig.
Sie antwortete nicht sofort, sondern schwieg eine ganze Weile, als ob sie versuchte, sich an etwas zu erinnern. Michael meinte zu erkennen, daß der Schatten einer geheimnisvollen Beleuchtung hinter ihren Augen auftauchte, die sich kurz öffneten und dann wieder schlossen. Er hatte sich allmählich an diese Erscheinung gewöhnt, wenn er auch die Ursache nicht erkennen konnte. Wenn es jedoch geschah, schien sie von ihrer Umgebung losgelöst zu sein.
»Keines von beiden«, antwortete sie schließlich.
»Keines von beiden?« wunderte sich Michael. »Was soll das heißen?«
»Nun ja, alles beides«, versuchte Miranda zu erklären. Sie schlug jetzt wieder die Augen auf. »Es war einfach ein Baby.«
»Aber hör mal, Miranda«, sagte Michael. »Es kann nicht beides sein. Es ist entweder das eine oder das andere.«
»Man braucht nur richtig nachzusehen«, schaltete sich Roddy ein. »Wir haben das in der Schule durchgenommen, und . . .«
»Man hat auch nachgesehen«, sagte Miranda eindringlich.
»Und was kam dabei heraus?« fragte Michael.
»Man konnte es nicht sagen.« Der Schatten hinter ihren Augen war verschwunden. Sie hatte gesehen, was sie glaubte, gesehen zu haben, und sie war jetzt ganz selbstsicher. »Genau so war es.«
Doch Michael wollte sie noch mehr ausfragen. »Du meinst also, es wäre eine Art . . . so etwas wie ein . . .« Er suchte nach dem Wort. »Eine Art Wechselbalg gewesen? Etwas, wovon in manchen Märchen erzählt wird . . .«

Miranda nickte. »Vielleicht. Ich glaube, es muß ein Wechselbalg gewesen sein. Jedenfalls hat man das Baby in einem eigenen Raum verwahrt, so daß es nicht dort schlief, wo wir geschlafen hätten.«

Roddy wandte sich ab und verkündete mit vorwurfsvoller, etwas ängstlicher Miene: »Bei diesem Spiel werde ich wohl nicht mehr mitmachen.«

»Aber es ist doch kein Spiel!« entgegnete Miranda betroffen. »All das ist ein Teil des Hauses.«

»Quatsch!« höhnte Roddy. Er lehnte sich auf sein Bett zurück und streifte die Schuhe ab.

Als er sah, daß Miranda und Michael noch immer über den Bauplänen knieten, merkte er, daß seine Reaktion ihn aus dem Spiel auszuschließen drohte. Etwas kleinlaut fragte er: »Wo soll denn dieser Raum liegen?«

»Das habe ich doch schon gesagt«, erwiderte Miranda, auf beide Zeichnungen deutend. »Hier im Dachgeschoß.«

»Das ist also nicht in unserer Nähe«, meinte Roddy.

»Nein, natürlich nicht«, bestätigte Miranda. »Es ist die letzte Tür links, dort oben, wo jetzt die Wohnungen des dritten Stocks sind. Mach dir nur keine Gedanken.«

»Ich mache mir ja keine Gedanken«, protestierte Roddy.

»Also gut«, sagte Michael, indem er auf seinen Zeichnungen noch ein paar Striche auftrug. »Ich schlage vor, unser Chefkundschafter wird morgen einen Erkundungsgang nach oben machen. Was meinst du dazu, Miranda?«

7 Die Tringhams

Der Summton der Türglocke, der noch am späten Abend in der Wohnung 3E zu hören war, erschien den Bewohnern, dem Ehepaar Tringham, ungewöhnlich und wie ein schrilles Anzeichen nahenden Unheils.

In dem kleinen Wohnzimmer hob Martin Tringham, ein hagerer, blasser Mittdreißiger, seinen Kopf von einer Fachzeitschrift, die er gerade gelesen hatte, und Ellen, seine etwas jüngere, aber nicht weniger bläßliche Frau, blickte von ihrer Illustrierten auf. Das unerwartete Geräusch hatte sie derart aufgeschreckt, daß sie einander voll in die Augen blickten, etwas, das sie seit einigen Jahren peinlich zu vermeiden suchten.

Martin Tringham sah verwirrt auf seine Armbanduhr und murmelte: »Wer zum Teufel kann dies um diese Zeit noch sein?«

Seine Frau legte ihre Illustrierte weg. »Ich kann mir nicht vorstellen, wer es ist.«

»Wir werden doch wohl nicht jetzt noch Besuch bekommen?«

Ellen Tringham schüttelte den Kopf. »Vielleicht will ein Handwerker noch etwas prüfen. Die Heizung war nicht ganz in Ordnung. Ich werde mal nachsehen, wer da ist.«

Sie ging zur Tür, löste den Riegel und öffnete sie. Vor ihr stand ein kleiner Junge im blauen Pyjama und blauen Morgenrock, mit blauen Pantoffeln, die ein weißes Muster von Hasenfiguren zierten, an den Füßen. Er sah etwas zerzaust und verschlafen aus, denn seine roten, lockigen Haare ließen sich nur schwer bändigen. Ganz im Gegensatz zu dem schläfrigen Eindruck, den er machte, standen seine weit offenen blauen Augen.

»Hallo!« rief sie aus. »Was möchtest du denn?«

»Ich hatte einen bösen Traum«, sagte Roddy. Ihm war nichts Besseres eingefallen, was er hätte sagen können, doch die Auswirkung auf Ellen Tringham war so außergewöhnlich, als ob er ein Geheimnis aufgedeckt hätte.

Die Erscheinung eines kleinen Jungen an ihrer Wohnungstür, den sie mit Bewußtsein noch nie zuvor gesehen hatte, löste solche mütterlichen Gefühle in ihr aus, daß sie fast versucht war, sich herabzubeugen und das Kind an sich zu drücken.
Ihr Mann brach den Zauberbann. »Wer ist denn da?« rief er aus dem Wohnzimmer.
»Ein Kind von Mitbewohnern.«
»Sag ihm, es soll weggehen.«
»Darf ich bitte hereinkommen?« fragte Roddy. »Es war ein sehr böser Traum.«
Die Situation war kompliziert, denn viele Fragen mußten berücksichtigt werden. Wo waren die Eltern des Kindes? Weshalb achtete niemand auf das Kind? Wo war er hergekommen? Warum hatte er gerade an ihrer Wohnungstür geläutet? Doch die Gegenwart Roddys machte die Antworten überflüssig – er war einfach da und hatte gebeten, hereinkommen zu dürfen. Und deshalb sagte sie einfach: »Du kannst ruhig kommen«, und streckte ihm die Hand entgegen. Roddy legte seine Hand vertrauensvoll in die ihre und ging an ihrer Seite in die Wohnung.
Mr. Tringham blickte überrascht auf, als sie für einen Augenblick an der Zimmertür stehenblieben. »Was soll denn das heißen?«
»Er hatte einen bösen Traum«, erklärte seine Frau. »Er bat, hereinkommen zu dürfen.«
Mr. Tringham starrte zunächst seine Frau und dann Roddy an, stand auf und setzte sich dann wieder, unsicher, wie er sich verhalten sollte. Schließlich sagte er: »Nun, junger Freund, dann erzähle uns mal etwas darüber. Ein kräftiger Bursche wie du sollte sich doch von einem Traum nicht einschüchtern lassen.«
Roddy merkte, daß die Leute sich ködern ließen und ging jetzt aufs Ganze. »Ich habe mich nicht von dem Traum einschüchtern lassen. Ich habe ihn selbst eingeschüchtert.«
Diese neue Wendung brachte Mr. Tringham in Verwirrung. »Du hast ihn selbst eingeschüchtert? Wie schüchtert man einen Traum ein?«

»Ich träumte zurück«, erklärte Roddy.
»Aha«, sagte Mr. Tringham, dessen Gemütsverfassung jetzt ausgeglichener war als zuvor. »Wie macht man das?«
Roddy antwortete im Tonfall eines Menschen, der auf ein vergangenes Erlebnis zurückblickt und nach den richtigen Worten sucht, um es zu beschreiben. »Ich machte mich größer – größer als ein Elefant. Doppelt so groß. Und ich hatte Klauen und Zähne wie ein Tiger. Und ich konnte fliegen. Und ich brüllte laut – und das Ding ging weg.«
Diesmal war es Ellen Tringham, die nach Einzelheiten fragte. »Welches Ding?«
»Das Ding, das hinter mir her war.«
»Aha«, sagte Martin Tringham. »Wie sah es aus?«
»Es war furchtbar«, sagte Roddy. »Aber ich war noch furchtbarer – und es ging weg.«
»Und du hast also das Ding weggescheucht?« wiederholte Ellen Tringham.
»Ich war aber noch da«, antwortete Roddy mit unwiderlegbarer Logik. »Ich wollte gar nicht so sein und alle Leute einschüchtern, aber ich war mir nicht sicher. Ich dachte, ich könnte die Leute fragen, ob sie auch eingeschüchtert waren. Sie waren nicht eingeschüchtert, oder doch?«
»Nein«, erwiderte Mrs. Tringham. »Wir waren es nicht.« Doch es stimmte nicht ganz, denn sie fühlten sich eingeschüchtert – oder zumindest etwas unsicher.
»Wo sind deine Eltern?« fragte sie.
»Sie wollten ins Kino gehen«, antwortete Roddy beiläufig.
»Hast du nicht Angst, allein zu sein? Ich meine, haben sie nicht Angst, dich allein zu lassen?«
»Nein, gar nicht. Wir sind daran gewöhnt. Ich habe einen Bruder und eine Schwester, und mein Bruder ist schon sehr stark und hat vor gar nichts Angst. Er ist zwölf.«
»Aber wie ist denn das möglich? Wie können sie dich herumirren lassen . . .«

»Sie haben geschlafen«, sagte Roddy, und es stimmte sogar, denn die Kinder waren schon eingeschlafen, als ein großer Lastwagen, der unten auf der Straße vorbeidonnerte, sie aufweckte.
Da sie nun ohnehin wach waren, nahmen sie die Gelegenheit wahr, die besonders schwierige Mission zu besprechen, die Roddy ursprünglich am nächsten Morgen ausführen sollte. Wer waren die Leute, die in jener Wohnung lebten, in Übereinstimmung mit Mirandas Vision von dem Haus und dem seltsamen kleinen Bewohner? Der geeignete Augenblick schien jetzt gekommen zu sein. Die Eltern waren für ein paar Stunden aus dem Haus und die Kinder sich selbst überlassen.
Die Maitlands hatten ihre Kinder so erzogen, daß sie sich beim Alleinsein nicht fürchteten. Die Sicherheitsvorkehrungen des Verwalters Thompson sorgten dafür, daß die Bewohner nachts vor ungebetenen Eindringlingen geschützt waren. Sollte irgendetwas schief gehen oder eines der Kinder von einem plötzlichen Unwohlsein überrascht werden, hatte Michael die nötige Besonnenheit, mit einer solchen Situation fertigzuwerden. Für den Notfall lag eine Liste mit den entsprechenden Rufnummern neben dem Telefon, und die Maitlands machten es sich zur Regel, nicht allzu spät zurückzukehren, wenn sie abends ausgingen. Dennoch fanden sie es richtig, ihre Kinder auch einmal allein zu lassen, damit sie sich daran gewöhnten, selbständig zu werden.
Michael, Miranda und Roddy überprüften noch einmal die beiden Zeichnungssätze und kamen zu dem Ergebnis, daß die Leute, die hier in Betracht kamen, in der Wohnung 3E lebten, und daß die Zeit kurz vor dem Schlafengehen durchaus geeignet war, die Untersuchung über den geheimnisvollen Bewohner jenes Schlafzimmers einzuleiten. Roddy erhielt also seine Anweisungen und wurde auf den Weg geschickt.
Die drei Kinder wußten schon, durch Mirandas Einbildungskraft, wie jener Raum in ihrem Haus ausgesehen hatte. Jetzt wollten sie herausfinden, welchen Eindruck er nunmehr machte und wer möglicherweise in ihm wohnte.

»Ich schlafe zusammen mit meinem Bruder Michael«, fuhr Roddy in seinen Erklärungen fort. »Meine Schwester Miranda schläft nebenan. Darf ich sehen, wo Sie schlafen?«

Diese Frage aus dem Munde eines kleinen Jungen schien anfangs nur eine Erweiterung des Themas der Wohnverhältnisse zu sein, bis die Tringhams plötzlich erkannten, daß es sich um etwas ganz anderes handelte. Es war eine Forderung, und Roddy war schon aufgestanden, um ihr Nachdruck zu verleihen.

Mr. Tringham kam sich peinlich berührt vor, daß der kleine, nachts herumirrende Junge jetzt auch noch verlangte, das Schlafzimmer anderer Leute zu inspizieren. »Jetzt ist aber Schluß damit«, sagte er. »Wir werden dich dorthin zurückbringen, wo du hergekommen bist. Wie heißt du und wo wohnst du?«

»Roderick Maitland, Wohnung 1A.« Und dann fügte er hinzu: »Schon gut. Ich weiß, wo das ist.« Und bevor das verblüffte Ehepaar ihn daran hindern konnte, ging er zielbewußt durch die Tür, die in das Schlafzimmer und die weiteren Räume führte.

Schon zuvor hatte Roddy durch die offene Tür des Wohnzimmers blicken können und gesehen, daß dahinter ein Schlafzimmer und ein Badezimmer lag und daß eine weitere Tür am anderen Ende zu einem anderen Schlafzimmer führte. Das war das »Ziel« der heutigen Erkundung.

Die Tringhams waren vor Überraschung noch wie gelähmt, als Roddy durch das erste Schlafzimmer lief, ohne sich dort länger aufzuhalten, als er es für erforderlich hielt. Das Zimmer sah aus wie jedes normale Schlafzimmer: Es enthielt zwei Betten mit ausgelegten Schlafanzügen, einen Schminktisch, Stühle, Bilder an den Wänden – nicht genau wie Mammis und Daddys Schlafzimmer, doch sehr ähnlich.

Als Roddy die Tür zu dem zweiten Schlafzimmer öffnete, durchfuhr ihn ein Schreck – fast ein Schock, wie man ihn erlebt, wenn man auf etwas trifft, das gänzlich anders aussieht als erwartet.

Der Raum war leer – anders ließ er sich nicht beschreiben. Kein Bett war da, keine sonstigen Möbel, nicht einmal ein Bild. Ein

Fußboden ohne Teppich, vier graugestrichene Wände, eine weiße Decke mit einer unerleuchteten Glühbirne, die an einem Stück Draht hing.
Dies alles nahm Roddy im Dämmerlicht wahr, bevor er von rückwärts am Kragen gepackt wurde und hörte, wie der Mann ihn anbrüllte: »Du unverschämter kleiner Lümmel! Wie kannst du es wagen, diese Tür zu öffnen! Mach, daß du weg kommst!«
Mr. Tringham schleppte Roddy am Kragen hinter sich her, von der leeren Kammer weg.
»Tu ihm bitte nicht weh, Martin«, jammerte seine Frau. »Er ist doch noch ein Kind.«
Martin Tringham war jedoch blind vor Wut. Er fuhr Roddy an: »Wer hat dich hergeschickt, um uns nachzuspionieren?« Natürlich konnte er keine Ahnung von den Gedanken haben, die in Roddys Kopf kreisten.
Roddy zeigte die Reaktion eines normalen Kindes: Er fing an zu weinen. Doch unter Tränen rief er mehrmals: »Wo ist es? Wo ist es?«
Martin Tringhams Gesicht war rot angelaufen. »Wo ist was? Worüber redest du?«
»Das Ding«, sagte Roddy. »Das Ding, das man eingesperrt hat, so daß es niemand zu sehen bekommt.«
»O mein Gott!« schluchzte Mrs. Tringham.
Ihr Mann fuhr fort, aufgeregt auf Roddy einzureden: »Ein Ding! Was soll das? Was meinst du überhaupt? Was für ein Unsinn . . .«
Die drohende Erscheinung des wütenden Mannes schüchterte Roddy noch mehr ein, und mit verweintem Gesicht begann er schniefend zu erklären: »Hier war einmal ein Haus. Miranda hat das gesagt. Wo wir jetzt sind. Michael hat es gezeichnet. Es ist nicht mehr hier, doch Miranda sagt, die Stellen, wo es gewesen ist, sind nicht weggegangen. Und es gab einmal Menschen in ihm, und jetzt wohnen andere Menschen dort, wo das Haus war. Ich wollte nur nachsehen, wo der abgeschlossene Raum war, in den

nur dann jemand ging, wenn man ihm etwas zu essen geben wollte.«

Mrs. Tringham schwankte so sehr, daß sie in sich zusammensackte. Dabei nahm sie Roddy in die Arme, wischte ihm die Tränen ab und gab ihm etwas Schutz vor der Wut ihres Mannes.

»Komm zu mir«, sagte sie. »Du brauchst keine Angst zu haben.« Dann fuhr sie fort: »War hier früher ein Haus? Natürlich, das kann so gewesen sein.« Eine tiefe Traurigkeit hatte von ihr Besitz ergriffen, und voll trüber Ahnungen fragte sie Roddy: »Was war in dem Raum, in den niemand hineinging? War es vielleicht ... ein Kind?«

Roddy nickte zustimmend. Er hatte inzwischen aufgehört zu weinen.

»War es ein kleines Mädchen?« fragte sie.

Er schüttelte den Kopf.

»Also ein kleiner Junge?«

Wiederum schüttelte Roddy verneinend den Kopf.

»Aber es muß doch eines von beiden gewesen sein«, erwiderte sie. »Entweder ein kleiner Junge oder ein kleines Mädchen.«

»Miranda sagte nein«, erklärte Roddy, wobei er seine Stirn in Falten zog. »Miranda ist die Oberhexe und weiß Bescheid. Miranda sagte, es war ein Wechsel-Ding.«

Voller Entsetzen fragte Mrs. Tringham: »Weißt du denn, was ein Wechselbalg ist?« Roddy wußte es nicht, doch Mrs. Tringham, einer Bibliothekarin und früheren Lexikographin, kam die Erklärung des Begriffs in den Sinn, die sich wie ein Film vor ihrem geistigen Auge abspulte: ›Wechselbalg: ein volkstümlicher Aberglaube, nach dem ein Kleinkind heimlich von Feen oder Elfen durch ein anderes ersetzt worden ist. Das Elfenkind soll an seiner Mißgestalt und Boshaftigkeit erkennbar sein. Ein getauftes Kind soll gegen Auswechselung gefeit sein.‹

»Weshalb bist du hergekommen? Was hat dies mit uns zu tun?« Voll innerer Spannung sah sie ihn an.

»Weil es dort eingesperrt war«, sagte Roddy. »Dort drüben war der Raum. Verstehen Sie das nicht? Das Haus reichte bis hier her, und unter dem Dach war ein Boden und ein besonderer Raum, wo es sich ganz allein befand. Niemand wußte davon, und ich meine, das war nicht richtig.«

Das war zuviel für Martin Tringham. Wutentbrannt brüllte er Roddy an: »Jetzt ist aber Schluß mit deinem verdammten Haus! Und nun raus mit dir!« Doch plötzlich brach der Wutanfall in ihm zusammen, und stöhnend sackte er auf einen Stuhl. Seufzend schlug er die Hände vor das Gesicht. »Mein Gott! Die Leute wissen Bescheid! Wie konnten sie es nur herausfinden? Bald werden es alle wissen.«

»Ja«, sagte seine Frau tieftraurig. »Vielleicht. Aber man weiß es nicht genau, und deshalb glaube ich, es wird nie wieder so sein wie es war.«

Ihre Traurigkeit übertrug sich auf Roddy. »Sie sind mir nicht mehr böse?« fragte er.

»Nein«, antwortete sie. »Ich glaube aber, es wird Zeit, daß du wieder ins Bett kommst. Ich begleite dich.«

Sie stand auf und ergriff seine Hand. Roddy ließ sich gern von ihr führen.

Ellen Tringham drückte den Klingelknopf vor der Wohnung 1 A und hörte, wie eine Kette in ihrem Schlitz rasselte und dann die Tür einen Spalt freigab, durch den zwei Kindergesichter spähten: ein Junge und ein Mädchen. Dann wurde die Kette gelöst und die Tür weit aufgemacht. Beide Kinder trugen Morgenmäntel über ihren Schlafanzügen.

»Ist dies euer kleiner Bruder?« fragte Mrs. Tringham.

»Ja, dies ist Roddy«, antwortete der Junge.

»Ich glaube, er ist wie ein Schlafwandler herumgeirrt«, sagte Mrs. Tringham.

»Ach, wirklich?« Das Mädchen suchte nach einer Entschuldigung. »Ja, manchmal läuft er im Schlaf überall herum.«

»Dann solltet ihr aber die Tür abgeschlossen halten oder wenigstens besser auf ihn achtgeben.«

»Hoffentlich hat er Sie nicht gestört«, sagte Miranda, »und nichts Dummes bei Ihnen angestellt.«
Ellen Tringham antwortete nicht. Sie blickte die Kinder nur aus tieftraurigen Augen an. Schließlich sagte sie: »Gute Nacht. Und nun habt keine bösen Träume mehr.« Dann ging sie weg.
Michael schloß sofort die Wohnungstür und fuhr seinen kleinen Bruder an: »Roddy, was ist passiert?«
»Michael, laß ihn zufrieden«, schaltete sich Miranda ein. Sie spürte, daß Roddy ein Erlebnis hinter sich hatte, das er noch nicht verarbeiten konnte. »Was ist geschehen, Roddy?« fragte sie sanft.
Roddy begann wieder zu weinen – nicht vor Angst, sondern in Erinnerung an das Erlebnis – und sagte leise: »Der Mann hat gebrüllt und mich geschüttelt.«
»Er hat dich geschüttelt?« fragte Michael und ballte die Fäuste. »Ich müßte nach oben gehen und dann . . .« Natürlich beabsichtigte er keinen Streit, aber durch sein grimmiges Gesicht verschaffte er Roddy etwas Trost.
»Weshalb?« fragte Miranda.
»Ich bin in den Raum gegangen«, sagte Roddy.
»In den betreffenden Raum?«
Roddy nickte. »Aber es war nichts da.«
»Natürlich war nichts da«, sagte Michael spöttisch. »Du solltest doch nur nachsehen, wo der Raum war.«
»Es war wirklich nichts da«, erwiderte Roddy. »Kein Bett, kein Stuhl, überhaupt nichts.«
»Und da hat der Mann dich angebrüllt und geschüttelt?« fragte Michael.
»Ja.«
»Und was hast du gemacht?« fuhr Michael fort.
»Konntest du dich nicht wehren? Was war los mit dem Mann? War er betrunken?«
Es dauerte eine ganze Weile, bis Roddy antwortete. »Er war so aufgeregt, daß ich Angst bekam. Ich habe es ihm gesagt.«

»Hast du das wirklich? Hast du ihm alles gesagt?« fragte Miranda aufgeregt.
»Nicht alles, aber . . .«
»Über das Haus? Über den Raum?«
Roddy nickte. »Sie wollten es wissen. Sie haben immer wieder danach gefragt.«
»Was ist dann geschehen?«
»Der Mann war nicht mehr böse. Er ließ sich auf einen Stuhl fallen, und ich dachte, er würde anfangen zu weinen. Aber Männer weinen doch wohl nicht! Und dann brachte mich die Frau wieder zurück.«
»Du liebe Güte!« sagte Miranda. Sie erinnerte sich an das verstörte Gesicht der Frau. »Vielleicht wird das Ärger geben. Aber wir sind nicht schuld daran. Es ist doch das Haus! Wir können nichts daran ändern. Ich glaube, wir gehen jetzt alle zu Bett. Roddy, soll ich dir noch etwas vorlesen?«
»Ja, bitte!« sagte er. »Die Geschichte, wo das Schweinchen sich verlaufen hat.«

Ellen Tringham verschmähte den Fahrstuhl und schleppte sich stattdessen langsam die Treppen empor, zurück zu ihrem Mann, ihrer Wohnung und dem leeren Raum.
Sie hatten die Wohnung mit den zwei Schlafzimmern seinerzeit gemietet, weil sie ein Kind erwarteten, und das Leben war ihnen seit jenem Tag zuwider, als sie zum ersten Mal den schrecklich unnatürlichen Schrei des Neugeborenen hörten. Das Kind war in der Schweiz geboren worden, und sie hatten sich sehr bemüht, die Existenz und vor allem den Gesundheitszustand des Säuglings vor der neugierigen Außenwelt geheimzuhalten.
Da ihnen das tägliche Leben immer unerträglicher wurde, entwikkelte sich in Martin und Ellen Tringham ein Abscheu voreinander – eine Abneigung, die sich nicht in Worten oder Handlungen ausdrückte. Doch sie haßten nicht nur einander, sie haßten auch sich selbst. Sie erlitten die Qual der Verdammten, und die Hölle be-

gann für sie hinter der verschlossenen Tür von Wohnung Nr. 3E. Wie es die alten Holzschnitte zeigen, quälten sie die Teufel des bösen Gewissens und die langsam brennenden Feuer der Schuld.
Es kam ihnen nie in den Sinn, daß sie Opfer einer Tragödie geworden waren, die außerhalb ihres Einwirkungsvermögens lag und für die sie in keiner Weise verantwortlich zu machen waren. Es war eine jener Heimsuchungen, auf die sich zwei harmlose menschliche Wesen keinen Reim machen konnten, für die sie weder geistig noch moralisch einen Anlaß gegeben hatten. Vor allem hatten sie selbst keinen Anlaß, einander zu grollen.
Sie mieden den Gedanken an das Vergangene, indem sie nie auf die Angelegenheit zu sprechen kamen. Sie verdrängten dieses Erlebnis, indem sie sich nur über Alltäglichkeiten unterhielten, und indem sie sich an diesen Alltäglichkeiten festklammerten, glaubten sie, das Leben ertragen zu können.
Dennoch war das Erlebnis immer gegenwärtig – wenn sie einander ansahen, bevor sie den Blick abwenden konnten, und in der Erinnerung, die sich nicht unterdrücken ließ.
Nie hatten sie ihr Kind wieder besucht, nachdem es in einem Heim für unheilbar Kranke in Northumberland untergebracht worden war. Keiner ihrer Freunde wußte etwas von der Existenz dieses Kindes. Doch nun sollte sich alles ändern, denn es war kaum glaublich, daß eine solche Enthüllung stattgefunden hatte: daß dieser Raum einem mißgestalteten Wechselbalg vorbehalten war, und daß diese Entdeckung auf der Einbildung von spielenden Kindern beruhte. Der Klatsch unter den Leuten muß der Anlaß gewesen sein, und den Kindern war etwas davon zu Ohren gekommen.

8 Mrs. Prume klagt sich aus

Als nicht geschwätzige Londoner Reinemachefrau war Mrs. Prume eine Ausnahmeerscheinung. Sie war eine hagere, blasse Frau mit müden Gesichtszügen. Dies war der zweite Morgen, an dem sie sich als tüchtige Hilfe im Haushalt eingefunden hatte, und Mrs. Maitland hatte bisher zumindest einen vorteilhaften Zug bei ihr festgestellt: Sie verstand es, mit Kindern umzugehen, denn offenbar hatte sie selbst mehrere Kinder aufgezogen. Dieses Verständnis bezog sich insbesondere auf Miranda, wenn das junge Mädchen die kleine Hausfrau spielen wollte und mit Staubwedel oder Besen hinter ihr herlief.

Mrs. Prume ließ es auch über sich ergehen, daß Roddy ihr persönliche Fragen stellte, wobei dann all das herauskam, was die Maitlands über sie wußten: daß ihr Mann gewöhnlich ohne Arbeit war, und wenn er einmal Arbeit hatte, das meiste Geld vertrank, und daß sie die Mutter eines Quintetts war, bestehend aus drei Jungen und zwei Mädchen im Alter zwischen sechs und fünfzehn Jahren.

Sie war bei ihren Reinigungsarbeiten bis zum Wohnzimmer vorgedrungen. Miranda half ihr. Ihre beiden Brüder spielten inzwischen mit der Eisenbahn im Kinderschlafzimmer. Miranda hatte sich eine Schürze ihrer Mutter angezogen, die ihr bis zu den Fußknöcheln herunterhing, und ein Tuch um den Kopf gebunden, in der Art, wie es sich nach ihrer Meinung für eine richtig angezogene Reinemachefrau gehörte. Sie betätigte sich mit einem Staubwedel, mit dem sie nicht viel Unheil anrichten konnte. Mrs. Prume selbst handhabte ein Staubtuch in streng zeremonieller Weise, indem sie einen Aschenbecher, einen Briefbeschwerer oder eine Vase kurz anhob, über die Stelle wischte, den Gegenstand wieder absetzte und schnell weiterging. Miranda schwenkte ihren Staubwedel wie einen verlängerten Arm, so daß sie das Er-

forderliche erledigen konnte, ohne allzu nahe an die Arbeit heranzukommen.
Die Frau und das Mädchen arbeiteten gemeinsam, ohne sich dabei verständigen zu müssen. Sie brauchten sich nicht anzustrengen, und sie hatten Zeit, sich ihren eigenen Gedanken hinzugeben.
In diesem Augenblick dachte Miranda gerade über Mrs. Prume nach, denn der Wind blies so stark gegen die Fensterscheiben, daß ein Schwall des Regenwassers draußen herablief. »Ach, du liebe Güte!« rief sie aus. »Es wird wohl noch schlimmer! Ob Sie sehr naß werden, wenn Sie wieder nach Hause gehen?«
Die Frage wurde im richtigen Zeitpunkt gestellt, denn sie waren am Ende des Wohnzimmers angelangt, und nur bis hierhin reichte der Arbeitsbereich von Mrs. Prume – zumindest in der Wohnung der Maitlands. Doch diese Frage löste zugleich eine unerwartete Wirkung aus, als würde etwas aufgewühlt, das in ihrem Unterbewußtsein schlummerte, und das auslösende Element war das Wort ›Haus‹ in Mirandas Frage. Denn schon zuvor, als Mrs. Prume das Kinderzimmer reinigte, war in den Gesprächen der Kinder ständig von einem Haus die Rede, das nicht weggehen wollte.
Mrs. Prume stellte ihre mechanischen Bewegungen unvermittelt ein, als ob sie plötzlich alle Kräfte verlassen hätten. Sie wandte dem Mädchen ihr Gesicht zu und erwiderte mit lauter Stimme: »Nach Hause? Ich habe kein Zuhause.«
»Wie bitte?« Miranda war von diesem unerwarteten Ausbruch völlig überrascht, und in ihrer Vorstellung geisterten Ängste von Unglücksfällen, die über Mrs. Prume hereingebrochen sein könnten. War sie von einem Brand betroffen, oder hatte der unaufhörliche Regen alle ihre Habe weggeschwemmt? Doch Miranda konnte nur die Worte »Kein Zuhause?« wiederholen.
Der Damm, den Mrs. Prume gegen ihren Kummer aufgebaut hatte, zeigte tiefe Risse. »Mir ist nie wieder danach, nach Hause zu gehen. Ich hatte einmal ein Zuhause – ein eigenes, mit eigenem Geld gekauftes. Dann kamen die Leute vom Amt und quartierten uns aus – wir mußten in einen der neuen Wohnblocks einziehen.«

Der offensichtlich lange aufgestaute Protest brach sich Bahn, und der Damm war nun endgültig gebrochen.
»Was soll ich mit glänzenden Kacheln im Badezimmer, was soll die Warmwasserleitung – ich war doch an unseren alten Boiler gewöhnt, und er hat uns nie im Stich gelassen. Eine ganz moderne Küche, wo alles seinen Platz hat! Wer braucht denn das alles? Haben wir das etwa verlangt? Die Leute haben mir sogar ein Bild an die Wand gehängt. Blöd aussehende Kinder mit einem Hund. Wir haben nie Bilder gebraucht. Wir hatten Fotos von mir und Fred, als wir heirateten, und Kinderfotos, und Kalender vom Kohlenhändler und vom Kaufmann, und alles war gemütlich, wir brauchten nichts weiter. Sie nennen das wohl Panoramafenster, und wenn man hinausblickt, sieht man nur die Fenster von anderen Leuten. Und so viele Fenster gibt es zu putzen und Kacheln zu schrubben und Glänzendes zu polieren. Ich habe dort viel mehr Arbeit als hier bei euch – und wer bezahlt mich dafür? Aber der Verwalter kommt und schnüffelt überall herum. Und dann redet er: ›Lassen Sie doch Ihren Mülleimer nicht vor der Tür stehen, Mrs. Prume‹, oder ›Ihre Kinder dürfen nicht im Hausflur spielen, es hat schon Beschwerden gegeben‹, oder ›Ihre Toilette ist schon wieder verstopft, Mrs. Prume, und in der Wohnung Nummer 22 tropft es durch die Decke.‹
Als wir noch unser eigenes Zuhause hatten, konnten wir noch machen, was wir wollten, und niemand hatte sich hereinzumischen, solange wir die Raten bezahlten. Was für ein Recht hatten sie, es uns wegzunehmen? Dort war es doch gar nicht so schlecht, und eine Gefahr für die Gesundheit bestand bestimmt nicht, als man uns ausquartierte. Es hieß damals: ›Wir geben Ihnen eine der besten Wohnungen im Block, Mrs. Prume. Sie und ihre Familie werden sich dort wohlfühlen.‹ Wohlfühlen! Solch ein Quatsch! Genauso könnte man im Gefängnis leben. Man darf keine Tiere halten, und wenn man Radio oder Fernsehen spielen läßt, klopft gleich jemand an die Wand. Die Kinder haben keinen Spielplatz und müssen sich im Hausflur herumtreiben. Und der Mann hat

keine Arbeit und sitzt den ganzen Tag nörgelnd herum. Als wir noch unser Haus hatten, dann war er wenigstens die meiste Zeit mit den Kindern unterwegs, wenn er arbeitslos war. Doch so, wie wir jetzt leben, sagt er sich, er hat kein Zuhause, in das er heimkommen kann, also geht er einfach nicht mehr aus.«

Ihre Stimme wurde immer lauter und drang bis zur Küche vor, wo Mrs. Maitland Gemüse putzte. Sie drehte den Wasserhahn ab und hörte sich den Wortschwall an.

»Wir pflegten immer gute Nachbarschaft«, klagte sich Mrs. Prume aus. »Für ein freundliches Gespräch nahmen wir uns immer Zeit. Jetzt könnten wir ebenso gut auf einer verlassenen Insel leben. Keiner achtet auf den anderen. Als wir noch das Haus hatten, war die Schwelle zu fegen, und hinten war ein Zaun, über den die Kinder klettern konnten. Sie durften auf der Straße spielen, ohne daß sich jemand beschwerte. Manchmal stand eine Nachbarin vor ihrer Haustür und lud sie ein, zu ihr hereinzukommen und eine Tasse Tee zu trinken. Und an warmen Sommerabenden saß man dann vor den Häusern. Die Männer redeten über einen Streik, und wir Frauen hatten unsere Babys auf dem Arm. Wir hatten unsere Straße mit dem eigenen Dach über dem Kopf. Manchmal gab es auch Krach mit anderen Leuten, doch wir alle wußten, wo wir hingehörten, und alle hatten die gleichen Probleme. Man sagte, wir hausten in ungesunden Slums. Wieso ungesund? Unsere Kinder waren niemals krank. Doch neulich klemmte sich Johnny die Finger in den Fahrstuhltüren ein, und wir verbrennen uns ständig am neuen Elektroherd, bei dem man nie weiß, ob er ein- oder abgeschaltet ist.« Ihre Stimme wurde noch schriller. »Umquartiert wurden wir, aber das Neue gefällt uns nicht. Ich finde es abscheulich!«

»Ach, du liebe Güte!« sagte Mrs. Maitland zu sich selbst, unschlüssig, ob sie sich einmischen sollte oder nicht. Während sie noch überlegte, fuhr Mrs. Prume in ihrer Klage fort.

»Nirgends können wir hingehen, nichts können wir unternehmen! Immer ist man mit einem arbeitslosen Mann und fünf Kindern zusammengepfercht, und nie ist man allein!«

Mrs. Prume schien gar nicht auf den Gedanken zu kommen, daß die Maitlands in ihrer Wohnung ebenso zusammengepfercht waren wie sie selbst in ihrer Behausung, denn für sie waren die Maitlands »feine« Leute, die es deshalb besser hatten, wo sie auch immer wohnten. Der Unterschied beruhte einfach darauf, daß die Maitlands es sich leisten konnten, sie als Haushilfe zu beschäftigen.

Endlich konnte Miranda etwas erwidern. »Aber uns macht das gar nichts aus, Mrs. Prume«, sagte sie. »Wie wir Ihnen heute früh sagten, wohnen wir wirklich in einem Haus.«

Mrs. Prume sah das Mädchen mißtrauisch von der Seite an. »In einem Haus? Wohl in dem, das auf den Zeichnungen ist?« fragte sie.

»Nein, nicht nur dort, Mrs. Prume.« Miranda überlegte. Es war so schwer zu erklären. Ihr selbst war das alles ganz klar, aber sie wollte auch Mrs. Prume verständlich machen, daß Häuser und ihre Auswirkungen niemals völlig zunichte gemacht werden könnten.

So erzählte sie Mrs. Prume noch viele Einzelheiten über das Haus, und sie meinte, daß auch an der Stelle von Mrs. Prumes Wohnblock einmal ein Haus gestanden haben könnte. »Wenn Sie sich dies so vorstellen könnten, ich meine, etwas muß doch von den Häusern übrigbleiben, auch wenn sie abgerissen sind – dann könnten Sie auch jetzt noch in einem Teil von ihnen wohnen.«

»Ich verstehe kein Wort von dem, was du redest«, sagte Mrs. Prume kopfschüttelnd. »Ich habe selbst mitangesehen, wie mein Haus abgerissen wurde, und ich habe mir fast die Augen ausgeweint. Alles hat man weggeräumt. Weißt du, wovon der neue Häuserblock voll ist? Von den Tränen und Seufzern der Frauen um die Häuser, in denen sie einst gewohnt haben.«

»Aber etwas muß übriggeblieben sein«, sagte Miranda beharrlich. »Sie müssen an die guten Dinge denken, die Ihnen geblieben sind. Natürlich würde es nicht Ihr Haus sein, in dem Sie wohnen. Jemand anders würde in Ihrem Haus wohnen, und dieser andere würde es vielleicht nie wissen, wenn er es nicht selbst spürte. In welchem Stockwerk wohnen Sie?«

»Im zweiten Stock«, erwiderte Mrs. Prume. Sie versuchte, sich in das hineinzuversetzen, was andere vielleicht das »Geplapper eines Kindes« genannt hätten, von dem sie jedoch instinktiv spürte, daß es vielleicht ein rettender Gedanke war.

»Dann würden sie also in ihrem Oberstock wohnen«, sagte Miranda.

»In welchem Oberstock?«

»Nun, im Oberstock der Leute, die das Haus hatten, das früher dort stand, verstehen Sie? Vielleicht ließen die Leute ihr Haus abreißen, wie das auch bei Ihnen geschah.«

Mrs. Prume hatte noch nicht die Schwelle der Tür überschritten, die Miranda für sie zu öffnen versuchte. »Würde ich die Leute kennen?« fragte sie.

»Aber natürlich würden sie das«, erklärte Miranda. »Sie müssen nur darüber nachdenken, oder sie müssen sich hineinversetzen, bevor Sie einschlafen. Es würden solche Leute sein wie Sie selbst, verstehen Sie? Sie könnten so sein wie die Nachbarn. Oder Sie könnten sie sich als Freunde vorstellen. Wenn Sie abends das Licht ausmachen, dann würden Sie mit ihnen zusammensein, und es wäre dann so, als ob das alte Haus noch dort stünde und Sie in ihm wohnten.«

»Ach, ihr Kinder!« sagte Mrs. Prume. »Ihr macht euch seltsame Vorstellungen. Als ob ihr zugleich an zwei Stellen lebt . . .«

In diesem Augenblick hielt es Mrs. Maitland für richtig, in Erscheinung zu treten. Nach ihrer Auffassung war es an der Zeit, die Putzfrau zum baldigen Verschwinden zu veranlassen.

»Du sollst Mrs. Prume nicht mit solchem Unsinn aufhalten, Miranda«, sagte sie. »Sie möchte mit ihrer Arbeit auch fertig werden, damit sie bald zu ihrer Familie zurückkehren kann.«

Mrs. Prume faßte die Bemerkung als eine Andeutung auf, daß sie in ihrer Arbeitsleistung nachlasse. Unwillig erwiderte sie: »Also das soll Unsinn sein? Manchmal reden Kinder die Wahrheit . . .«

»Ich habe Mrs. Prume nur etwas über das Haus erklären wollen ...«, entschuldigte sich Miranda.
Mrs. Maitland wollte die Sache zu Ende bringen. »Rede kein dummes Zeug, Miranda«, sagte sie. »Du kannst mit den Kindern so etwas spielen, aber du darfst nicht Erwachsene damit behelligen.« Dann wandte sie sich an Mrs. Prume und sagte mit einem entschuldigenden Lächeln: »Es ist nur ein Spiel der Kinder, und ob irgendeine Wahrheit dahintersteckt ...«
»Kann man das wissen?« meinte Mrs. Prume. »Vielleicht weiß das Mädchen etwas, wovon wir nichts ahnen. Mein Jüngster spricht manchmal mit jemand, der gar nicht da ist, obwohl er Geschwister hat. Aber er tut es trotzdem.«
»Er ist einsam«, sagte Miranda mit einer Stimme, die von weit her zu kommen schien.
Mrs. Prume lachte. »Er soll einsam sein? Wo wir doch den ganzen Tag um ihn herum sind!«
»Wenn er etwas über das Haus wüßte«, fuhr Miranda fort, »und so wie wir leben könnte, dann würde er nicht mehr einsam sein. Menschen, die in Häusern leben, werden nicht einsam.«
Mrs. Maitland vermochte kein Wort zu sagen. Wie eine Erleuchtung kam ihr plötzlich in Erinnerung, woran sie schon am Vortage gedacht, was sie sich jedoch noch nicht klar gemacht hatte: die Vorstellung von den Millionen von Menschen, die in ihren kleinen Wohnungskäfigen eingesperrt und die einsam, so sehr einsam waren.
Mrs. Prume wandte sich plötzlich an Miranda, als ob sie nach einer Bestätigung der seltsamen Gedanken des Mädchens suchte. »Und wie soll dein Haus aussehen?« fragte sie.
»Alt und wunderschön«, antwortete Miranda.
»Und wo ist es?«
»Wir befinden uns in ihm. Nur sind wir nicht im Wohnzimmer. Wir sind in Wirklichkeit im Schlafzimmer.«
Mrs. Prume blickte Miranda an. Sie konnte zwar nicht sehen, was das Mädchen zu erkennen meinte, aber auch ihre Gedanken waren

nicht in der Gegenwart, sondern schweiften in die Erinnerung ab.
»Ich werde dann nach Hause gehen«, sagte sie. »Mit der Arbeit war ich fertig.« Sie wischte noch schnell über eine Bronzefigur eines Löwen auf dem Schreibtisch und führte dann unbewußt das gleiche gelbe Staubtuch zu ihren Augenwinkeln, bevor sie aus dem Zimmer schlurfte.
Mrs. Maitland hatte diese Bewegung bemerkt und fragte sich, ob auch ihre Tochter Mrs. Prume beobachtet hatte. Sie hätte wissen müssen, daß Kindern nichts entgeht.
»Hat sie geweint, Mammi?« fragte Miranda. »Aber vielleicht fühlt sie sich jetzt nicht mehr so einsam – wenn sie ihre Gedanken spielen lassen kann.« Doch plötzlich überwältigten sie die Empfindungen von Angst und Zweifel, und es brach aus ihr heraus: »O Mammi, ist es wirklich schlimm, wenn man mit anderen über unser Haus spricht?«
Mrs. Maitland hatte einen Augenblick lang das Gefühl, selbst weinen zu müssen, was sie doch in Gegenwart ihrer Tochter nicht tun durfte. »Ich weiß es wirklich nicht, Miranda«, sagte sie. »Solche Dinge können gefährlich werden, wenn man nicht mehr die Übersicht hat. Sie helfen manchen und kränken andere.«
Miranda blickte ihrer Mutter tief in die Augen. »Bist du gekränkt, Mammi?« fragte sie.
Mrs. Maitland fand nicht die Kraft zu lügen. »Vielleicht ein wenig«, sagte sie. Und dann wechselte sie das Thema. »Komm und hilf mir beim Kochen.«
Sie legte ihren Arm um Miranda, und zusammen gingen sie in die Küche.

9 Der Vogelkenner

Vor dem Mittagessen war Mrs. Maitland noch unschlüssig. Doch am frühen Nachmittag hatte sie sich dazu durchgerungen, dem Treiben unverzüglich Einhalt zu gebieten. Als sich schließlich die Wohnungstür hinter ihr geschlossen hatte, sahen Michael, Miranda und Roddy einander schweigend an, wobei sie überlegten, ob das Verbot ihre weiteren Erkundungen über das Haus beeinträchtigen könnte.

Schließlich fragte Miranda: »Glaubt ihr, daß es Mammi ernst gemeint hat?«

»Bestimmt hat sie es ernst gemeint«, sagte Michael.

»Woher willst du das wissen?«

»Durch die Art, wie sie die Tür zugeschlagen hat«, erklärte Michael. »Und an ihrem Blick. Hast du sie nicht angesehen?«

»Ja«, sagte Miranda. »Ich habe es auch gemerkt.«

Mrs. Maitland hatte klare Anweisungen erteilt. »Ihr dürft von jetzt an niemand mehr damit behelligen. Ihr habt schon genug Unruhe verursacht. Habt ihr nicht gemerkt, wie erregt Mrs. Prume heute früh war? Ihr dürft nicht mehr an den Wohnungstüren klingeln. Ich werde eine Stunde lang unterwegs sein, und ich möchte, daß ihr inzwischen in der Wohnung bleibt.«

Michael hatte versucht, noch einen Ausweg zu finden. »Dürfen wir nach unten gehen und mit Mr. Biggs sprechen? Er hat uns gern, und es macht ihm nichts aus, wenn wir bei ihm sind.«

»Vielleicht, wenn ich zurück bin. Das werden wir dann sehen«, hatte Mrs. Maitland geantwortet. »Aber vorläufig bleibt ihr hier, verstanden?«

Danach war sie gegangen, und die Tür hatte sich mit hörbarem Knall geschlossen. Es war sonst nicht ihre Art, so entschieden aufzutreten. Und ihre Worte: »Das werden wir dann sehen« waren auch nicht gerade ermutigend für die Kinder, die gern im Keller

gespielt hätten. Sie wußten aus Erfahrung mit Erwachsenen, daß dies einer unbestimmten Zurückstellung gleichkam oder einer Aufforderung, nicht wieder damit belästigt zu werden.
Es bestand die Gefahr, daß sie schon zu Beginn ihre Erkundungen nicht mehr weiterführen konnten, wenn sie nicht nur von den Hausbewohnern, sondern auch von den drei wichtigsten Informationsquellen im Wohnblock abgeschnitten würden. Diese waren Tim Ryan, der Pförtner, der über jeden und über alles Bescheid wußte, Harry an der Telefonzentrale, der sämtliche Gespräche mithörte, und schließlich Mr. Biggs, der von Zeit zu Zeit in fast jeder Wohnung etwas zu reparieren hatte.
Roddy schien am stärksten betroffen zu sein. »Kann ich nun nichts mehr auskundschaften?« fragte er.
»Nein, das darfst du nicht mehr«, antwortete Michael mit Bestimmtheit.
»Aber was bin ich dann?« meinte Roddy ein wenig jämmerlich.
»Zur Zeit gar nichts«, sagte Michael.
Roddy wandte sich ab, damit die anderen nicht die Tränen sehen konnten, die sich in seinen Augen sammelten. Doch die beiden kannten ihn gut genug, und Michael sagte: »Wir müssen uns etwas einfallen lassen.«
Miranda überlegte lange, und schließlich sagte sie: »Ich weiß es jetzt. Wir müssen abwarten. Wir werden schon sehen, was geschieht, wenn Roddy nichts mehr auskundschaftet und wir aufhören, andere Leute zu besuchen.«
»Was meinst du damit?« fragte Michael.
»Dann werden die Leute anfangen, uns zu besuchen«, erklärte Miranda.
Michael begriff nicht gleich, was sie damit sagen wollte. Er befaßte sich mehr mit den tatsächlichen Handlungen anderer Menschen, denen man sich anzupassen hatte, und es lag ihm weniger, sich mit den Beweggründen zu beschäftigen.
Miranda erläuterte ihre Gedanken. »Die Menschen sind neugierig. Ich bin sicher, daß sie alle inzwischen etwas über das Haus ge-

hört haben. Wenn wir nicht kommen und ihnen sagen, wo sie wohnen, dann möchten sie es wissen, und wir sind die einzigen, die es ihnen sagen können.«

Bei Michael war jetzt der Groschen gefallen. »Genau das wird passieren, Miranda!« sagte er. »Sicher werden sich manche Leute erkundigen. Und dann kann sich niemand über uns beklagen, wenn die Leute selbst kommen und fragen. Sieh mal, Roddy, statt des Chefkundschafters könntest du jetzt Chefverbindungsmann werden.«

»Könnte ich das?« fragte Roddy gespannt. »Was hat ein Chefverbindungsmann zu tun?«

»Das ist wie auf einem Amt«, erklärte Michael. »Dort mußt du auch erst mit einem Verbindungsmann sprechen, der dann herausfindet, ob du wichtig genug bist, den Beamten zu Gesicht zu bekommen.«

»Das Auskundschaften hat mir aber mehr Spaß gemacht«, maulte Roddy.

»Aber hierbei geht es viel amtlicher zu«, erklärte Miranda. »Du mußt nach Namen, Alter und Beruf fragen. Sollten wirklich Leute kommen, dann interessiert es uns natürlich sehr, in welchem Stockwerk und in welcher Wohnung sie leben, und weshalb sie wissen wollen, wo sie wohnen.«

Roddy überlegte, ob die Aufgaben seiner neuen Stellung so aufregend wären wie die des Kundschaftens, als plötzlich an der Wohnungstür das Klingelzeichen ertönte.

Die drei blickten sich ein wenig erschrocken an, doch dann sagte Miranda: »Ich glaube, es ist ein Bote von der Fleischerei. Mammi sagte, er würde kommen.«

»Nein, das glaube ich nicht«, sagte Michael. »Jemand anderer ist an der Wohnungstür. Ich werde hingehen.«

»Das darfst du nicht«, erklärte Roddy mit Bestimmtheit. »Du hast selbst gesagt, ich soll der Chefverbindungsmann sein. Vielleicht will jemand zu uns.«

Bevor sie ihn daran hindern konnten, war er schon zur Woh-

nungstür geflitzt, und Miranda konnte ihm nur noch nachrufen: »Laß die Kette in der Tür eingehakt, wie Mammi es immer sagt, und laß niemand herein, den wir nicht kennen.«
Miranda und Michael lauschten gespannt. Sie hörten, wie sich die Tür öffnete, und dann war ein Gemurmel von Stimmen zu vernehmen.
Miranda flüsterte Michael zu: »Du hättest hingehen sollen.«
»Roddy hat doch jetzt seine Aufgabe«, flüsterte Michael zurück. »Er kann ebenso gut wie einer von uns herausfinden, ob jemand uns sprechen will . . .«
Das Stimmengemurmel hörte auf, und sie hörten, wie die Kette gelöst wurde. Von der Diele her waren Schritte zu vernehmen, und dann erschien Roddy im Wohnzimmer. Er führte einen großen, mageren alten Herrn herein, dessen lebhafte blaue Augen unter buschigen Augenbrauen vergnüglich glänzten. Er machte einen vornehmen und vertrauenerweckenden Eindruck, und nichts deutete darauf hin, daß er eine Gefahr mit sich brachte. Roddy stellte sich neben den alten Herrn in Positur und stellte ihn seinen Geschwistern vor: »Sein Name ist Merriman Fraser. Er ist achtundsiebzig Jahre alt. Er bewohnt die Wohnung E im Erdgeschoß. Er ist nicht verheiratet und hat keine Kinder. Er schreibt ein Buch über Vögel. Er möchte erfahren, wo er in unserem Hause wohnt.«
Roddy holte tief Luft, doch bevor er weitersprechen konnte, fiel ihm der alte Herr ins Wort: »Ich fragte zuerst, ob eure Mutter da sei, denn ich wollte natürlich um ihre Erlaubnis bitten, mit euch sprechen zu können. Doch es scheint, als ob dieser junge Mann hier bestimmte Vollmachten hat . . .«
»Das geht schon in Ordnung«, sagte Miranda. »Natürlich können Sie uns besuchen. Wollen Sie nicht Platz nehmen?«
Mr. Fraser setzte sich auf einen ziemlich niedrigen Stuhl, so daß seine Knie fast sein Kinn berührten. Er wußte nicht recht, wie er sein Begehren erklären sollte.
Roddy machte es ihm leicht. »Er möchte wissen, wo er wohnt«, sagte er noch einmal.

»Genau das«, nickte Mr. Fraser. »Ich hätte es selbst nicht deutlicher sagen können.« Wie so viele alte Leute war er in ausgeglichener Gemütsverfassung, was sich auf seine Gesprächspartner übertrug. »Die Vorstellung, daß ich gleichzeitig an zwei Stellen wohnen könnte, kam mir hochinteressant vor. Ich hatte von eurem Haus reden hören. Eine solche Vorstellung hatte ich aber noch nie. Danach muß es Hunderte von Wohnblocks geben, in denen die Geister längst vergangener Häuser enthalten sind, doch niemand hat je daran gedacht, sie zum Leben zu erwecken. Dies scheint mir ein großartiger Gedanke zu sein.« Er nickte Roddy zu und sagte: »Ich nehme an, daß du der Torhüter bist.«
»Ich bin der Chefverbindungsmann«, erklärte Roddy stolz.
Mr. Fraser lächelte ihn freundlich an. »Das hört sich sehr vernünftig an. Um meine Vergangenheit noch näher zu erklären, möchte ich sagen, daß ich als Kind in einem großen alten Haus in den Cotswolds in Gloucestershire aufgewachsen bin. Wir hatten einen schönen Garten, der bis an einen kleinen Bach heranreichte, und in einem Waldstück in der Nähe des Hauses gab es viele Vogelarten. Manche nisteten, andere zogen im Herbst weiter, und wir fütterten die Vögel, die sich im Winter bei uns aufhielten.«
»Sind Sie ein Ornithorol ...?« fragte Michael. »Ich meine, schreiben Sie ein wissenschaftliches Buch?«
»Ornithologe?« sagte Mr. Fraser lächelnd. »Nein. Ich schreibe aus meiner Erinnerung ein Buch über Vögel.«
Ein Buch über Vögel, die in seinen einstigen Garten gekommen waren – nichts hätte die Einsamkeit des alten Herrn mehr betonen können als diese Worte, die verrieten, wie allein er sich in seiner Wohnung fühlen mußte.
»In welcher Wohnung leben Sie, Mr. Fraser?« fragte Miranda. Ihre Worte klangen so, als wäre sie tatsächlich die Besitzerin des Hauses.
»In der Wohnung E«, antwortete er. »Sie liegt im Erdgeschoß an der rückwärtigen Seite. Keine große Behausung, muß ich gestehen, doch von einer Fensterecke aus kann ich einige Baumzweige

sehen, die zu dem Garten hinter dem Wohnblock gehören. Letzte Woche habe ich dort einen gelben Finken beobachtet, der seinen Kopf wendete, als ob er nach dem Frühling Ausschau hielte.« Er überlegte. »Natürlich kenne ich die genaue Ausdehnung eures Hauses . . .«

Miranda warf ihrem älteren Bruder einen Blick zu, der bedeuten sollte, daß eine private Unterredung erforderlich war.

»Michael und ich werden nachsehen«, sagte sie. »Bitte entschuldigen Sie uns. Roddy wird sich inzwischen mit Ihnen unterhalten.«

Mr. Fraser nickte lächelnd, und Miranda und Michael eilten vom Wohnzimmer ins Kinderzimmer, wo sie die Tür hinter sich schlossen. Michael verglich die von ihm angefertigte Zeichnung des Hauses mit den Plänen des Architekten von Hallam Hall.

»Hier würde die Wohnung E liegen – an der Rückseite«, sagte er.

»Ach, wie schade«, sagte Miranda. »Dort ist aber nichts. Was wollen wir machen?«

»Wir müssen es ihm sagen.«

»Das können wir nicht.«

»Warum nicht?«

»Das mußt du doch verstehen! Er möchte doch etwas erfahren, sonst wäre er nicht hergekommen.«

Sie besprachen sich noch eine Weile, und als sie wieder ins Wohnzimmer gingen, hörten sie gerade noch den Schluß von Mr. Frasers Erzählung, der Roddy mit großen Augen lauschte.

»Natürlich spreche ich vom Jahr 1916, als die Flugzeuge die Bomben noch nicht genau ins Ziel werfen konnten. Ich versuchte immer, meine Bomben ins freie Feld oder sogar ins Meer zu werfen, damit niemand Schaden nehmen konnte . . .« Mr. Fraser sah, daß Michael und Miranda zurückgekommen waren. »Nun?« fragte er, und die beiden spürten, wie gespannt er sie betrachtete.

»Es tut uns sehr leid«, sagte Miranda, »aber Sie sind in Wirklichkeit nicht in dem Haus.«

Der alte Herr lächelte noch immer, wenn auch ein wenig traurig.
»Wenn es Ihnen nichts ausmacht«, fuhr Miranda fort, »wohnen Sie in dem Schuppen des Gärtners, das heißt, Ihr Schlafzimmer ist dort.«
»Im Schuppen des Gärtners?« wiederholte Mr. Fraser mit strahlendem Gesicht. »Stimmt das wirklich?«
»Ja«, sagte Miranda und sah Michael an, der zur Bestätigung nickte.
»Das ist doch ganz großartig!« rief Mr. Fraser aus. »Natürlich, wir hatten einen Geräteschuppen in unserem Garten.« Er faltete seine knochigen Finger um die Knie und sann eine Zeitlang nach. »Ja, der Geräteschuppen. Dort gab es immer etwas zu entdecken, als ich noch ein Junge war ...«
Die Kinder beobachteten ihn, wie er in Erinnerungen versunken dasaß. Plötzlich drehte sich der Schlüssel im Schloß der Wohnungstür, und die Mutter trat ein, die Hände voller Einkaufstüten. Doch sie ging nicht in die Küche, als sie die fremde Stimme aus dem Wohnzimmer hörte. Mr. Fraser stand sofort auf und sagte: »Ich hoffe, sie entschuldigen mein Hiersein, Mrs. Maitland. Mein Name ist Merriman Fraser. Die Kinder waren so nett, zuzuhören, wie ich alter Mann in Erinnerungen schwelgte. Wären Sie zu Hause gewesen, dann hätte ich Sie natürlich um Erlaubnis gebeten, mit ihnen sprechen zu dürfen. Doch dieser junge Mann hier« – er nickte Roddy zu – »war so freundlich, mich hereinzulassen ...«
»Verzeihen Sie«, unterbrach ihn Mrs. Maitland. »Es war sehr nett, daß Sie sich mit den Kindern beschäftigt haben, doch ich verstehe die ganze Sache nicht ganz.«
Mr. Fraser versuchte zu erklären, was ihm jedoch nicht recht gelang. »Ich komme aus der Wohnung E im Erdgeschoß nach hinten zu. Ich wohne im Schuppen des Gärtners – das heißt, dort scheine ich zu wohnen. Sie müssen verstehen, ich hörte von dem Haus, das einmal hier war – oder von den Gerüchten, daß hier einmal

ein Haus gewesen war und das Ihre Kinder entdeckt hatten. Ich war mir nicht ganz sicher, und mir erschien die Vorstellung amüsant, daß einige von uns hier in Melton Court nicht nur eine Behausung, sondern in gewissem Sinne zwei Behausungen haben. So wurde ich neugierig, und ich nahm mir die Freiheit, herzukommen, um Näheres zu erfahren.«

Mrs. Maitland erwiderte nur kurz: »Ich hoffe, die Kinder haben sich höflich benommen.«

Alle drei Kinder spürten, daß ihre Mutter innerlich kochte, und daß ein Ausbruch nach dem Abschied ihres Besuchers kommen mußte.

»Aber bestimmt«, erwiderte Mr. Fraser. »Sie sind sehr höflich und gut erzogen, was heutzutage selten vorkommt. Ich muß Ihnen gratulieren. Wenn Sie mich jetzt entschuldigen wollen, denn ich muß mir meine neue Behausung genau ansehen. Nochmals vielen Dank.« Damit verließ er die Wohnung.

Mrs. Maitland war so außer sich, daß sie nur noch sagen konnte: »Ihr wartet hier auf mich, bis ich diese Sachen in die Küche gebracht habe.«

Als sie draußen war, erklärte Roddy: »Mammi ist böse.«

»Ich wüßte nicht warum«, sagte Michael. »Wir haben nichts getan, was uns verboten war.«

Miranda überlegte. »Vielleicht hätten wir nicht jemand hereinlassen dürfen, den wir nicht kannten.«

Als Mrs. Maitland wieder hereinkam, hatte sie sich wieder gefaßt. Sie wußte, daß es weitaus wirkungsvoller war, mit ihnen zu reden, als sie nur anzuschreien.

»Ich dachte, ich könnte meinen Kindern vertrauen«, sagte sie ruhig.

»Das kannst du auch, Mammi«, antwortete Miranda schnell.

»Ich dachte, ich hätte klargestellt, daß ihr niemand im Wohnblock belästigen sollt . . .«

»Aber Mammi«, unterbrach sie Miranda, »er ist doch selbst zu uns gekommen. Das hat er doch vorhin erklärt.«

»Und ihr habt ihn hereingelassen? Ich habe euch doch gesagt, ihr sollt die Kette eingehakt lassen und nie einen Menschen hereinlassen, den wir nicht kennen. Ich habe euch gesagt, wie gefährlich es ist . . .«

»Aber Mammi«, protestierte Miranda, »wir haben ihn doch gekannt. Ich meine, Roddy hat ihn ausgefragt, und er hat sich vorgestellt. Die Kette war die ganze Zeit eingehakt.«

»Roddy?« rief Mrs. Maitland aus. Sie war jetzt ganz verwirrt.

»Ich bin der Chefverbindungsmann«, erklärte Roddy stolz. »So wie auf einem Amt, wo man auch erst jemand fragen muß, ob man einen anderen sprechen darf. Wie Michael es sagte, habe ich ihn nach seinem Namen, Alter und Beruf gefragt.«

Mrs. Maitland spürte, daß sie allmählich die Übersicht verlor.

Michael stellte plötzlich eine Frage. »Was sollen wir eigentlich tun, wenn jemand in dieser Weise zu uns kommt? Nicht jeder wird bei uns klingeln – vielleicht trifft uns auch jemand im Hausflur oder im Garten. Es wäre doch nicht höflich, wenn wir ihn einfach stehen ließen. Wir dachten, Roddy könnte herausfinden, ob er wirklich etwas von uns erfahren wollte.« Dann fügte er hinzu: »Wärest du zu Hause gewesen, dann hättest du ihn auch hereingelassen.«

Mrs. Maitland gab es auf, mit ihren Kindern zu argumentieren. Darum suchte sie nach einer Ausflucht. »Nun, ich bin froh, daß ihr mir wenigstens die Wahrheit gesagt habt«, meinte sie.

Sie wußte aber zugleich, daß Michael sofort etwas erwidern würde. »Dann dürfen wir uns also unterhalten, wenn die Leute zu uns kommen und uns befragen?« wollte er wissen.

»Ich denke ja«, sagte sie seufzend. Doch dann fügte sie hinzu: »Ich muß aber noch mit eurem Vater darüber sprechen.« Schließlich wandte sie sich ab mit den Worten: »Komm, Miranda, und hilf mir auspacken, was ich eingekauft habe.«

10 Ein Protest und ein Verbot

Nach dem Besuch von Mr. Fraser lief an diesem Nachmittag wieder alles in den gewohnten Bahnen, bis es erneut an der Wohnungstür klingelte. Der Zeitpunkt war sehr ungünstig, denn Mrs. Maitland hatte am Küchenherd zu tun, und Miranda half ihr bei der Zubereitung des Essens. Mrs. Maitland rief Michael, doch sie wußte im voraus, daß es zwecklos war, denn er war um diese Zeit im allgemeinen in seine Bücher vertieft und hörte nichts. Deshalb rief sie nach ihrem Jüngsten, von dem sie wußte, daß er sich irgendwo in ihrer Nähe herumtreiben mußte: »Roddy, sieh bitte nach, wer dort ist.«

Eilige Schritte waren zu hören und danach ein Geräusch, das Mrs. Maitland in gewisser Weise beruhigte: das Rasseln der Kette, die in der Wohnungstür festgehakt war. Wenigstens an diese eine Anordnung hatten sich ihre Kinder gehalten. Sie hörte leise Stimmen und dann mußte sie ihre Aufmerksamkeit wieder dem Herd zuwenden, um eine große Pfanne in die enge Bratröhre einzuführen. Als sie damit fertig war, sah sie Roddy mit nachdenklichem Gesicht vor sich stehen.

»Wer war denn da, Roddy?« Sie war noch so sehr in ihre Arbeit vertieft, daß sie nicht auf den Ausdruck und die Haltung ihres Sohnes achtete, in denen sich bestimmte Signale abzeichneten, die ihr als Mutter normalerweise Gefahr anzeigten.

»Ein Mann«, sagte Roddy.

»Wer war es? Was für ein Mann?«

»Ich weiß nicht.«

Mrs. Maitland war nun ganz bei der Sache. »Höre, Roddy, rede kein dummes Zeug. Es muß doch ein bestimmter Mann gewesen sein. Was wollte er?«

»Er war ärgerlich.«

»Ärgerlich? Worüber? Wen wollte er sprechen?«

»Uns«, sagte Roddy leise.
Mrs. Maitland fühlte sich etwas irritiert, denn sie spürte, daß Roddys Gedanken um etwas anderes kreisten. »Was soll das heißen, Roddy? Wen wollte er wirklich sprechen? Mich? Deinen Vater? Oder dich? Nun rede doch! Wo ist er jetzt?«
»Ich habe ihn nicht hereingelassen.«
»Soll das heißen, du hast ihm die Tür vor der Nase zugemacht? Wie konntest du so etwas tun!«
»Er hat mir nicht gefallen.«
»Weshalb, Roddy? Was ist eigentlich passiert?« fragte Miranda, die bereits ahnte, was sich abgespielt haben konnte.
Roddy stellte sich in Positur, mit gespreizten Beinen und weit aufgerissenen Augen, wobei er sich zu konzentrieren versuchte, um die Fragen genau zu beantworten. »Ich ließ die Kette eingehakt, wie Mammi es gesagt hat, und dann öffnete ich die Tür, und er steckte sein Gesicht herein. Es war ganz rot.« Und dann fügte er noch hinzu: »Seine Zähne sahen auch ganz häßlich aus.«
»Roddy«, mahnte Mrs. Maitland ungeduldig, »was hat er denn gesagt?«
Roddy zog seine Stirn in Falten. »Er sagte: ›Bist du eines von den Kinder, die sich diese absu . . . absu . . .‹«
»Absurd?« fügte Miranda das fehlende Wort ein.
»Ja – ›absurde Geschichte über ein Haus ausgedacht haben? Ich habe mit euch ein Wörtchen zu reden. Mach die Tür auf!‹«
Mrs. Maitland hatte ein flaues Gefühl in der Magengrube, und auch Miranda war nicht recht wohl bei der Sache. Miranda setzte die Befragung fort. »Was hast du darauf gesagt, Roddy?«
»Was ihr mir gesagt habt: ›Geben Sie Namen, Alter und Beruf an‹.«
»Auch das noch!« seufzte Mrs. Maitland.
»Hat er das getan?« fragte Miranda.
»Er sagte: ›Mein Name ist Murchison, mein Alter geht dich jungen Bengel nichts an, und ich bin hier, um diesem Unsinn ein Ende zu bereiten, wo es um ein Haus geht, das hier gestanden haben soll, und um das Zimmer, in dem wir wohnen sollen‹.«

Mrs. Maitland konnte sich vorstellen, daß dabei auch Schimpfworte enthalten waren, die Roddy nicht wiederholen wollte.
»Was ist dann passiert?« fragte Miranda.
»Ich sagte: ›Gehen Sie weg!‹ und machte die Tür zu.«
Miranda erschrack: »Aber Roddy, das hättest du nicht tun sollen! Wenn er mit uns sprechen wollte . . .«
»Ihr habt doch gesagt, daß ich der Chefverbindungsmann sein soll«, protestierte Roddy, »also mußte er zuerst mit mir sprechen. Jedenfalls hat er geschimpft.« Und dann fiel ihm noch etwas ein. »Sein Schnurrbart hat mir auch nicht gefallen.«
Mrs. Maitland befand sich in dem üblichen Dilemma, einerseits mit Roddy übereinzustimmen, ihm jedoch andererseits die Anstandsregeln beibringen zu müssen, als sich das energische Läuten der Türglocke mehrmals wiederholte.
Mrs. Maitland ließ die Tür des Küchenherds einschnappen und rief ihre Tochter. »Komm mit, Miranda. Und hole Michael.«
Sie ging zur Wohnungstür, hakte die Kette aus, und als sie öffnete, stand der wütende Mr. Murchison vor ihr. Roddy hatte das Aussehen des Mannes schon in Umrissen beschrieben. Was er jedoch nicht wissen konnte, war die Tatsache, daß Mr. Murchison einem Hai ähnelte. Er hatte ein schmales Gesicht, und sein Unterkiefer war so zurückgesetzt, daß er sich wie ein Hai auf die Seite hätte drehen müssen, um einen anderen beißen zu können.
Er machte große Augen, als er an Stelle des Kindes, das er offenbar hatte verschlingen wollen, die Gestalt Mrs. Maitlands in der Tür erscheinen sah. »Entschuldigen Sie bitte«, murmelte er verdutzt. Doch dann erinnerte er sich an den Zweck seines Besuchs. »Sind Sie die Mutter dieser Kinder?«
»Ich bin Dorothy Maitland, und ich bin die Mutter dieser Kinder. Es tut mir leid, daß sich mein Sohn sehr unhöflich verhalten hat.«
Bei Mrs. Maitlands Entschuldigung dämmerte es Mr. Murchison, daß auch er sich vielleicht falsch verhalten hatte, und er sagte: »Ist schon gut, Madam. Ich hätte mich gleich an Sie wenden sollen.«

»Vielleicht sollten Sie mit uns allen sprechen«, schlug Mrs. Maitland vor. »Wollen Sie nicht hereinkommen?« Sie war der Meinung, daß sie als Mutter für die Handlungen ihrer Kinder mit einstehen mußte. »Wir haben uns noch nicht kennengelernt«, fuhr sie fort. »In einem so großen Wohnblock kommt man sich nicht näher. Aus welcher Wohnung kommen Sie?«

»Aus Wohnung 3D«, antwortete Mr. Murchison, während er über die Schwelle trat.

Sie gingen in das Wohnzimmer. Mrs. Maitland und Roddy setzten sich auf das Sofa, Michael und Miranda auf Stühle, während Mr. Murchison es vorzog, stehenzubleiben, da er so das Gefühl hatte, eine beherrschende Stellung einzunehmen und seinen Zorn wirksamer darstellen zu können.

»Worüber möchten Sie sich beschweren?« fragte Mrs. Maitland.

Mr. Murchison hatte das Gefühl, eine so direkt gestellte Frage nicht beantworten zu können. Er suchte nach einer Ausflucht. »Die Kinder haben meine Frau aufgeregt.«

Mrs. Maitland sagte streng: »Roddy, wenn du das getan hast . . .«

»Mammi, er hat es nicht getan«, unterbrach sie Miranda, wobei sie den Besucher entrüstet ansah.

»Und in welcher Weise haben die Kinder Ihre Frau aufgeregt?« fuhr Mrs. Maitland fort.

In eine solche Frage konnte sich Mr. Murchison schon eher verbeißen, wenn er sich auch jetzt seitwärts wenden mußte, um seine Haizähne einzuschlagen.

»Dieser ganze Unsinn über das Haus, das hier gewesen sein soll«, begann er. »Er muß ein Ende haben. Meine Frau ist ziemlich abergläubisch veranlagt – ich meine, sie ist ein sehr nervöser Mensch schon von Kindheit an.«

Die Kinder hörten sehr aufmerksam zu, denn hier schien ein interessanter Anknüpfungspunkt zu sein.

Mr. Murchison fuhr fort: »Wir möchten verhindern, uns vielleicht vorstellen zu müssen, daß wir an einer Stelle wohnen, wo früher einmal jemand sehr krank gewesen oder sogar gestorben ist, oder wo vielleicht ein Verbrechen begangen wurde. Meine Frau ist außerordentlich empfindsam, und so etwas regt sie sehr auf. Es muß ein Ende haben.«

Er stand etwas unsicher da und dachte daran, daß es wohl besser gewesen wäre, auf einem Stuhl Platz zu nehmen, wie es ihm angeboten worden war.

Mrs. Maitland fragte höflich: »Hat jemand mit Ihnen darüber gesprochen, Mr. Murchison? Haben die Kinder sie damit behelligt?«

Mr. Murchison war nur ein mittelgroßer Hai – kein sechs Meter langes Ungeheuer. Er war von normaler Statur und dünn, doch in den Augen seines schmalen Gesichts erkannte man so viel Bösartigkeit, wie man sie auch auf vielen Fotos dieser Menschenfresser bemerkt.

»Nein«, antwortete er, »aber im ganzen Wohnblock erzählt man sich davon. Alle Leute regen sich auf. Sie sollten nicht zulassen, daß Ihre Kinder solche Gerüchte in die Welt setzen. Keller, in denen Leichen bestattet worden sind . . .«

Mrs. Maitland beobachtete ihre Kinder, die aber alle energisch den Kopf schüttelten.

»Einen Keller gibt es«, sagte Miranda, »aber keine Leichen.« Sie blickte nach oben und konzentrierte sich, und schließlich fügte sie hinzu: »Es hat dort nie Leichen gegeben. Und wir haben nie darüber gesprochen.«

»Nun«, erwiderte Mr. Murchison, »ich weiß nur das, worüber die Milburns und die Osgoods gesprochen haben – und ich nehme an, daß sich bald der Eigentümer oder der Verwalter an Sie wenden wird, wenn Sie nicht sofort Schluß damit machen.«

Mrs. Maitlands Geduldsfaden begann allmählich zu reißen. »Hören Sie, Mr. Murchison«, sagte sie, »es tut mir leid, wenn Sie sich geärgert haben. Meine Kinder haben aber nur ein Phantasiespiel über ein Haus gespielt, das hier war, bevor dieser Wohnblock errichtet wurde. Vielleicht haben sich ein paar Mieter daran gestoßen, aber . . .«

»Daran gestoßen!« unterbrach sie Mr. Murchison ärgerlich. »Sie sind außer Fassung geraten! In diesen Wohnungen wird nichts mehr so sein wie es früher war.«

Als Mrs. Maitland ihre Kinder vorwurfsvoll und etwas verzweifelt anblickte, rief Miranda aus: »Aber, Mammi, wir können doch nichts daran ändern! Hier war wirklich einmal ein Haus, und Menschen haben wirklich in ihm gelebt. Ich meine, in alten Zeiten hat es schon immer Stätten gegeben, wo Menschen gewohnt hatten, bevor andere dort lebten.«

Mrs. Mailand mußte plötzlich an vergangene Kulturen und alte Städte denken, die Schicht auf Schicht übereinander errichtet waren. Sie mußte sich zusammennehmen, um die gegenwärtige Situation zu bewältigen, und dies bedeutete, Mr. Murchison zunächst zu beschwichtigen und dann, ihn loszuwerden.

»Ich habe den Eindruck, Mr. Murchison«, sagte sie, »daß Sie viel Lärm um Nichts machen, wenn Sie mir diese Bemerkung gestatten. Und ich möchte hinzufügen, daß meine Kinder nicht daran gewöhnt sind, ausgeschimpft zu werden. Sie selbst sind zu unserer Wohnung gekommen, und die Kinder haben Sie nicht belästigt. Was das Haus angeht, das einmal hier war, so meine ich, daß dies weder Sie noch Ihre Frau betrifft. Dieser Wohnblock ist groß genug, und wenn es Ihre Frau tröstet, so können Sie ihr sagen, daß Ihre Wohnung jenes Haus in keiner Weise berührt, denn die Häuser waren damals, wie Sie wissen, nicht so groß.«

»Aber in Wirklichkeit reicht sie doch heran.« Die Worte entfuhren Miranda, obwohl sie ihrer Mutter eigentlich nicht widersprechen wollte. Doch sie kannte die gesamten Ausmaße des Hauses auswendig, und die Wohnung 3D deckte sich unbedingt mit einem Teil davon.

Und jetzt war es an Roddy, seine Rache zu nehmen. Er spürte an der Haltung seiner Mutter, daß dieser Mann ihr unsympathisch war. Doch auch sein jugendlicher Stolz war verletzt, und er ging gegen Mr. Murchison zum Angriff über.

»In Ihrem Schlafzimmer war es«, schilderte er, »wo einmal ein kleiner Junge schlief. Ein Mann kam herein mit einem Messer. Er wollte den kleinen Jungen umbringen. Der Mann stieß das Messer in den Jungen hinein, und überall war Blut, auch der Mann selbst war voller Blut. Deshalb haben sie den Mann auch erwischt. Und der kleine Junge mußte sterben. Es stand in allen Zeitungen.«

Roddy hatte nur eine Schauergeschichte wiederholt, die kürzlich in der Zeitung gestanden hatte; sie handelte von einem Vater, der im Wahn seine ganze Familie umgebracht hatte. Mr. Murchison war entsetzt.

»Mein Gott!« rief er aus. »Verstehen Sie jetzt, was ich meine? Wenn meine Frau . . .«

»Jetzt reicht es aber, Roddy!« rief Mrs. Maitland dazwischen. »Michael! Miranda!«

Sie blickte Michael an, von dem sie annahm, daß er Roddys unsinniger Erzählung widersprechen würde. Doch aus Solidarität blieb Michael schweigsam.

Mr. Murchison rollte die Augen, und er sah wieder wie ein Hai aus, als er zum wiederholten Male »Mein Gott!« ausrief. Dann fügte er hinzu: »Das ist also passiert, wo unser Schlafzimmer ist? Meine Frau hatte immer so ein eigenartiges Gefühl in diesem Zimmer . . .«

Mrs. Maitland hatte wiederum das Gefühl, den Überblick zu verlieren, und das machte sie ärgerlich. Sie sagte energisch: »Kinder, ich muß das verbieten! Ihr müßt Mr. Murchison sofort versichern, daß dies alles erfunden ist – daß kein Wort davon wahr ist. Erklärt ihm, daß dies überhaupt nichts mit seinem Schlafzimmer zu tun hat.«

Doch die Kinder blieben schweigsam und tauschten nur schnelle Blicke aus. Mrs. Maitland konnte nicht wissen, daß Miranda auf Roddy böse war, da er in ihre Funktion als Oberhexe eingedrungen war. Nur ihr kam es zu, darüber etwas auszusagen, was in dem Hause geschehen war.

Dennoch blieb ihre Front gegenüber einem so wenig sympathi-

schen Besucher erhalten. Miranda sagte schließlich: »Es hat nicht mit dem gesamten Schlafzimmer zu tun. Nur mit einer Seite.«
Mr. Murchison ging sofort darauf ein. »Also nur mit einer Seite? Mit welcher Seite?«
»Mit der Fensterseite«, sagte Miranda auf gut Glück.
»Wo das Bett meiner Frau ist!« rief Mr. Murchison aus. »Sie wird nie wieder ein Auge zumachen können.« Er blickte sich aufgeregt im Zimmer um, wie auf der Suche nach einem Ausgang. Dann drohte er: »Sie werden wieder von mir hören. Vielleicht werden wir uns von einem Anwalt beraten lassen.« Dann drehte er sich um und stürmte zur Wohnungstür. Die Kette rasselte, als er sie hinter sich zuwarf.
Obwohl sie auf Einzelstühlen in einiger Entfernung voneinander dasaßen, bildeten die Kinder doch im Geist eine geschlossene Schlachtlinie gegenüber dem Gewitter, das sich offensichtlich zusammenbraute. Doch noch schlimmer als ein drohender Sturm war die Aussicht, daß ihre Mutter wirklich gekränkt und mit ihnen böse sein könnte.
Und so kam es auch. »Kinder«, sagte sie mit leiser Stimme, »habt ihr überhaupt eine Vorstellung davon, was ihr den Leuten zuleide tun könnt? Diese arme Frau . . .«
»Aber, Mammi«, unterbrach sie Michael, »wir sind doch nicht schuld an etwas, das wir gar nicht getan haben! Wir haben mit Mr. und Mrs. Murchison nie gesprochen. Wir haben nichts damit zu tun, daß sie sich aufgeregt haben. Es sind vielmehr andere, die sich in unser Spiel hineingedrängt haben. Nein, es ist eigentlich kein Spiel . . .« verbesserte er sich schnell, doch Miranda war ihm bereits ins Wort gefallen.
»Übrigens hat sich auch Roddy aufgeregt«, sagte sie mit Nachdruck. »Dieser Mann war so häßlich zu ihm. Roddy hat nur versucht, den Angriff abzuwehren, und dieser böse Mensch hat ihn dazu herausgefordert.«
Roddy sagte nichts, doch er nickte zustimmend.
Michael ergriff die Gelegenheit zu einer ablenkenden Bemerkung.

»Mr. Murchison braucht seiner Frau ja nichts über das Zimmer oder über das Bett oder darüber, was dort geschehen sein könnte, zu erzählen, nicht wahr, Mammi?«
Der geschlossene Gegenangriff der Kinder hatte eine größere Überzeugungskraft, als sie es hätten erwarten können. Mrs. Maitland erkannte nämlich, daß Mr. Murchison nur darauf wartete, seiner Frau alles weiterzuerzählen. Sie kannte diesen Menschentyp, der unter dem Deckmantel von Sympathie und Entrüstung eine Freude daran hatte, schlimme Nachrichten zu verbreiten und damit andere aufzuregen. Und aus allem, was er über seine Frau angedeutet hatte, war zu entnehmen, daß auch sie keine angenehme Zeitgenossin war: eine hysterische Frau, die ihren Ehemann beherrschte und die durch ihre Hinneigung zum Übernatürlichen den anderen das Leben schwer machte.
Miranda sagte: »Er könnte das Bett anderswo hinstellen.«
Roddy befand sich noch in einem Lebensabschnitt, in dem die Phantasie eine größere Rolle spielte als die Tatsachen. Er war aber auch in einem Alter, wo es ihm bewußt wurde, daß erkannte Lügen Strafen nach sich ziehen konnten. Deshalb nahm er sich an seinen älteren Geschwistern ein Beispiel, die besonders im Umgang mit Erwachsenen »auf Nummer Sicher« gingen. Und so versuchte er, seiner Aussage die Spitze abzubrechen.
»Der Mann hat den kleinen Jungen in Wirklichkeit nicht umgebracht«, sagte er. »Es sah nur so aus, als ob er es getan hätte. Er hatte das Blut in einem Beutel bei sich, und als er wegging, war der kleine Junge nicht mehr tot.«
Mrs. Maitland wußte jetzt, daß Roddys erste Aussage nicht der Wahrheit entsprach, und daß in seinem kindlichen Gerede immer etwas durcheinander ging.
Sie sagte mit ernstem Gesicht: »Hört mir bitte gut zu, denn ich habe euch etwas sehr Wichtiges zu erklären. Es gibt im Leben manche Bereiche oder Situationen, wo es für Eltern schwierig ist, mit ihren Kindern übereinzustimmen. Dies ist eine solche Situation. Wenn wir euch etwas verboten haben, dann haben wir auch

immer versucht, den Grund dafür zu erklären. Doch dies hier ist ein Fall, wo es nicht leicht möglich ist, weil ihr noch nicht alt genug seid, um die Erklärung zu verstehen, und so bleibt mir nichts anderes übrig, als euch zu untersagen, weiterhin dieses Spiel zu spielen. Ich glaube, ich weiß auch, weshalb ihr euch dieses Spiel ausgesucht habt. Wir hatten Pech mit dem häßlichen Wetter.« Sie seufzte. »Auch Daddy und ich wünschten, wir könnten irgendwo in einem alten Haus wohnen, umgeben von viel grünem Land, durch das ein Bach fließt, und das vielleicht nahe am Meer liegt. Aber wegen Daddys Arbeitsstelle können wir uns dies nicht erlauben – wenigstens jetzt noch nicht. Soweit stimmen wir wohl alle überein. Aber ihr dürft nicht Leute kränken, die es nicht verdienen, gekränkt zu werden, und deshalb muß damit endgültig Schluß sein. Wollt ihr dies für mich tun? Wenn ihr mir das versprecht, will ich auch Daddy nichts weiter davon sagen.«
Die drei Kinder blickten einander an, und dann meinte Miranda: »Wir könnten gleich damit aufhören, Mammi. Aber die anderen Leute hier im Haus können es sich nicht aus dem Kopf schlagen, denn bei Erwachsenen ist es anders als bei uns.«
Mrs. Maitland fühlte sich völlig ratlos und hoffte, ihr Mann würde bald nach Haus kommen, und sie könnte mit ihm bei einem Drink über ein anderes Thema sprechen.

11 Häuser – neu und alt

Gegen elf Uhr am Vormittag war die ruhigste Tageszeit in Melton Court. Alle, die etwas zu erledigen hatten, waren unterwegs und noch nicht ins Haus zurückgekehrt.
Da sie ihrer Mutter lediglich versprochen hatten, nicht mehr an Wohnungstüren zu klingeln, fühlten sich die Kinder der Maitlands berechtigt, ihre Nachforschungen auf andere, unverfängli-

che Art fortzusetzen. So durchstreiften sie den Korridor im Erdgeschoß, allerdings nicht ganz ziellos: Michael hatte die Zeichnung des Erdgeschosses ihres Hauses in der Tasche, und als er stehenblieb, um sie hervorzuholen, sagte er: »Wenn niemand hier ist, den wir stören könnten, dann können wir eigentlich einmal nachsehen, wo Daddys Arbeitszimmer wäre und wie es dort aussieht.«

»Wo würde es denn liegen?« fragte Miranda. Sie blickte über die Schulter ihres Bruders auf die Zeichnung, und er drehte das Blatt so herum, daß die Eingangstür hinter der Stelle lag, an der sie standen.

»Dort den Korridor entlang, nehme ich an«, sagte er, indem er in diese Richtung deutete. »Und wir wissen, wo es dort hingeht, nämlich zum Schreibzimmer.«

»Das ist aber komisch«, sagte Miranda. »Es paßt zusammen. Dort also würde Daddy schreiben. Wir müssen einmal nachsehen.«

Sie wußten natürlich genau, wie es im Hausflur aussah: Dort war das Büro von Mr. Thompson, die Telefonzentrale, der Korridor, der zu den Erdgeschoßwohnungen führte, der Warteraum mit seinen Hotelmöbeln auf der einen Seite, und das Schreibzimmer auf der anderen Seite mit Schreibtisch, Stuhl und Schreibutensilien, dazu einigen weiteren Stühlen und Sofas sowie staubfangenden Kleinmöbeln.

Sie waren schon mitten im Zimmer, als sie bemerkten, daß noch jemand dort war. Seit ewig langer Zeit war dies das erste Mal, daß ein Mann am Schreibtisch saß und schrieb.

»Ach, du meine Güte!« rief Miranda aus. »Wir stören hier jemand. Am besten gehen wir gleich wieder.«

Der Begriff des ›Störens‹ hatte jetzt eine weitere Bedeutung als zuvor, denn sie wollten jeden Anlaß vermeiden, der ihre Mutter wiederum aufregen konnte.

Der Mann wandte sich um und sagte: »Nein, nein. Kommt nur herein. Dieser Raum hier steht allen zur Verfügung.«

Er war ein kräftig gebauter Mann von dunkler Hautfarbe. Über die Stirn fiel ihm eine fast schwarze Haarlocke. Er hatte eine gebogene Nase und klare, durchdringende braune Augen, und er trug einen altmodischen Anzug mit Weste und steifem Kragen. Er hatte ein semitisches Aussehen und eine lebhafte, etwas geheimnisvolle Wesensart. Die Kinder sahen, daß er drei Bücher auf dem Tisch hatte. Eines davon war geöffnet, und offensichtlich war er dabei, sich Notizen aus diesem Buch zu machen.

Er sah die Kinder einen Augenblick lang an und sagte dann: »Wolltet ihr hierher kommen, um zu schreiben? Ich bin fast fertig.«

Die Kinder fanden vom ersten Moment an Gefallen an ihm, nicht wegen der Klugheit, die er ausstrahlte, sondern wegen der Höflichkeit, die er ihnen erwies, als seien sie schon erwachsen.

»Nein, vielen Dank, Sir«, antwortete Miranda ebenso wohlerzogen. »Wir wollten uns nur umsehen.«

»Dann tut das nur und laßt euch nicht stören. Wohnt ihr hier?«

»Ja«, sagte Miranda. »Im ersten Stock in der Wohnung 1A. Wir sind die Maitlands.«

Bei diesen Worten blickte der Mann die Kinder mit verstärktem Interesse an. »Ihr seid also die Maitlands«, sagte er. »Ich habe in den letzten Tagen so viel über euch gehört und freue mich, euch kennenzulernen. Ich wohne auch hier. Mein Name ist Jacob Bettauer.«

Als sie darüber nachdachten, glaubten sie, ihn schon zuvor gesehen zu haben, und auch er meinte, den Kindern bereits begegnet zu sein. Doch wenn man in einem Wohnblock wie Melton Court lebte, wußte man nie, ob man Mietern oder Besuchern begegnete, es sei denn, man erkundigte sich.

Michael erinnerte sich, an dem zur Wohnung 6B gehörenden Hausbriefkasten die Inschrift: »Dr. und Mrs. Jacob Bettauer« gelesen zu haben. Natürlich war dem nicht zu entnehmen, um welche Art Doktor es sich bei ihm handelte. Im übrigen interessierte dieser Mann die Kinder nicht speziell, da Mieter im sechsten Stock nichts mit ihrem Haus zu tun hatten, da sie lediglich den Luftraum darüber bewohnten.

Dennoch erwiderte Michael höflich: »Ach ja, ich weiß. Auf Ihrem Briefkasten steht, daß Sie Doktor Bettauer heißen.«
»Das stimmt«, sagte der Mann.
»Sind Sie ein Doktor für kranke Menschen?«
»Gewissermaßen«, erwiderte Dr. Bettauer, »wenn auch nicht in dem Sinne, an den du denkst. Es gibt heutzutage Doktoren für vielerlei Arten von Leiden. Ich unterrichte auch viel.«
Auch nach vielen Jahren erfolgreichen Schaffens hielt er sich mit näheren Angaben über seine Tätigkeit als Nervenspezialist zurück, da er wußte, daß die Menschen sofort eine Abwehrhaltung einnahmen, wenn sie vermuteten, daß er als Fachmann Spuren eines Nervenleidens bei ihnen bemerken könnte.
Roddy stieß wie üblich direkt auf den Kern der Sache los, die ihm begegnete. »Warum arbeiten Sie hier, und nicht in Ihrer Wohnung?« fragte er.
»Das hat seinen Grund«, erläuterte Dr. Bettauer. »Wir haben nämlich Familienzuwachs bekommen, einen kleinen Jungen, und er macht so viel Lärm, daß man es in der engen Wohnung nicht aushalten kann. Deshalb bin ich hierher gekommen.«
»Dann dürfen wir Sie aber wirklich nicht stören«, sagte Miranda.
»Aber nein.« Dr. Bettauer schüttelte den Kopf. »Wonach habt ihr eigentlich gesucht?«
»Nach unserem Haus«, antwortete Roddy. »Sie schreiben im Arbeitszimmer meines Daddy.«
»Ach ja«, sagte Dr. Bettauer halb amüsiert, halb verständnisvoll. »Natürlich, da ist ja dieses Haus. Also ihr seid die Drei, die diesen Wohnblock auf den Kopf gestellt haben!«
Dies war eigentlich nicht als Vorwurf gemeint, doch Michael glaubte, etwas zur Verteidigung sagen zu müssen. »Aber wir haben doch nichts getan! Wir haben nur ...«
»Ein paar Leute eingeschüchtert«, ergänzte Dr. Bettauer. »Andere habt ihr zum Lachen gebracht, manche habt ihr traurig gemacht, manche ärgerlich, manche unglücklich, andere unsicher und ver-

legen gemacht. Der Wohnblock wimmelt wie ein Ameisenhaufen, in den man einen Stock gesteckt hat. Ich bin euch sehr zu Dank verpflichtet, denn die Beobachtungen waren für mich sehr unterhaltsam, aber auch instruktiv. Da ihr nun für all dies verantwortlich seid, könntet ihr mir auch einmal erzählen, was ihr über Häuser wißt.«
»Meinen Sie das, was wir über unser Haus wissen?« fragte Miranda.
»Natürlich, wenn ihr dort beginnen wollt«, sagte Dr. Bettauer. Er gab sich so natürlich und schien so interessiert, daß sie ihm Vertrauen schenkten. Miranda und Roddy setzten sich auf ein mit Moiré bezogenes Sofa, während Michael auf einem Stuhl Platz nahm.
»Es geht nur um das Haus, das früher hier war«, begann Miranda. »Ich meine, es stand auch dort, wo wir jetzt sitzen ...« Und dann stürzte sie sich in eine Erzählung, der Dr. Bettauer sehr aufmerksam lauschte, ohne sie zu unterbrechen.
Natürlich berührte Mirandas Erzählung nicht die Bemühungen der Kinder, das von dem Haus eingenommene Gebiet auszukundschaften, obwohl gerade Dr. Bettauer einer der wenigen Erwachsenen gewesen wäre, der ein solches Verhalten verstanden hätte.
Sie meinte jedoch, daß es angemessen wäre, eine Art von Erklärung für die Zusammenhänge abzugeben, und so schloß sie ihren Bericht mit den Worten: »Und dadurch ist es fast so, als ob wir in einem Hause leben würden. Ich meine, unser Teil davon liegt zum Beispiel im ersten Stock, wo alle großen Schlafzimmer liegen. Im Stockwerk darüber wohnen die Kindermädchen, und dort ist auch das Spielzimmer. Und was die anderen Teile des Hauses betrifft, so ist es so, als ob sie alle da wären, wenn man sich alles genau vorstellt . . .«
»Das glaube ich«, ergänzte Dr. Bettauer. »Sagt, habt ihr schon einmal in einem Haus gewohnt?«
»Nein«, sagte Michael. »Aber wir waren schon in manchen Häusern zu Besuch.«

Dr. Bettauer nickte. »Ich nehme an, ihr würdet alle gern in einem richtigen Haus leben, oder nicht?«
Keiner antwortete darauf, denn sie hielten diese Worte für eine Feststellung, da ihre Begeisterung für das Haus ihre Einstellung zu dieser Frage von selbst erklärte.
Dr. Bettauer wandte sich an Roddy. »Nun, junger Mann«, sagte er, »weshalb würdest du in einem Haus wohnen wollen?«
»Sein Name ist Roderick«, erklärte Miranda. »Wir nennen ihn Roddy.«
»Nun, Roddy, weshalb würdest du lieber in einem Haus wohnen?«
Roddy überlegte zuerst, wie er es gelernt hatte, wenn ihm eine direkte Frage gestellt wurde. »Weil mich dann niemand finden könnte, wenn ich dies nicht wollte. Ich könnte mich verstekken.«
»Und du?«
Miranda sah, daß Dr. Bettauers Blick auf sie gerichtet war. »Ich heiße Miranda. Und das ist Michael.«
Sie erkannte jetzt, wo es sich um eine konkrete Frage handelte, daß sie nie über besondere Gründe nachgedacht hatte, da es so viele davon gab. Wünschten nicht alle Menschen, in einem Haus zu wohnen, wo es eine Eingangstür gab, einen Keller und einen Dachboden, einen Garten, eine Treppe und sehr, sehr viele Zimmer? Welchen Grund sollte sie angeben? Schließlich platzte sie heraus: »Nun, es könnte in einem Haus behaglich sein.«
»Und du, junger Mann?« fragte Dr. Bettauer Michael.
Er überlegte und sagte schließlich: »Weil alles uns gehören würde. Niemand anders könnte hereinkommen und uns stören, wenn wir dies nicht wollen.«
Dr. Bettauer nickte gedankenvoll, lehnte sich in seinem Stuhl zurück und sagte: »Das ist doch sehr interessant. Ihr habt alle drei fast die gleichen Gründe wie die prähistorischen Menschen, als diese sich einen Zufluchtsort suchten. Damals begann die langsame Entwicklung des Hauses – eine Entwicklung, die noch heute andauert.«

Er wandte sich an Roddy. »Du sagst, du könntest dich verstecken. Das stimmt. Du könntest dich vor der Gefahr, vor spähenden Augen verstecken, vor allem, was dich vielleicht bedroht. Und du könntest als Junge vielleicht auch Versteck spielen. Hast du daran gedacht?«

»Nein«, sagte Roddy. »Nur an das Verstecken.«

»Ja, so ist es mit Häusern«, meinte Dr. Bettauer versonnen. »Da ist das Bedürfnis, nicht gesehen zu werden, von niemandem bemerkt zu werden. Die Tür zu verschließen, die Vorhänge zuzuziehen, das Licht auszumachen und zu wissen, daß niemand plötzlich hereinkommen kann. Weißt du, was das erste Haus war?« fragte er, an Michael gewandt.

»Es war eine Höhle, nicht wahr, Sir? Hießen diese Leute nicht Höhlenmenschen?«

»Das stimmt.« Dr. Bettauer nickte. »Als die Menschen begannen, aufrecht zu gehen und allmählich ihr Gehirn und ihre Hände einsetzten, fürchteten sie sich vor der Dunkelheit, denn aus dem Dunklen konnte ihnen ein Feind auf den Rücken springen. Deshalb merkt man noch heute, wenn ein Schauder den Rücken entlangläuft – an dieser verwundbaren Stelle des Körpers, wo man einen Angriff nicht zuvor sehen kann.«

Bei dem Gedanken, daß ihnen aus dem Dunklen etwas plötzlich auf den Rücken springen könnte, rückten die drei Kinder unbehaglich hin und her.

»Ich habe keine Angst vor der Dunkelheit«, protestierte Roddy.

Michael wollte dies nicht gelten lassen. »Das stimmt nicht«, sagte er. »Oder warum würde Mammi sonst eine Nachttischlampe neben dein Bett stellen?«

»Damit ich etwas sehen kann, wenn ich aufwache«, erklärte Roddy mit der ihm eigenen Logik.

»Eines Tages«, fuhr Dr. Bettauer fort, »fand ein Angehöriger eines primitiven Stammes eine leere Felsenhöhle, eine Spalte, in der vielleicht einmal ein Tier gehaust hatte. Er ging hinein und fühlte sich wohl, weil seine Furcht von drei Seiten her behoben war. In der Höhle konnte er von rückwärts her nicht bedroht werden, und da sie zwei Wände hatte, konnte auch von den Seiten her nichts auf ihn zuspringen. Zum ersten Mal brauchte er nachts keine Angst mehr zu haben. Am nächsten Tag holte er seine Familie nach.«

»Und so hatte er ein Haus«, rief Miranda aufgeregt.

»Nein, noch nicht. Fast, aber noch nicht ganz. Denn etwas Wichtiges fehlte noch.« Er beobachtete sie, doch die Kinder blieben still, denn sie ahnten noch nicht, was er meinte.

»Die Eingangstür«, sagte er. »Sie waren sicher nach drei Seiten hin, doch nicht vor der vierten Seite. Sie mußten sich also etwas ausdenken.«

»Wie konnten sie das?« fragte Michael. »Sie hatten doch noch nie von einer Tür gehört. Wie konnten sie dann eine Tür bauen?«

»Sie machten Feuer«, erklärte Dr. Bettauer. »An der Höhlenöffnung legten sie eine Feuerstelle an. Sie wußten, daß ein Feuer Furcht verbreiten kann, und so brauchten sie sich nachts nicht mehr vor hungrigen, spähenden Augen zu fürchten, denn keine Kreatur würde versucht haben, über diese brennende Schwelle einzudringen. Und so waren sie auf allen vier Seiten geschützt, und über dem Kopf hatten sie ein Dach.«

»Aber nun war es ein Haus, nicht?« sagte Miranda, noch immer aufgeregt.

»In der Nacht, ja. Aber noch nicht am Tage. Denn es gab noch immer die spähenden Augen anderer, die sich nicht vor dem Feuer fürchteten.«

»Waren es Menschen?« frage Miranda nachdenklich.

Dr. Bettauers Stimme nahm einen etwas traurigen Klang an. »Ja, Menschen. Denn als der Mensch sich entwickelte, da schuf er sich, zusätzlich zu den wilden Tieren, die ihn bedrohten, einen machtvollen Feind, nämlich sich selbst. Sein Haus war noch nicht fertig. Und so schuf er sich eine Tür für den Tag.«

»Aber wie?« fragte Michael. »Ich dachte, er konnte nicht . . .«

»Das stimmt«, sagte Dr. Bettauer. »Doch er konnte jetzt folgerichtig denken, und ihr wißt sicher, daß dies, zusammen mit dem Gebrauch der Hände, das Geheimnis unserer Entwicklung ist. Er hatte sich auf drei Seiten durch undurchdringliche Steinwände geschützt. Er schuf sich daher eine vierte Seite, indem er Felsbrocken vor dem Höhleneingang aufschichtete. Den engen Eingang bedeckte er mit Fellen, und wenn er ihn zusperren wollte, dann schloß er die Tür, indem er Felsbrocken in den freien Raum rollte.«

Er wandte sich Michael zu. »Und bemerkenswert ist, daß sich die Grundkonstruktion seit Hunderttausenden von Jahren nicht gewandelt hat. Vier Steinwände, ein Dach darüber, eine Vordertür, die verschlossen werden kann – alles andere ist nur eine Verfeinerung.«

»Ich würde gern in einer Höhle wohnen«, sinnierte Roddy.

»Das glaube ich nicht«, erwiderte Miranda. »Dort kann es nicht sehr bequem gewesen sein.«

»Aber wie ist es an anderen Stellen gewesen, wo es keine Höhlen gab?« fragte Michael. »Wie war es in Wäldern und Dschungeln?«

»Der Mensch mußte sich künstliche Höhlen bauen. Das Bedürfnis, sich eine Zufluchtsstätte, eine Behausung zu bauen, war so groß, daß er diese Aufgabe bewältigte.«

»Aber was hatte er zum Vorbild? Wie hat er das gelernt?« fragte Michael.

Dieser trübe Morgen entwickelte sich besser, als sie erwartet hatten. Dr. Bettauer nahm nicht nur ernst, was die Kinder ihn fragten, sondern er wußte auch sehr viele Einzelheiten über Häuser, die es vor langer Zeit gegeben hatte, und irgendwie gelang es ihm, diese Gedanken in die Vorstellungen einzupassen, die sie sich von ihrem eigenen Hause machten.

»Ach, das war nicht allzu schwierig«, antwortete Dr. Bettauer. »Er baute sich ein hohles Dickicht aus dichten Büschen, die er mit Dornenzweigen zusammenhielt und in das er sich flüchten konnte, wenn er verfolgt wurde. Oder eine Hütte aus starken

Bambusstöcken. Manche primitiven Menschen bauten sich ihre Häuser sogar auf Bäumen.«

Miranda konnte sich nicht mehr zurückhalten. »Auch Kinder haben Baumhäuser! Im Spielgelände im Battersea Park gibt es einen Baumgang und ein Baumhaus. Wir sind einmal dort gewesen. Ich hätte gern darin gewohnt!«

»Natürlich«, stimmte Dr. Bettauer zu. »Das hätten wir alle gern getan. Doch der Mensch mußte wieder von den Bäumen herabsteigen, um sich Nahrung zu suchen. Und deshalb baute er sich seine Hütten auf dem Erdboden in Waldlichtungen, so daß er beobachten konnte, was sich den Häusern näherte.«

Dr. Bettauer breitete seine Hände aus, als er weitersprach. »Wißt ihr auch, daß sich in all diesen Jahren die Grundmaterialien nicht viel geändert haben? Die Hütte ist die Vorläuferin aller Holzhäuser, die aus Holz und Mörtel bestehen, während alle Häuser aus Ziegelsteinen oder Mauerwerk von der Höhlenbehausung abstammen.«

Die Kinder hörten gespannt zu und dachten über das nach, was ihnen so anschaulich erzählt wurde. Schließlich sagte Miranda: »Vorhin meinte ich, daß ich gern in einem Hause wohnen würde, weil es dort behaglich ist . . .«

»Ja, das stimmt«, pflichtete Dr. Bettauer bei. »Es ist behaglich, weil man sich wie in einer Höhle sicher, privat, gemütlich und geschützt fühlt. Alles das findet man innerhalb der vier Wände eines Hauses. Man kann sich die Behaglichkeit wie einen Mantel überziehen und sich im Inneren warm und gesichert fühlen.«

Miranda zappelte behaglich, so als ob sie sich in einen weichen Pelzmantel hineinschmiegte, und sagte: »O ja! Genauso ist es auch.«

»In irgendeiner Weise hat jeder Mensch ein Bedürfnis oder eine Sehnsucht danach, was ein Haus für ihn bedeuten kann: Zuflucht, Sicherheit, Behaglichkeit, ein Nest und ein Heim für die Familie.«

Miranda erkannte plötzlich, daß sich Dr. Bettauers Augen mit

Tränen füllten. Am liebsten hätte sie die Arme um ihn geschlungen und ihn an sich gedrückt. Doch sie wußte, daß ihre Brüder das nicht gern gesehen hätten – und schließlich hatten sie ihn ja auch gerade erst kennengelernt. Sie erkannte jedoch, daß auch er sich in diesem Augenblick wünschte, in einem Haus wohnen zu können, wo er sein eigenes Arbeitszimmer haben würde, wo er die Tür zumachen könnte und wo ihn niemand in seinen Überlegungen störte.

Da ertönte der Glockenschlag der Uhr im Hausflur, und Dr. Bettauer blickte mit nassen Augen auf. »Du meine Güte«, sagte er. »Es ist schon Essenszeit! Ich muß gehen. Nun, vielleicht werden wir alle einmal in einem Hause leben – in einem wirklichen Haus. Das hoffe ich, liebe Kinder. Auf Wiedersehen.« Er nickte ihnen zum Abschied zu und verließ den Raum.

»Welch ein interessanter Mann«, seufzte Miranda.

»Ich könnte ihm stundenlang zuhören«, sagte Michael, der immer noch auf seinem Stuhl saß.

»Ich glaube, das haben wir auch getan«, sagte Roddy. »Habt ihr auch so großen Hunger?«

12 Die bunten Häuser

Wenn er nicht viel zu tun hatte, durften Michael, Miranda und Roddy manchmal Mr. Thompson besuchen, den Verwalter von Melton Court, in seinem Büro im Erdgeschoß.

Die Tür war immer offen, und wenn Mr. Thompson an seinem Schreibtisch saß, konnte man jederzeit zu ihm kommen. Er war stolz darauf, daß man sich vierundzwanzig Stunden am Tag an ihn wenden konnte. Dies bedeutete natürlich nicht, daß die Tür seiner Privatwohnung im Erdgeschoß ebenfalls offenstand, sondern es sollte heißen, daß er jederzeit, auch nachts, telefonisch erreichbar war.

Als die drei Kinder an jenem Nachmittag vor seiner Tür standen, rief er ihnen zu: »Hallo! Kommt nur herein, wenn ihr wollt. Was führt ihr jetzt wieder im Schilde? Ihr habt doch wohl nicht vor, noch mehr Mieter mit eurer Hausgeschichte aufzuregen?«
Die Kinder zögerten noch immer einzutreten, während Mr. Thompson aufstand, um seinen Schreibtisch herumging und sich breitbeinig, mit den Händen in den Taschen, vor ihnen aufbaute. »Nun, habt ihr das vor?« fragte er.
Miranda blickte ihn ein wenig scheu an und erwiderte: »Nein, bestimmt nicht, Mr. Thompson. Wir gehen nicht mehr zu den Mietern. Aber es ist nicht unsere Schuld, daß hier früher einmal ein Haus war!«
»Was früher war, daran seid ihr bestimmt nicht schuld«, gab er zu. Nach einer Pause fragte er beiläufig: »Und wo würden wir alle uns jetzt befinden, nach eurer Meinung?«
Miranda und Michael tauschten schnelle Blicke, wie es junge Leute häufig tun, wenn sie meinen, durch die Fragen von Erwachsenen bloßgestellt zu werden. Konnten sie Mr. Thompson volles Vertrauen entgegenbringen? Da sie ja weitere Informationen sammeln wollten und deshalb mußten sie ihm vertrauen. Auf alle Fälle war er ein freundlicher Mensch und hatte immer Zeit für sie.
Miranda gab Michael zu verstehen, daß er Mr. Thompson gegenüber offen sein konnte. Die Zeichnungen kannte er inzwischen auswendig, so daß er mit Bestimmtheit sagen konnte: »Im Frühstückszimmer. Vom Flur aus war es das Zimmer vor dem großen Speisezimmer.«
Miranda fügte hinzu: »Es war – ich meine, es ist – ein großes Haus, und vom Frühstückszimmer kann man in den Garten blikken. Morgens war es dort sehr gemütlich, denn das Speisezimmer war für das Frühstück einfach zu groß, verstehen Sie.«
Mr. Thompson nickte; er sagte aber nichts.
»Sie sind doch nicht böse mit uns, oder?« fragte Miranda.
Mr. Thompson überlegte noch immer, und dann sagte er: »Ich?

Nein, keineswegs. Doch wie ich schon sagte, sind einige der Mieter ziemlich außer sich. Ihr müßt verstehen – sie mögen nicht die Vorstellung, in einem anderen Haus zu wohnen, und manche würden überhaupt nicht in irgendeinem Haus wohnen wollen, denn sie sind an ihren Wohnblock gewöhnt.«

»Hat sich Mrs. Potter aufgeregt?« fragte Michael beiläufig.

»Wie?« meinte Mr. Thompson. »Die alte Mrs. Potter?«

Mrs. Potter war den Bewohnern von Melton Court unter dem Beinamen ›Die Hexe‹ bekannt. Das hohe Alter hatte ihren Rücken gebeugt. Sie hatte eine lange, gebogene Nase, rot umrandete Augen, Härchen am Kinn, weiße Locken und gerötete Wangen. Sie trug die Bürde zu vieler Lebensjahre, ließ sich nie zum Narren halten und legte auf ihre persönliche Unabhängigkeit großen Wert, obwohl sie körperlich durchaus nicht mehr robust war. Sie ging am Stock, doch ließ sie es nie zu, daß sie jemand am Arm führte, wenn sie die wenigen Stufen zu ihrer Tür hinaufstieg.

»Sie ist doch keine Hexe, oder?« fragte Miranda. Sie war sich jedoch über den Unterschied zwischen den Begriffen im klaren, wenn die Leute Mrs. Potter als Hexe bezeichneten, oder wenn ihre Geschwister sie selbst Oberhexe nannten, die die Angelegenheiten ihres Hauses zu regeln hatte.

»Natürlich ist sie das nicht«, beschwichtigte Mr. Thompson. »Sie ist nur eine sehr einsame alte Frau, die ihre eigene Zeit überdauert hat.«

»Aber warum ist sie immer so ärgerlich?« fragte Michael. »Neulich, als Harry Martin ihr die volle Einkaufstasche tragen helfen wollte, drohte sie ihm mit dem Stock.«

»War das so?« erwiderte Mr. Thompson. »Wahrscheinlich hatte Harry sie gekränkt.«

»Das stimmt nicht!« rief Miranda aus. »Ich war dabei. Er hat gar nichts gesagt. Er nahm ihr nur die Tasche ab.«

»Das war die Kränkung«, erklärte Mr. Thompson, »weil der Gedanke dahintersteckte, daß sie alt und schwach sei und nicht selbst für sich sorgen könne. Und wenn der Wille noch da ist, dann bedeutet das eine Kränkung. Jedenfalls würde Tim Ryan nicht einen solchen Fehler gemacht haben . . .«

Tim Ryan war, wie die Kinder wußten, der Hauptpförtner von Melton Court. Harry Martin war sein Gehilfe und zugleich Telefonist im Wohnblock.

»Tim hätte nur gesagt: ›Guten Morgen, Mrs. Potter. Nun, Sie haben ja einen guten Einkauf gemacht‹, und dann hätte er sie wachsam beobachtet, während sie die paar Stufen hinaufstieg. Es ist noch immer ein schneller Bursche, dieser Tim, und wenn sie gestolpert wäre, dann hätte er sie gleich am Arm gestützt und gesagt: ›Diese lose Fliese hätte doch schon längst befestigt werden müssen‹, und sie hätte wegen der Fliese ein paar Worte verloren und wäre dann zufrieden und ihrer Würde unangetastet weitergegangen. Die Würde ist nämlich das einzige, was einem sehr alten Menschen noch bleibt.«

»Wie alt ist sie?« fragte Miranda.

»Ich weiß es nicht genau.« Mr. Thompson kratzte sich den Kopf. »Sie müßte aber sechsundneunzig oder sogar siebenundneunzig Jahre alt sein.«

»Donnerwetter!« staunte Roddy. »Dann ist sie ja fast hundert.«

Miranda rechnete nach. »Wenn sie sechsundneunzig ist, dann muß sie ja geboren sein, als Viktoria noch Königin war.«

Mr. Thompson nickte und schmunzelte. »Sie muß ein aufregendes Leben geführt haben und viel umhergereist sein. Sie kennt so ziemlich alle fremden Länder.«

»Hat sie denn keine Angehörigen mehr?« fragte Miranda.

»Ich kenne keinen«, antwortete Mr. Thompson. »Sie hat nur einen Rechtsberater. Manchmal ruft sie mich mitten in der Nacht oder am frühen Morgen an – um drei oder vier Uhr.«

»Was sagt sie dann?« fragte Michael. »Was will sie von Ihnen?«

»Nun, wenn ich den Hörer abnehme, dann ist zunächst kein Wort vom anderen Ende der Leitung zu vernehmen, und schließlich ertönt ihre Stimme: ›Sind Sie dort, Mr. Thompson?‹ Und wenn ich antworte, dann fragt sie: ›Ist alles in Ordnung, Mr. Thompson?‹

Wenn ich das bestätige und frage, ob etwas sie gestört hätte, sagt sie manchmal, sie hätte draußen ein Geräusch gehört. Dann sage ich: ›Es könnten Katzen sein, Mrs. Potter. Machen Sie sich keine Gedanken.‹ ›Ach ja‹, sagt sie dann, ›diese Katzen! Ich glaube, daß ich deshalb in letzter Zeit nicht so gut schlafen kann.‹ Darauf antworte ich natürlich: ›Sie schlafen nicht gut, Mrs. Potter? Das tut mir aber leid. Woran könnte dies liegen?‹ Nun, das könnte alle möglichen Gründe haben. Zu heiß, zu kalt, zuviel Feuchtigkeit, vielleicht der starke Wind, und dann pflegt sie sich an ähnliche Erlebnisse zu erinnern, wo sie sich durch das Wetter unwohl fühlte, sei es in Bombay oder in Hongkong; es könnte auch Singapur, San Francisco oder Melbourne gewesen sein. Und wenn ich zufällig in meiner Dienstzeit bei der Marine ebenfalls an diesen Orten gewesen war, sage ich: ›Das stimmt, das Barometer konnte sich dort sehr eigenartig verhalten, nicht wahr, Madam?‹ Und dann unterhalten wir uns ein wenig über den Ort.«

»Was, um drei oder vier Uhr morgens?« fragte Michael.

»Ja, natürlich.« Mr. Thompson nickte. »Gerade um diese Zeit, denn sie braucht die Unterhaltung am nötigsten, wenn sie früh aufwacht und sich einsam fühlt. Und ich weiß, daß sie danach bald wieder einschlafen kann.« Doch unvermittelt fragte er: »Aber warum erkundigt ihr euch nach Mrs. Potter?«

Wieder warfen sich Miranda und Michael vielsagende Blicke zu, als sie erkannten, daß es Mr. Thompson nicht unterließ, doch noch die Frage zu stellen, die ihn die ganze Zeit hindurch bewegt hatte. Roddy beschäftigte sich eingehend mit einem Stück Schnur aus seiner Tasche, die er auf- und abwickelte, wobei er vortäuschte, daß er die Frage nicht gehört hatte.

Miranda gab die Antwort, da sie merkte, daß ihr älterer Bruder unsicher war, und da sie meinte, die Wahrheit sagen zu müssen. »Nun«, sagte sie, »es handelt sich um das Haus. Wir wissen, in welchem Teil des Hauses sie wohnt – ich meine, des Hauses, das einmal hier war – aber wir wüßten gern, wie es jetzt dort aussieht und ob es ihr dort gefällt. Vielleicht wäre es ihr sogar angenehm, wenn sie wüßte, daß sie gleichzeitig in einem Haus lebt?«

Mr. Thompson machte ein mißbilligendes Gesicht, doch bevor er antworten konnte, klingelte das Telefon auf dem Schreibtisch hinter ihm. Als er den Hörer abheben wollte, verabschiedete sich Miranda schnell: »Ach, du meine Güte, wir stören Sie bestimmt. Wir müssen jetzt gehen. Und vielen Dank. Komm mit, Roddy.«
Die drei schlenderten zurück in den Hauskorridor.

Miranda war von einer eigenartigen Traurigkeit erfüllt bei dem Gedanken an die alte Dame, die mitten in der Nacht anrief, um sich ein wenig zu unterhalten, und die in der unglaublich langen Zeit ihres Lebens an so vielen Orten gewesen war und so viel Neues kennengelernt hatte. Im Innersten fühlte sie das Verlangen, die alte Dame auf irgendeine Art zu trösten, so wie es Mr. Thompson getan hatte. Obwohl sie Mrs. Potter überhaupt nicht kannte, fühlte sie sich zu ihr hingezogen, und das eigenartige Band, das häufig sehr junge und sehr alte Menschen verbindet, wirkte hier außergewöhnlich stark.

»Was wollen wir jetzt machen?« fragte Roddy.

Michaels Gedanken waren auch bei Mrs. Potter, doch auf einer anderen Wellenlänge als die Empfindungen Mirandas, denn er war in erste[illegible]ie der Architekt, der die Gedanken zu Papier bringen konnte.

»Es würde doch nichts ausmachen«, sagte er, »wenn wir an ihrer Tür vorbeigingen, oder?« Und dann könnten wir bis ans Ende des Korridors gehen und nachsehen, was es dort noch gibt. Damit würden wir doch niemand stören! Vielleicht ist dort die Stelle, wo das Haus zu Ende geht.«

»In Ordnung«, stimmte Miranda zu. »Aber wir dürfen keinen Lärm machen.«

Es war eigentlich nicht die mögliche Grenzlinie des Hauses, die sie interessierte, sondern der Gedanke, näher an die alte Mrs. Potter heranzukommen. Sie fragte sich, ob die alte Dame vielleicht jetzt draußen in Wind und Regen war und sich weigerte, trotz des widrigen Wetters einen hilfreichen Arm anzunehmen.

»Kommt jetzt«, drängte Michael. »Die alte Hexe darf uns nicht erwischen.«

»Würde sie uns aufessen?« fragte Roddy.
»Mit einem Biß«, warnte Michael. »Bleib nahe bei mir Roddy, und tritt leise auf.«
Es war ein schauererregendes Spiel, geräuschlos an einer Tür vorbeizukommen, hinter der, wie sich die Kinder vorstellten, ein drohender Spuk lauerte.
Plötzlich öffnete sich die Tür einen Spalt. Ein Augenpaar spähte hindurch, und dann schloß sie sich wieder.
Die Kinder waren wie versteinert. Sie wußten nicht, wohin sie sich wenden, ob sie stillstehen oder besser wegrennen sollten. Die beiden älteren Kinder merkten, daß die Tür nur leicht eingeklinkt war, so daß sie geräuschlos geöffnet werden konnte, während sie versuchten, sich vorüberzuschleichen. Doch bevor die Kinder sich aus ihrer Erstarrung lösen konnten, öffnete sich die Tür wiederum, und die alte Mrs. Potter stand vor ihnen.
Sie hatte einen schwarzen Strickschal um die Schultern gewickelt und eine schwarze Schleife auf dem Kopf, dessen weißes Haar so spärlich war, daß es den rotschimmernden Schädel kaum bedeckte. Sie war zierlich – kleiner, als die Kinder es sich vorgestellt hatten – und stand so vornübergebeugt da, daß ihre Nase wie ein Schnabel und der Schal wie schwarze Flügel wirkten. Sie erinnerte die Kinder an einen Geier.
»Was möchtet ihr?« fragte sie mit einer Stimme, die durch die Jahre so verbraucht war, daß sie wie ein heiseres Flüstern klang.
Seltsamerweise hatte Miranda keine Angst, sondern sie überlegte, weshalb die alte Dame ihre Wohnungstür nicht geschlossen hielt. Hatte sie dahinter gestanden und gehorcht? Und weshalb hatte sie gehorcht? Konnte sie noch so gut hören, daß sie die Kinder entdeckt hatte?
»Wir wollten fragen, ob wir uns mit Ihnen unterhalten könnten«, sagte Miranda. Sie wußte selbst nicht, woher sie den Mut genommen hatte, dies zu sagen. Natürlich war das »Unterhalten« eine Wiederholung der Worte, die sie von Mr. Thompson gehört hatte, doch Miranda wunderte sich über sich selbst, daß sie der alten Dame so ruhig gegenübertreten konnte.

»Unterhalten?« fragte Mrs. Potter. »Weshalb?«

»Es regnet schon seit Tagen«, erwiderte Miranda. »Wir haben jetzt Osterferien, wissen Sie. Wir können nicht nach draußen gehen und haben nichts zu tun. Dies sind meine Brüder, Michael und Roddy, und ich bin Miranda. Wir sind die Maitlands vom ersten Stock.«

»Ich verstehe«, sagte Mrs. Potter. Sie blickte die Kinder aus ihren alten, rotgeränderten Augen an. Michael mußte wiederum an das Bild eines Geiers denken, der seinen kahlen Kopf zwischen die Schultern eingezogen hatte. Er hatte überhaupt keine Angst, doch er war etwas aufgeregt, denn er hatte das Gefühl, vor einem abenteuerlichen Erlebnis zu stehen.

»Ich verstehe«, wiederholte Mrs. Potter. »Dann kommt nur herein.« Sie öffnete die Tür weit, um sie in die Diele hereinzulassen.

Miranda, die jetzt gar keine Bedenken mehr hatte, betrat als erste die Wohnung. Michael folgte ihr, doch Roddy zögerte noch.

»Nun, junger Mann?« sagte Mrs. Potter. »Was ist los? Hast du Angst?«

Ohne zu antworten, drückte sich Roddy ein wenig verschüchtert hinter Michael in die Diele hinein.

In der Wohnung war nichts Besonderes zu erkennen, denn sie war betont einfach eingerichtet. Nach der Erzählung Mr. Thompsons hatten die beiden älteren Kinder damit gerechnet, hier ganze Zimmer voller Erinnerungsstücke aus fernen Ländern vorzufinden. Doch solche Raritäten waren nirgends zu sehen. Die Einrichtung war schlicht und praktisch: Stühle, ein Sofa, Tische, passende Vorhänge, alles in neutralen Farben. Doch gerade dieses Nichtssagende an der Wohnung gab Miranda Rätsel auf. Wäre sie älter gewesen, so hätte sie vielleicht erkannt, daß diese Farblosigkeit und Sachlichkeit an ein Hotelzimmer erinnerte. Es schien so, als ob die Bewohnerin sich darauf eingestellt hätte, nur vorübergehend hier zu bleiben, wie auf der Durchreise nach anderen Orten.

Neugierig, doch auch voller Mitgefühl betrachtete Miranda die alte Dame. Sie erkannte in der zierlichen, gebeugten Gestalt all die Würde, von der Mr. Thompson gesprochen hatte – und noch etwas anderes. Miranda konnte dafür keine Worte finden, denn das, was der alten Frau noch Kraft gab, war die Tapferkeit, und in diesem Bereich hatte Miranda keine Erfahrung.

»Setzt euch nur alle hin, wo ihr wollt.« Mrs. Potter forderte die Kinder mit einladender Handbewegung auf, Platz zu nehmen. Sie selbst ließ sich in einen Sessel fallen. Sie machte jetzt einen weniger gebeugten und ausgeglicheneren Eindruck. Die Kinder gehorchten. Michael wählte das Sofa, Roddy einen hochbeinigen Stuhl, wobei seine Füße nicht den Boden berührten, während Miranda sich im Schneidersitz auf den Fußboden setzte und ihren Rock über die Knie zog.

Es war den Kindern nicht ganz leicht gefallen, hereinzukommen mit der Absicht, sich mit der alten Dame zu unterhalten. Doch nun, wo sie in der Wohnung waren, fiel es ihnen erst recht schwer, das Schweigen zu brechen. Voller Neugier sahen sie sich um.

Mrs. Potter blickte von einem zum anderen und sagte schließlich: »Wie ich sehe, interessieren euch meine Fotos. Ihr braucht euch aber deshalb nicht zu schämen. Auch ich habe früher immer die Fotos bei anderen Leuten sehen wollen. Nun, das Bild dort drüben zeigt meinen Vater.« Sie deutete auf das Foto eines großen, gut aussehenden Mannes in einer seltsamen Uniform, die sie noch nie gesehen hatten: ein Frack mit vielen Goldstickereien und vielen Orden, in Breeches und weißen Strümpfen und Spangenschuhen.

»Er war Botschafter. Als ich noch jung war, sind wir viel umhergereist, denn er wurde von einem Ort zum anderen versetzt. Von der Gewohnheit des Reisens bin ich nie abgewichen. Im ganzen Leben habe ich viele Reisen unternommen.«

Auf dem Tisch neben ihr stand das Bild eines ebenfalls großen jungen Mannes im Silberrahmen, und die Ähnlichkeit zu seinem Großvater ließ sich kaum übersehen. Auch er war in Uniform, doch in Khaki-Hosen, einer Lederjacke, und er trug eine Offiziersmütze. An seiner linken Brustseite sahen die Kinder ein Paar Schwingen.

»Mein Sohn Peter«, sagte Mrs. Potter. »Leutnant Peter Potter. Er ist im Ersten Weltkrieg gefallen. Habt ihr schon einmal etwas über Baron von Richthofen gehört?« Mrs. Potter seufzte ein wenig und fügte hinzu: »Ich glaube nicht. Ich habe einen Brief von ihm, worin er bedauert, daß er meinen Sohn töten mußte.«

Die Kinder waren so beeindruckt, daß sie kaum zu atmen wagten. Michael glaubte, einmal etwas über Richthofen gelesen zu haben. Natürlich, das war der Rote Baron, der berühmte deutsche Flieger im Ersten Weltkrieg.

Mrs. Potter deutete auf ein Gruppenbild, das einen etwa vierzigjährigen Mann, eine reizende, etwas jüngere Frau und zwei nette Kinder zeigte, die ungefähr im gleichen Alter waren wie Michael und Miranda. »Dies waren meine Enkelkinder, meine Tochter und ihr Mann. Meine Tochter war bereits verwitwet, als sie und ihre Kinder bei den Bombenangriffen des letzten Krieges umkamen.«

Nahe bei ihr stand in einem Goldrahmen eine auf Elfenbein gemalte Miniatur. Sie zeigte einen blonden, blauäugigen, freundlich lächelnden jungen Mann. »Dies war mein Ehemann«, sagte Mrs. Potter. »Natürlich habe ich noch andere Bilder von ihm, doch dies hier mag ich am liebsten.«

»Und nun«, fuhr sie fort, »habe ich euch gesagt, was ihr wissen wollt. Könnt ihr mir nun auch sagen, weshalb ihr euch mit mir unterhalten wolltet?«

Wiederum wußten sie nicht, wie sie beginnen sollten. Schließlich blinzelte Miranda ihrem älteren Bruder zu, und Michael beugte sich auf dem Sofa nach vorn und sagte: »Nun, Sie müssen wissen, Miranda hatte die Sache mit dem Haus entdeckt, das früher hier war. Ich meine, das hier war, wo jetzt der Wohnblock steht . . .« Er zögerte einen Augenblick. »Und das noch immer hier ist.«

Mrs. Potter drehte ihren Kopf zur Seite und blickte das Mädchen an. »Das Haus, das früher hier war . . .«, wiederholte sie. Das er-

wachende Interesse ließ ihre Augen aufleuchten. »Und wie hast du das entdeckt?«
»Ich habe es nicht wirklich entdeckt«, erwiderte Miranda. »Ich habe es einfach gewußt.«
Mrs. Potter nickte und sagte: »Ja, natürlich.« Jetzt erinnerte sie Michael nicht mehr an einen Geier, sondern eher an einen kleinen, aber lebhaft interessierten Spatzen, der im Sessel nahezu versank.
»Als ich eines Morgens aufwachte«, erklärte Miranda, »war es auf einmal da, so als hätte ich schon immer davon gewußt.«
Mrs. Potter schien einen Augenblick lang in Gedanken versunken zu sein, doch dann gewann ihr Gesicht einen seltsamen Ausdruck. Es schien so, als ob eine weitere Miranda aus ihren Augen hervorschaute, als ob sich zwei Kinder unterhielten, als sie sagte: »Meinst du das wirklich? In welchem Teil sind wir? Erzähle mir alles.«
Miranda nickte Michael zu, und er sagte: »Nun, dieser Raum hier ist die Waschküche, doch nebenan, wo Ihr Schlafzimmer ist, ist der Aufenthaltsraum für das Personal.«
»Sie sehen, es war ein sehr großes Haus«, fügte Roddy hinzu. »Und wir gingen gerade an ihrer Wohnung vorbei, um nachzusehen, wo es endete.«
Dann erzählten die drei die ganze Geschichte, angefangen von dem Morgen, als Miranda zum ersten Mal über das Haus gesprochen hatte, bis hin zu ihren Erlebnissen beim Auskundschaften und zu der Tatsache, daß manche Menschen von der Erzählung angenehm berührt waren, andere jedoch nicht. Mrs. Potter hörte interessiert zu, fast wie ein Kind, dem man ein Märchen erzählt.
Als die Kinder geendet hatten, sagte sie: »Also ich wohne auch in eurem Haus. Das freut mich sehr. Mehr, als ich euch sagen kann.« Doch plötzlich schien sie mißtrauisch zu werden: »Woher wißt ihr das eigentlich? Weshalb soll ich glauben, daß all das, was ihr sagt, auch wahr ist?«
»O, das ist leicht«, erwiderte Miranda. »Wir können es Ihnen zei-

gen. Michael hat eine Zeichnung gemacht. Zeige sie Mrs. Potter, Michael.«

Michael nahm die Zeichnung des Erdgeschosses aus der Tasche und entfaltete sie. Alle drängten sich nun um die Füße von Mrs. Potter und betrachteten das Papier. Sie deutete mit der Spitze ihres Stockes auf die einzelnen Räume: Wohnzimmer, Diele, Haupttreppe, Bibliothek und das Arbeitszimmer des Hausherrn. Dann zeigte sie an die Stellen, die Michael als Waschküche und Aufenthaltsraum des Personals gekennzeichnet hatte. »Also hier bin ich«, sagte sie gedankenverloren.

»Ach, du meine Güte«, sagte Miranda. »Sind sie deshalb böse? Wir können doch nichts daran ändern . . .« Sie hatte Angst bei dem Gedanken daran, daß die alte Dame sich ärgern könnte über die Stellen, an denen sie wohnte. Vielleicht gefiel es Mrs. Potter nicht, daß ihr gesagt wurde, ihr Schlafzimmer sei an der Stelle, wo das Personal sich aufgehalten hatte, und ihr Wohnzimmer sei dort, wo die schmutzige Wäsche des ganzen Hauses gewaschen wurde.

Mirandas besorgte Frage schreckte Mrs. Potter aus ihren Träumen auf. »Ob ich böse bin?« sagte sie etwas gequält. »Wieder in einem Haus zu wohnen, wo ich doch nie so etwas erwartet hätte? Aber nein! Ich bin nicht böse, im Gegenteil, ich freue mich! Früher hatte ich immer ein Haus . . . Umso mehr freue ich mich, daß ich mich in eurem Haus befinde.« Dann fragte sie unvermittelt: »Welche Farbe hat es?«

Michael betrachtete seine Zeichnung. »Welche Farbe? Das habe ich ganz vergessen. Du hast aber davon gesprochen, Miranda. Erinnerst du dich?«

»Ja«, sagte Miranda. »Grau und weiß, mit rotbrauner Tür und einem Schieferdach.«

Michael holte seine Zeichnung der Vorderansicht des Hauses hervor, und nachdem Miranda die Einzelheiten beschrieben hatte, sagte Mrs. Potter: »Ja, so war es. In den alten Zeiten baute man sehr hübsche Häuser. Auch ich wurde in einem georgianischen

Haus geboren. Seid ihr einmal in einem solchen Haus gewesen?«
»Das weiß ich nicht genau«, sagte Miranda. »Vielleicht sind wir einmal in einem alten Haus gewesen, aber gewohnt haben wir nie in einem Haus. Wir haben immer in einer Wohnung gelebt, soweit ich zurückdenken kann.«
Mrs. Potter nickte. »Ich habe in vielen Häusern gelebt, die viele Farben hatten.«
»Ach ja?« sagte Michael. »Welche Farben hatten sie denn?«
»Hatten sie überhaupt Farben?« fragte Roddy.
Mrs. Potter blickte auf ihn herab und sagte: »Vielleicht kannst du mir die Farbe nennen, die dir gefällt, und ich werde es dir sagen.« Und dann fügte sie hinzu: »Ihr könnt alle mitmachen.«
Roddy dachte angestrengt nach, und schließlich entschied er sich. »Grün«, sagte er.
»Grün«, wiederholte Mrs. Potter. Versonnen blickte sie nach oben, ganz in sich gekehrt. »Ja. In einem grünen Haus wohnten wir in Nagasaki in Japan. Es hatte ein Dach wie eine Pagode, und an der Außenseite hatte es grüne Ziegel, die in der Sonne wie Smaragde schimmerten. An der Rückseite lag ein japanischer Garten, und kleine Brücken führten über Seerosenteiche.«
»Rosa«, sagte Miranda nachdenklich. »Ich meine wirklich überall rosafarben.«
»O ja«, erwiderte Mrs. Potter. »Der Palazzo Necchoni in Venedig hatte eine rosafarbene Tönung. Natürlich gab es da noch die Farbe der steinernen Ornamente, doch Rosa war die vorherrschende Farbe. Bei einer bestimmten Beleuchtung nahm sogar das Wasser des Kanals einen rosafarbenen Schimmer an, und wenn wir in unserer Gondel ankamen, so war es, als führen wir auf einem rosafarbenen Teich.«
Das Spiel war jetzt im Gange, und Michael wollte feststellen, wie weit es sich treiben ließ. Deshalb sagte er: »Purpurrot.«
»Meinst du das wirklich?« fragte Mrs. Potter nachdenklich. »Ja, ich habe in einem solchen Haus gewohnt, in Schiras in Persien.

Es bestand aus weißem Stuck, doch die Wände und die Fensterränder waren wunderschön dekoriert, in persischen Mustern und mit purpurroten Ziegeln, und wir nannten es immer unser Purpurhaus. Auch alle Teppiche hatten purpurrote Farben.«

Ließ sich die alte Dame wirklich nicht in Verlegenheit bringen?

»Braun«, schlug Miranda vor. »Ein dunkles, lederartiges Braun.«

Auch Mrs. Potter genoß jetzt den Wettstreit. Sie lächelte triumphierend. »Nicht nur lederfarben, sondern aus Leder«, sagte sie. »Ihr erratet es nicht.«

Michael hatte einen Einfall: »Eine Hütte auf dem Lande.«

»So ungefähr«, erwiderte Mrs. Potter. »Ein Indianerzelt bei Flagstaff in Arizona. Als ich ein kleines Mädchen war, waren wir dort Gäste des letzten großen Indianerhäuptlings des Wilden Westens von Amerika.« Und dann fügte sie hinzu: »Doch zum Glück nur ein paar Tage lang, denn es roch dort fürchterlich.«

Roddy meinte, er könnte sie hereinlegen, als er sagte: »Kunterbunt.«

Mrs. Potter schmunzelte. »Ja, wir hatten einmal eine Haus in Bayern. An der Außenseite war es mit Bildern bemalt, hell und farbenfroh, in allen Farben des Regenbogens. Es waren Bilder von Landleuten und von Heiligen, und die Balkons rund herum waren mit bunten Geranien bepflanzt.«

»Aber, Roddy, das war nicht fair«, sagte Miranda. »Man kann nur nach einer Farbe fragen.«

Doch Mrs. Potter war wirklich viel in der Welt umhergereist, immer mit ihrer Familie, und wo sie sich einige Zeit aufgehalten hatte, war es stets ein Haus, in dem sie gelebt hatte: blau, rot, gelb, grau oder weiß. Sie hatte die normannischen Bauernhäuser mit ihren Holzverkleidungen und Spitzdächern kennengelernt, die robusten grauen Steine schottischer Burgen mit Graben und Turm, die weißen und gelblichen Schindeln von Neuengland, die Blockhäuser von Kentucky, die weiträumige Ranch des amerikanischen Westens, das Fachwerk und die Strohdächer des mittelalterlichen England – und als Michael bei einem letzten Versuch, das Spiel zu gewinnen, »Farblos« sagte, nannte sie ein Haus in Connecticut, in dem sie einmal gewohnt hatte und das fast gänzlich aus Glas bestand.

»Doch vielleicht«, sagte sie, »sollte ich es nicht farblos nennen, denn es reflektierte die schönen Bäume, zwischen denen es stand, und im Herbst, wenn das Laub sich färbte, hätte es euch bestimmt gefallen, denn es reflektierte dann alle Farben des Regenbogens.«

Mit ihrer Familie hatte sie immer unter den schützenden Dächern von Häusern gewohnt, die nicht nur sehr viele Farben aufwiesen, sondern auch aus den verschiedensten Materialien bestanden, die durch ihre Art die Tönung der Häuser bestimmten: Stein, Ziegel, Hölzer der verschiedensten Art, Beton, Putz, Kacheln, Stuck oder Schindeln.

Als das Spiel vorüber war, trat eine Pause ein, und Michael fragte: »Haben Sie nun Häuser nicht mehr gern?« Miranda wünschte, ihr Bruder hätte diese Frage nicht gestellt, denn sie ahnte, daß Mrs. Potter sich jetzt sehr einsam fühlte.

Die alte Dame erwiderte: »Am Alleinreisen findet man kein Vergnügen, und ein leeres Haus kann mit Echos erfüllt sein, die in den Ohren dröhnen.« Nach einer Pause fügte sie hinzu: »Es ist nicht schön, wenn man zu lange lebt. Ich habe früher immer in Häusern gelebt und dachte, ich würde auch in einem Haus sterben, im Kreise meiner Familie.«

Miranda lag es auf der Zunge zu sagen: Aber Sie leben doch jetzt wirklich in einem Haus, doch sie unterließ es, die Worte auszusprechen, und war froh, daß auch Michael nichts erwiderte.

»Würden Sie uns gern als Familie haben, wenn wir Zeit dafür haben?« fragte Roddy.

Mrs. Potter lächelte ein wenig, als sie leise antwortete: »Das hast du nett gesagt, aber ich fürchte, es ist zu spät – und es würde sich wohl auch kaum lohnen. Sieh mal, ich kann euch noch nicht einmal Kuchen oder Süßigkeiten anbieten. Ich esse in letzter Zeit sehr bescheiden.«

»Aber Sie brauchten uns doch nichts anzubieten, wenn wir Sie nur besuchen!« rief Miranda aus.
»Das ist sehr freundlich, aber ihr habt doch schon so viel für mich getan«, sagte Mrs. Potter. Bei diesen Worten bemühte sie sich, aus der Tiefe ihres Sessels aufzustehen. Die drei Kinder dachten an die Worte, die sie gehört hatten, und machten keine Anstalten, ihr dabei zu helfen.
Auch die Kinder waren aufgestanden, und Michael sagte: »Vielen Dank, Mrs. Potter, daß wir uns mit Ihnen unterhalten durften, und daß Sie uns über alle Ihre Häuser erzählt haben.«
»Und ich danke euch«, sagte Mrs. Potter, »daß ihr mir über unser Haus erzählt habt.« Erst viel später kam Miranda zum Bewußtsein, daß die alte Dame nicht von »eurem«, sondern von »unserem« Haus gesprochen hatte.
Als sie gingen, bat Mrs. Potter: »Macht die Tür nicht fest zu. Laßt sie angelehnt.«
Draußen auf dem Korridor fragte Michael: »Meint ihr, daß sie die Tür immer auf diese Art offen läßt?«
»Ich meine, das tut sie immer so«, sagte Miranda.
»Aber warum?«
»Vielleicht fühlt sie sich auf diese Art nicht so sehr allein«, erwiderte Miranda.
Als sie an Mr. Thompsons Büro vorbeikamen, sahen sie, daß sich dieser mit Mr. Biggs unterhielt, so daß sie ihm nichts von dem Erlebnis erzählen konnten, das sie mit Mrs. Potter hatten.
Zwei Tage später gingen die drei Kinder, mit Regenmänteln und Gummischuhen bekleidet, die Treppe hinab, um mit ihrer Mutter Einkäufe zu machen, was sie sehr gern taten.
Sie sahen, daß im Hausflur sehr viele Leute standen, die sich gedämpft unterhielten. Außer Mr. Thompson und dem Hauspersonal waren mehrere fremde Herren da, die dunkle Mäntel und steife Hüte trugen und Aktentaschen unter dem Arm hatten.
»Was mag das nur sein?« wunderte sich Mrs. Maitland. »Da muß doch etwas passiert sein.«

Harry Martin, der Telefonist, und Tim Ryan, der Pförtner, standen in der Nähe und machten traurige Gesichter.
Mr. Thompson kam aus seinem Büro und sagte zu einem der Herren: »Hier sind die Schlüssel, Mr. Briscoe. Sie werden sehen, daß nichts berührt worden ist. Ich nehme an, daß Sie alle Vorkehrungen treffen werden.«
Mrs. Maitland wandte sich an ihn. »Was ist denn passiert, Mr. Thompson?«
Er blieb stehen, um ihr zu antworten, und er schien dabei gar nicht auf die drei Kinder zu achten, die neben ihr standen. Dies war jedoch ohne Bedeutung, denn Miranda hätte ihrer Mutter sagen können, was geschehen war. Sie ahnte die Zusammenhänge.
»Es geht um Mrs. Potter«, sagte Mr. Thompson. »Sie ist in der Nacht plötzlich verstorben. Es war wie eine Gnade, denn es geschah, als sie schlief. Besser gesagt, es geschah am Morgen, da sie kurz nach drei Uhr noch mit mir telefoniert hatte. Sie wissen ja, sie war eine sehr alte Dame. Siebenundneunzig, wie ihr Anwalt mir sagt. Er war es, der gerade hineingegangen ist. Dennoch ist es immer schrecklich, wenn so etwas passiert.«
»Sie hat mit Ihnen telefoniert?« fragte Mrs. Maitland. »Wie eigenartig. War sie krank? Brauchte sie Hilfe?«
»Nein, nein«, sagte Mr. Thompson. »Das war nichts Ungewöhnliches.« Zum ersten Mal schien er Michael, Miranda und Roddy zu bemerken und nickte ihnen zu. »Ich erzählte den Kindern neulich, daß sie mich manchmal nachts anrief, nur um sich zu unterhalten. Sie rief mich heute früh an und sagte, sie könne nicht schlafen. Wie ich euch erzählte, sprach sie gern über Orte, an denen sie sich aufgehalten hatte und die auch ich kannte. Diesmal unterhielten wir uns über die Golden Gate Brücke. Sie liegt bei San Francisco, wissen Sie. Im Kriege lag unser Schiff dort drei Monate zur Reparatur, nachdem es beschädigt worden war.« Er blieb einige Augenblicke in Gedanken versunken. »Eigenartig war es doch, wenn ich darüber nachdenke.«
»Meinen Sie San Francisco?« fragte Mrs. Maitland. »Oder meinen

Sie den Anruf? Die alte Dame muß sehr einsam gewesen sein – und wie nett von Ihnen, daß Sie schon früh morgens mit ihr gesprochen haben.«
Mr. Thompson schüttelte den Kopf und sagte: »Nein, aber mir fiel gerade ein, daß sie zu mir gesagt hatte: ›Ich glaube, ich werde jetzt vielleicht einschlafen können, denn ich bin in meinem Haus.‹ Und dann fügte sie noch hinzu: ›Würden Sie bitte vormittags bei mir hereinschauen, Mr. Thompson?‹ Jetzt, wo ich darüber nachdenke, fällt mir ein, daß sie so etwas nie zuvor gesagt hatte.«
»Und sind Sie zu ihr gegangen?« fragte Mrs. Maitland.
»Natürlich«, antwortete er. »Erstaunlicherweise fand ich ihre Tür offen. Ich vermutete schon einen Einbruch, doch alles war in Ordnung. Sie lag nur schlafend da, wie sie es gesagt hatte – doch man konnte sehen, daß sie nie wieder aufwachen würde.«
»Ich kann verstehen, daß Ihnen das sehr nahe geht, Mr. Thompson«, sagte Mrs. Maitland. »Wir können nur hoffen, daß wir auch einmal so friedlich entschlafen.« Dann ging sie weiter, und die Kinder folgten ihr schweigend.
Sie schritten voran in den frischen Morgen, der nach Frühlingsluft duftete, und Mrs. Maitland murmelte: »Siebenundneunzig . . . Hoffentlich werde ich nicht so alt.«
Die drei Kinder sagten immer noch nichts. Doch Mirandas Geist war so jung und frisch wie der blaue Himmel, der sich zeigte, wo sich die dunklen Wolken für einen Augenblick teilten. Sie dachte über jenen Begriff nach, den sie nicht ganz verstand und der sich so schön anhörte: »Golden Gate – das goldene Tor.« Und der Schrecken und sogar die Traurigkeit gingen von ihr.
Mrs. Potter war entschlafen, doch Miranda wußte genau, daß sie ihr noch etwas Wichtiges gezeigt hatte: Das Haus der Kinder war auch ihr Haus – jene Art Haus, in dem sie geboren war und in dem sie auch sterben sollte.

13 Der Mann, der Häuser haßte

Mr. Thompson hatte recht: Es gab in Melton Court tatsächlich einige Mieter, denen die Vorstellung zuwider war, in einem Haus zu leben. Dies traf besonders zu auf Mr. Brant, einen stämmigen, weißhaarigen Zeitungsreporter im Ruhestand, der im gleichen Stockwerk wie die Maitlands die Wohnung 1D bewohnte.

Er stellte Michael, Miranda und Roddy zur Rede, als sie sich am Morgen nach ihrem ersten, und, wie sich später herausstellte, einzigen Besuch bei Mrs. Potter zum Fahrstuhl begeben wollten.

Sie meinten zunächst, daß auch er den Fahrstuhl benutzen wollte, und Michael rief ihm zu: »Der Fahrstuhl kommt gleich, Mr. Brant.« Aber er erwiderte in schroffem Ton: »Ich will nicht hinunter, sondern ich möchte mit euch sprechen.« So standen sie alle unschlüssig vor der offenen Tür, bis sie sich automatisch wieder schloß und der Fahrstuhl leer nach unten fuhr.

»Das mit dem Haus ist großer Unsinn«, sagte er. »Ihr könnt von Glück sagen, daß ihr in einer Wohnung lebt. Ich würde jetzt nicht mehr in einem Haus wohnen wollen, selbst wenn man es mir schenkte. Ich habe früher einmal Häuser besessen.«

Die Kinder sahen einander an, denn sie ahnten, daß er jetzt sein Steckenpferd reiten würde, nämlich lang und breit über ein Haus berichten, wo ihm irgendwann einmal ein Unrecht angetan wurde.

»Wißt ihr überhaupt, was ein Haus ist?« fragte er. »Ein Haus ist ein Geldvertilger. Ein Haus ist sogar noch schlimmer als eine Frau, die man versorgen muß. Man muß nur immer wieder zahlen. Es steht da und blickt euch aus seinen Fenstern an und wartet nur darauf, daß wieder etwas getan wird. Wenn man ein Haus hat, gehen die Arbeiten nie zu Ende. Kaum hat man ein Loch im Dach repariert, ist wieder ein Abfluß im Keller verstopft. Ist man mit den Fußböden fertig, zeigen sich Risse an der Decke. Immer wieder heißt es Anstreichen, Lackieren und Polieren.

Was auch immer einem Mann in einem Haus passieren kann – mir ist es passiert. Kaminbrände. Man kann noch froh sein, mit heiler Haut herauszukommen. Und als ich eines Abends heimkam, war nach einem Gewitter und Wolkenbruch der Keller voll Wasser. Die Katze schwamm auf einem Karton. Ich mußte die Feuerwehr holen, um den Keller leerzupumpen. Das hat einen Haufen Geld gekostet, kann ich euch sagen.«
Miranda wollte ein paar mitfühlende Worte sagen, doch Mr. Brant beachtete sie nicht. Er war jetzt in voller Fahrt, und die Kinder hatten das Gefühl, eher am Sonntag am Speakers Corner im Hyde Park, und nicht an einem Donnerstag im ersten Stock von Melton Court zu sein, doch ihnen blieb keine andere Wahl, als sich seine Straßenrede anzuhören.
»Ihr braucht mir nichts von Häusern zu erzählen«, fuhr er fort. Michael mußte lächeln, denn er war bei dem Redefluß des anderen gar nicht in der Lage, irgendetwas zu sagen. »Ich weiß das alles. Welche Art Heizung soll ich nennen? Kohlenheizung? Jeden Morgen und jeden Abend muß man Kohlen schaufeln, Asche ziehen und wegtragen. Wenn man das Feuer nicht richtig versorgt, geht es aus. Und dann dauert es eine ganze Stunde, bis man es wieder in Gang bekommt. Ölheizung? Da wird so viel Reklame gemacht mit der sauberen Wärme, die einen nie im Stich läßt. Doch oft genug wird man vom Öllieferanten im Stich gelassen, oder die Pumpe versagt, und dann ist alles aus. Über die Preise will ich garnicht erst reden. Gasheizung? Ein Leck genügt, und man kann ersticken oder in die Luft fliegen, wenn man nicht richtig damit umgeht.
Doch die Heizung ist nicht das einzige, mit dem man ständig Ärger hat. Überall im Haus gibt es Rohre. Ihr wißt, was passiert, wenn man im Winter einmal verreist? Sie frieren ein, und dann platzen sie, und wenn sie geplatzt sind, ist alles überschwemmt, und das Wasser fließt durch den Fußboden und die Decke im unteren Stock, und die Decke kommt herunter.«
Mr. Brant redete noch eindringlicher. »Soll ich euch sagen, wozu

ein Haus gut ist? Nur um Handwerker zu ernähren, all die Klempner, Tischler, Maurer, Elektriker, Maler und Bauhandwerker. Und wißt ihr, womit es anfängt? Es fängt an mit einem kleinen Riß in der Wand, der abgedichtet werden muß. Man holt also den Maurer. Es ist nichts weiter dabei. Ein wenig Zement und Farbe, doch der Handwerker ist leider kein Verwandter von euch. Der Maurer kommt und sieht sich das Loch an, und dann holt er Hammer und Meißel und macht das Loch größer, nur um festzustellen, woher das Loch überhaupt entstanden ist. Dann sagt er: ›Wir haben hier eine kleine Schwierigkeit. Direkt hinter dem Loch liegt ein Rohr. Wir müssen noch einen Klempner holen.‹ Das tut man dann, und während der Maurer das Loch immer größer macht, arbeiten der Klempner und sein Gehilfe schon an den Rohren.«
Ohne Atem zu holen, fuhr er fort: »Wenn man zwei Tage danach heimkommt, ruft einem die Frau entgegen: ›Schatz, wir haben hier etwas Kummer. Der Klempner sagt, das Rohr läuft um einen Balken herum. Wir mußten einen Zimmermann holen.‹ Jetzt hat man die Bescherung. Der Maurer hat eine Wand eingerissen und kriecht dort herum. Der Klempner hat das Wasser abgestellt und die Rohre abgeschraubt. Der Zimmermann hat den Balken angesägt und sagt, er sei auf Drahtleitungen gestoßen, die er nicht berühren möchte. Das sei nicht seine Sache, und man muß den Elektriker holen.«
Die Kinder fühlten sich in die Enge getrieben. Wie Puppen standen sie an der Wand. Mr. Brants erregter Gesichtsausdruck erinnerte sie an die Fratzen von Karnevalsmasken. »Maurer, Klempner, Zimmermann, Elektriker«, wiederholte er. »Aber das ist erst der Anfang. Wenn man eines Abends heimkommt, wartet der Elektriker schon und sagt: ›Es geht um die Kabel. Ich habe sie mir angesehen. Sie sind schon zwanzig Jahre alt, wie Sie wissen . . . Die Leitungen sind nicht mehr sicher. Es kann Kurzschlüsse und sogar Brände in den Wänden geben. Eine neue Verkabelung ist unbedingt nötig.‹ Nun, der Klempner hat bereits gesagt, neue Kupferrohre seien erforderlich. Und der Zimmermann hat mitgeteilt, daß

der Holzwurm den alten Balken angenagt hat. ›Hier, sehen Sie, wie das Holz krümelig wird‹, sagt er. ›Dieser Fußboden hat eine große Last zu tragen. Ich glaube, hier ist ein neuer Stahlträger nötig. Aber dies muß ein Architekt oder Bauingenieur entscheiden.‹«
Mr. Brants Augen leuchteten auf bei dem Gedanken an die Erleichterungen, die er dadurch gewann, daß er in seiner Etagenwohnung lebte. »Denkt einmal nach, wozu ein Glaser gut ist«, sagte er. »Er muß immer wieder Scheiben erneuern, die der Maurer, der Klempner, der Zimmermann oder der Elektriker bei der Arbeit zerbrochen hat. Wenn die Handwerker erst da sind, dann dauert es nicht lange, bis man ein Gerüst vor dem Haus hat, und Sand, Zement und Baumaterial vor dem Eingang. Und warum? Wegen eines kleinen Lochs in der Wand.«
Mr. Brant schien etwas erschöpft zu sein, weshalb er einen kurzen Abstecher in die Freuden des Lebens in einer Wohnung unternahm. »Hier macht man die Tür zu und geht einfach weg. Man kommt zurück, wann es einem paßt. Man hat keinen Ärger. Für Schäden ist man nicht verantwortlich, der alte Mr. Biggs bringt es wieder in Ordnung. Heizung, Licht, Wasser – damit haben andere zu tun. Wenn etwas nicht klappt, dann greift man nur zum Telefon und heizt den Leuten tüchtig ein. Selbst Saubermachen muß man nicht, eine Putzfrau kommt, und in einer Stunde ist sie wieder weg.«
Aber dann war er wieder auf seinem alten Gleis. »In eurem verdammten Haus nimmt das Reinigen nie ein Ende. Man fängt mit dem Staubwischen unten an, und bis man nach oben gelangt ist, ist unten schon wieder alles staubig. Und dann diese Treppen! Immer wieder sind sie zu bohnern! Immer wieder, bis sie so glatt sind, daß man sich fast das Genick bricht. Wenn man ein Haus hat, muß man die Treppen bohnern – aber fragt mich nicht warum. Und wenn man einen Treppenläufer hat, dann lösen sich immer wieder die Halter oder die Zwischenstücke. Einmal stürzte ich in meinem Haus einen ganzen Treppenabsatz hinunter und mußte eine Woche im Bett bleiben. Die alte Putzfrau hatte keine Lust,

das Klavier oder die Möbel zu polieren, aber dafür bohnerte sie die Treppen umso gründlicher.«

Mr. Brant fielen offenbar immer mehr Erlebnisse ein, je mehr er redete. »Und überall treibt sich eine Angestellte mit Mop und Staubtuch herum! Meint ihr etwa, man wäre in einem Haus jemals allein? Meint ihr, daß es euch gehören würde? Wißt ihr, was man braucht, um ein Haus richtig zu unterhalten? Personal. Wißt ihr auch, was es heißt, Personal zu haben? ›Sprich nicht so laut, John, das Personal schläft schon.‹ ›Stell den Fernseher ab, John, sonst weckst du die Leute auf.‹ ›Heute gibt es kein warmes Essen, John. Die Köchin hat ihren freien Tag.‹ ›Was soll ich nur machen, John – Annie hat das schönste Stück unseres Porzellans zerbrochen, das wir zur Hochzeit geschenkt bekamen. Es kann nicht geklebt werden.‹

Wenn man ein Haus hat, muß man die Leute den ganzen Tag lang beschäftigen, einen Mann und seine Frau. Aber was passiert dann? Sie essen auf, was man in der Speisekammer hat, und sie schummeln bei den Kaufmannsrechnungen. Wenn man sie braucht, dann sind sie nicht da, aber wenn man sie nicht sehen will, stören sie einen. Sie tragen die Sachen aus eurem Kleiderschrank, und sie bekommen Babys, die man nicht gebrauchen kann. Und wenn man nur ein kleines Haus hat? Eine Art Bungalow? Dann kann man auch in einer Etagenwohnung leben. Dort kann man die Tür zumachen und weggehen. Ich muß euch auch noch etwas anderes sagen«, meinte Mr. Brant, offenbar in der Absicht, einen weiteren Aspekt zu beleuchten. »Wenn man lange in einem Hause lebt, dann frißt es sich in die Seele hinein. Überall wird man von Vorfahren verfolgt, selbst dann, wenn man die Bilder abhängt und sie auf den Dachboden bringt. An Häusern hängen Tragödien, die man nicht loswerden kann. Da ist ein Zimmer, in dem die kleine Emily monatelang krank lag und fast gestorben wäre. Und im Zimmer im Oberstock war Großvater oder Großmutter oder sonst jemand tatsächlich gestorben – und wenn man lange lebt und das Haus nicht einstürzt, dann schläft man sogar in dem Zimmer, in dem man dann einmal sterben wird.

Gute und schlechte Zeiten hinterlassen ihre Echos in einem Haus, doch man scheint sich immer nur an die schlechten Zeiten zu erinnern. Wenn man einen bestimmten Stuhl sieht, dann denkt man daran, daß man dort gesessen hatte, als eine schlimme Nachricht von der Behörde eintraf. Gegenstände auf dem Tisch, Bilder an der Wand – alles, was seit langer Zeit dasteht, erinnert an etwas, das man lieber vergessen möchte.

Wenn ihr zufrieden bleiben wollt, dann müßt ihr die Vergangenheit vergessen und auf die Zukunft hinarbeiten. Wenn es euch in einer Wohnung nicht mehr gefällt, dann zieht ihr aus und sucht euch eine neue. Ihr richtet euch anders ein und bekommt neue Nachbarn. Alle Erinnerungen streift ihr ab und beginnt ein neues Leben.

Haben eure Eltern schon einmal versucht, ein Haus zu verkaufen?« Mr. Brant nahm einen neuen Anlauf. »Uberall auf eurem Grundstück treiben sich dann fremde Leute herum, sie blicken in eure Schränke und schätzen schamlos alle eure Besitztümer ab. Ganz ungeniert unterhalten sie sich: ›Wir könnten hier die Wand abreißen und ein großes Zimmer schaffen. Dann würde es hier viel heller werden. Wie können die Leute so im Dunkeln leben?‹ Oder: ›Hier könnten wir statt des Speisezimmers ein Wohnzimmer einrichten, doch wir müßten dann auch die Küche anders gestalten.‹ Ständig rufen die Leute vom Grundstücksmaklerbüro bei euch an und melden Interessenten, die aber gar nicht kaufen wollen. Sie wollen nur herumschnüffeln. Und die Leute, die vielleicht kaufen würden, können sich nicht entschließen und kommen nie zu einer Entscheidung.

Und wie steht es mit den vielen Steuern?« Mr. Brant erhob plötzlich seine Stimme, als ihm etwas einfiel, was er bisher völlig vergessen hatte zu erwähnen. »Was habt ihr immer wieder zu zahlen für etwas, was urkundlich euch und euren Erben für immer gehören soll? Habe ich gehören gesagt? Euch gehört nichts, und was ihr zu besitzen meint, hat in Wirklichkeit von euch Besitz ergriffen. Nein! Ihr braucht mir über Häuser nichts zu erzählen.«

Die letzte Ermahnung war jedoch völlig überflüssig. Keines der Kinder hatte während seines Monologs je eine Chance, ein Wort der Erwiderung loszuwerden. Es war klar, daß sie auch jetzt keine Chance dazu hatten, denn Mr. Brant ließ seine Blicke in einer Art wilden Befriedigung umherschweifen und drückte den ›Abwärts‹-Knopf so lange, bis der Fahrstuhl ankam und die Türen sich öffneten. Dann stapfte er allein hinein, drückte den ›Erdgeschoß‹-Knopf, und bevor die Türen sich wieder schlossen, rief er den Kindern noch mit strenger Stimme zu: »Also hört mit dem Unsinn jetzt endlich auf!«
Verblüfft sahen sich die Kinder an, und dann blickten sie in den menschenleeren Korridor, von dem jetzt kein Laut zu hören war. Michael brach endlich das Schweigen. »Er ist wirklich böse auf Häuser, findet ihr nicht?« Sie alle lachten laut auf, und sie lachten noch mehr, als Miranda hinzufügte: »Aber ich weiß wirklich nicht, weshalb.«

14 Ein Palast auf Rädern

Die ständigen Regenfälle, die Michael, Miranda und Roddy so lange ans Haus gefesselt hielten, hatten aufgehört. Jetzt war eine veränderliche Wetterperiode eingetreten. An einem dieser Tage, als die klare Aprilsonne durch die Wolkenlücken schien, gingen die Kinder zu dem Gartenplatz an der Rückseite von Melton Court. Hier begegneten sie Mr. und Mrs. Tosello, die eine Zeitung auf einer der Bänke ausgebreitet hatten, um nicht auf dem feuchten Holz zu sitzen.
Die Tosellos standen mit an erster Stelle auf der »Wunschliste« der Kinder, da sie in der Wohnung 2F lebten und damit, ohne es zu wissen, die Kinderzimmer des Hauses bewohnten. So war es ganz natürlich, daß sie möglichst viel über das Ehepaar zu erfahren

versuchten. Das Verbot, die Wohnung der Tosellos aufzusuchen, konnte kaum auch die Unterhaltung mit ihnen einschließen, wenn sie ihnen zufällig begegneten. Und hier, inmitten der zu Ostern festlich mit Narzissen, Stiefmütterchen und Primeln bepflanzten Beete, war es ganz selbstverständlich, daß man sich traf.

Natürlich war es der Chefverbindungsmann Roddy, der als erster die Aufgabe anpackte. Er rief ihnen zu: »Hallo! Sie wohnen in unseren Kinderzimmern. Ist es dort nett?«

Mr. Tosello schreckte aus seinen Gedanken auf und wandte den drei jungen Leuten den Kopf zu. Er hatte eigenartige Augen, die tief im Gesicht eingebettet waren. Hätte Miranda sie beschreiben müssen, so hätte sie gesagt, daß diese Augen voller Erinnerungen steckten.

»In euren Kinderzimmern?« wiederholte Mr. Tosello. »Tatsächlich? Und wie ist das möglich?«

»Sie sind in unserem Haus, und dort ist ein Geheimzimmer, in dem etwas Schlimmes passiert ist«, warnte Roddy.

»Nanu?« sagte Mr. Tosello lächelnd. »Was kann denn das sein?«

»Aber, Roddy«, schaltete sich Miranda ein, »es ist überhaupt nichts Schlimmes, Mr. Tosello. Er spricht nur über unser Haus – das Haus, das früher hier war.« Weiter sagte sie nichts, denn sie wußte noch nicht, wie sie sich äußern sollte.

Mr. Tosello schien wieder in Gedanken versunken zu sein. Miranda hatte den Eindruck, daß er auf etwas lauschte, das andere nicht hören konnten. Da er nichts erwiderte, mußte Miranda fortfahren.

»Das Haus, das hier war, bevor man das alles baute«, sagte sie, indem sie hinüber zum Wohnblock deutete. »Sie müssen verstehen, daß hier wirklich einmal ein Haus war, und deshalb haben meine Brüder und ich die Vorstellung, daß wir alle darin wohnen. Ich meine . . .«

Jetzt zeigte Mrs. Tosello ein nachsichtiges Lächeln, denn sie hatte lange Zeit hindurch nicht nur für ihre Kinder sorgen müssen, sondern auch für einen Ehemann, der sich häufig wie ein Kind verhielt. Sie war eine stattliche Frau, und obwohl sie beide saßen, konnte man erkennen, daß sie größer war als ihr Mann. Unter ihrem weißen Haar war noch ein Anflug eines romanischen Profils zu erkennen, das darauf hindeutete, daß sie einmal eine Schönheit gewesen sein mußte.

»Ja, ich verstehe jetzt«, sagte sie. »Natürlich, das kann so gewesen sein. War es ein hübsches Haus?« Sie und Ihr Mann sprachen einen leichten Cockney-Dialekt, denn trotz ihres italienischen Namens waren die Tosellos echte Londoner.

»O ja«, erwiderte Miranda. »Es war – es ist – ein schönes Haus. Es hat Giebel mit kleinen Fenstern, einen großen Dachboden und einen Keller. Mr. Biggs wohnt im Keller, und es macht ihm gar nichts aus.«

»Ihre Wohnung befindet sich dort«, fuhr Michael fort, »wo die Kinderzimmer liegen.«

»Ach, wirklich?« sagte Mr. Tosello. Er wandte sein Gesicht mit den traurigen Hundeaugen seiner Frau zu und fügte hinzu: »Wir hatten nie Zimmer für unsere Kinder, nicht wahr, Mutter?«

»Das stimmt«, sagte Mrs. Tosello. »So etwas hatten wir nie.« Miranda hörte aus dem Tonfall eine gewisse Traurigkeit heraus. Seltsamerweise kam häufig ein Anflug von Traurigkeit in den Gesprächen auf, wenn das Thema des Hauses angeschnitten wurde.

Das Gespräch über das Haus schien aber sogar etwas in Mr. Tosello aufzuwühlen, denn er sprach jetzt die Kinder mit lebhafter Stimme an. »Ich wette, ihr wäret überrascht, wenn ihr wüßtet, in welcher Art von Häusern wir fast ein Leben lang gewohnt haben. Und ich hätte nie anderswo wohnen wollen, denn dort war alles tiptop, großartig und prima eingerichtet.«

»Unser Haus ist auch tiptop«, warf Roddy ein.

»Das glaube ich«, sagte Mr. Tosello, indem er sich ganz den Kindern zuwandte. »Aber es ist nicht so wie unser Haus.« Seine Stimme wurde immer leiser, als ob er ein Geheimnis verriete.

»Unser Haus war auf Rädern. Was sagt ihr nun?«
»Auf Rädern!« rief Miranda aus. Einmal hatte sie im Fernsehen ein kleines Haus gesehen, das transportiert wurde, doch es war auf Rollen und bewegte sich nur äußerst langsam.
Roddy hatte einen Einfall. »War es ein Bus?« fragte er.
Mr. Tosello lachte und sagte: »Du hast beinahe den Nagel auf den Kopf getroffen, mein Junge. Es waren Wohnwagen, ähnlich denen, in welchen die Zigeuner wohnen.«
»Mit einem krummen Schornstein auf dem Dach?« fragte Roddy.
»Ja, mit einem krummen Schornstein«, nickte Mr. Tosello.
»Aber . . .« Michael zögerte. »Sie sind doch keine Zigeuner?«
»Nein.« Mr. Tosello lächelte. »Rate mal!«
»Ach, das hätte uns doch gleich einfallen sollen!« sagte Miranda. »Sie sind vom Zirkus!«
»Vom Zirkus! Das ist aber prima!« Roddy hüpfte jauchzend umher.
Mr. Tosellos Hundeaugen strahlten. »Gut geraten! Habt ihr schon einmal etwas von Bimbo gehört? Oder von Lilianne?«
Mrs. Tosello wandte ihr Gesicht ihrem Mann zu und schüttelte energisch den Kopf. »Das soll wohl heißen, daß er nichts davon sagen soll!« platzte Roddy heraus.
»Aber warum sollte ich das nicht?« sagte Mr. Tosello. »Bimbo war ein Clown, und Lilianne war in ihrer Zeit eine berühmte Fliegerin.«
»Und das waren Sie!« sagte Miranda.
»Ist sie mit einem Flugzeug geflogen?« fragte Roddy.
»Aber nein.« Mr. Tosello lächelte. »Diese Art Fliegen war es nicht. Sie war eine Luftakrobatin.« Er blickte seine Frau liebevoll und stolz an und fügte hinzu: »Sie war die erste Frau, der ein dreifacher Salto von der Trapezstange zum Fänger gelungen ist. Keine andere Frau hat das zuvor geschafft.«
Er legte seine Hand auf den Arm seiner Frau. »Vor jedem Versuch hatte ich große Angst um sie. Natürlich mußte sie den Beruf auf-

geben, als die Kinder kamen. So stolz ich auf sie war – es tat mir aber nicht leid. Natürlich kennt ihr auch nicht ihren anderen Akt mit dressierten weißen Hunden und Tauben und weißen Ponys. Wenn sie in der Arena stand und die Tauben um ihren Kopf flogen, dann jubelten die Kinder ihr zu. Doch das alles geschah schon längst vor eurer Zeit.«

»Und Bimbo?« fragte Michael. »Ich glaube, Mammi und Daddy haben über ihn erzählt.«

Jetzt war Mrs. Tosello an der Reihe zu sprechen, und sie tat es mit dem gleichen Stolz wie ihr Mann. »Er war einer der berühmtesten Clowns, die es je gegeben hat. Es gab nichts, was er nicht machen konnte.«

Mr. Tosello versuchte, ein bescheidenes, fast selbstverachtendes Gesicht zu machen. »Aber, was sagst du da, Mutter.«

»Es stimmt aber«, sagte Mrs. Tosello eindringlich. »Reiten, Trampolin, Seiltanz, Trapezkunststücke – und außerdem ein Dutzend Musikinstrumente.«

Die drei Kinder standen da und betrachteten die Tosellos schweigend, denn sie gehörten der neuen Generation an, für die der Zirkus nichts weiter bedeutete als eine Reihe von Varieté-Nummern, die sich hinter der Glasscheibe des Fernsehers abspielten. Es waren schon einige Jahre vergangen, seitdem eine Veranstaltung unter einem Zirkuszelt stattgefunden hatte, die sie sich hätten ansehen können. Sie waren Kinder, die nie den erregenden Geruch einer Zirkusarena gekannt hatten, jenes Gemisch von Ausdünstungen der Pferde und der Elefanten, von Sägemehl und gebrannten Mandeln, und die nie die Spannung kennengelernt hatten, die die Zuschauer verspürten, wenn die Clowns ihre Kunststücke zeigten.

»Wir waren auch ›Die Reitenden Tosellos‹«, sagte der alte Mann. »Sie sind jetzt in alle Winde verstreut oder bereits tot. Die Zeiten ändern sich. Unsere Zeit ist vorbei.«

Mrs. Tosello blickte ihren Mann an und sagte: »Er war sogar einmal Zirkusdirektor. Ich kann euch sagen, er sah hervorragend aus mit Zylinder, rotem Frack, Lederhandschuhen und Stiefeln. Alle bestaunten ihn.«

Aber er machte ein etwas trauriges Gesicht, als er sich zurückerinnerte: »Wenn die Gelenke und Muskeln steif werden, kann man keinen Rückwärtssalto von einem Pferd zum anderen mehr machen. Dann bringt man den Kindern die Kunststücke bei, doch sie gehen schließlich ihre eigenen Wege.«

»Nicht alle tun das, Alfredo«, sagte Mrs. Tosello. Dann schwiegen sie wieder.

»Waren Sie immer beim Zirkus?« fragte Roddy.

»Aber ja«, antwortete Mr. Tosello. »Immer. Es sah jedenfalls immer danach aus. Mein Großvater war ›Der Große Tosello‹. Habt ihr schon einmal etwas von Blondin gehört? Nein, das könnt ihr ja gar nicht. Er war Hochseilartist, der sogar einmal den Niagara-Fall in Amerika überschritten hat. Großvater Tosello konnte noch mehr. Er spannte ein Seil von der Spitze der Kathedrale von Mailand zu einem hundert Meter entfernten Gebäude an der anderen Seite des Platzes, und mein Großvater schritt mit verbundenen Augen hinüber. Er wurde in Mantua geboren. Wir sind italienischer Abstammung. Sein Sohn, mein Vater, ging nach England und gründete den britischen Zweig der Familie. Wir waren acht Geschwister – ›Die Reitenden Tosellos‹ – und es gab nichts, was wir nicht machen konnten. Wenn es nötig war, konnten wir sogar das Zelt aufstellen und abreißen. ›Die Reitenden Tosellos‹ waren berühmt. Wir gingen sogar nach Amerika auf Tournee mit Barnum und Bailey. Gibt es immer noch Barnum und Bailey, Mutter? Die Zeiten haben sich so geändert.«

»Sie nennen sich jetzt auch ›Ringling Brothers‹«, fügte Mrs. Tosello hinzu. Zu den Kindern gewandt, fuhr sie fort: »Aber am bekanntesten war Bimbo der Clown – mein Alfredo. Er war der Star. Wenn er in die Arena kam, war er Alleinunterhalter. O, er würde euch bestimmt zum Lachen gebracht haben.«

Mr. Tosello sah in diesem Augenblick nicht so aus, als könnte er jemand zum Lachen bringen. Er saß mit zusammengesunkenen

Schultern da, seine Mundwinkel waren herabgezogen und seine Hundeaugen blickten traurig.
Miranda betrachtete die alte Mrs. Tosello, wobei sie versuchte, in ihr die einstmals schöne Gestalt zu erkennen, die wie ein mit Juwelen besetzter Schmetterling durch die Luft geflogen war. Doch sie sah nur eine großmütterliche Frau, die versuchte, ihren Mann vor der Traurigkeit abzuschirmen, die ihn zu überwältigen drohte. Fast schien es so, als hätte sie nicht gewollt, daß er überhaupt etwas erzählte, damit er von den Erinnerungen verschont blieb. Irgendwie schien die Unterhaltung auch einen anderen Verlauf zu nehmen, als ihn Miranda sich wünschte – nämlich über die Häuser auf Rädern. Miranda hatte jedoch Bedenken, dieses Thema wieder aufzugreifen, um Mr. Tosello nicht noch trauriger zu machen.
Roddy hatte keine solchen Hemmungen. »Erzählen Sie uns bitte über Ihr Haus«, sagte er. »Wie sah es aus? Wie schnell konnte es fahren? Hatte es einen Motor?«
Zur Überraschung der drei Kinder schienen diese Fragen Mr. Tosellos Traurigkeit zu zerstreuen. Besonders Miranda war erleichtert, als sie sah, wie sich sein Gesicht entspannte. Er lächelte sogar ein wenig schelmisch, als er Roddys letzte Frage beantwortete. »Zuerst hatte es einen«, sagte er, »und dann zwei. Aber sie brauchten Heu, damit der Wagen fuhr.«
»Das kann nicht stimmen«, sagte Roddy. »Motore brauchen Benzin.«
Michael schubste seinen jüngeren Bruder und sagte: »Unsinn, das waren natürlich Pferde.«
Mr. Tosello nickte versonnen. »So war es. Wir hatten Pferde. Zuerst hatten wir nur eines. Doch dann, als die Kinder kamen – Carlo, Maria, Tony und Lucia – genügte uns das eine nicht mehr, und wir brauchten zwei Pferde.« Er wandte sich seiner Frau zu. »Erinnerst du dich, Mutter, Castor und Pollux und das Bierfaß?«
Michael besann sich auf seine Schulkenntnisse. »Waren Castor und Pollux nicht die himmlischen Zwillinge? Die Pferde müssen

sich also sehr ähnlich gesehen haben. Aber war war das Bierfaß?«

»Das war natürlich der Wagen«, erklärte Mr. Tosello. »Er sah aus wie ein offenes Bierfaß, und deshalb nannten wir ihn auch so. Wir reisten damals nicht mit der Eisenbahn. Jeder mußte seinen eigenen Wagen haben. Wir kauften unseren von den Zigeunern. Der Wagen hatte an der Seite eine bunte Bemalung. Über dem Kutschersitz hatten wir eine gestreifte Markise, auf die in roten Schmuckbuchstaben die Worte ›Billy Barnett's Circus‹ aufgemalt waren, und Roddys krummer Schornstein kam durch das Dach.«

Jetzt, wo das Thema wieder aufgegriffen war, konnte Miranda ihre Fragen kaum noch zurückhalten. »Aber Sie waren doch sechs Leute! Wie haben alle dort Platz gehabt? Waren die Kinder noch kleine Babys, als sie mit dem Wagen fuhren?«

»Aber, aber!« lachte Mr. Tosello. »Kleine Babys! Das waren sie zuvor, aber nicht zu dieser Zeit. Sie waren etwa so alt wie ihr – neun, elf, dreizehn und vierzehn. Man mußte es verstehen, alles gut unterzubringen: Kinder, Kostüme, Lebensmittel, Kohlen . . . Im Bierfaß-Wagen hatten wir ausreichend Platz. Die Zigeuner verstanden sich darauf. Ihr würdet gestaunt haben, was man alles in diese Ausbuchtung hineinbekam. Zum Beispiel hatten wir auf jeder Seite eine Schlafkoje, in der man jeweils zwei Kinder unterbringen konnte, besonders, da sie gelenkig waren, so wie wir. Carlo und Tony konnte man so eng zusammenpacken, daß sie in einen Koffer hineingingen.

Soll ich euch erzählen, was wir sonst noch darin hatten? Eine Koje, groß genug für Mutter und mich, einen Klapptisch, eine Kommode und einen Kochherd. Unter den Betten und hinter den Türen waren Schubladen und Kästen. Von der Decke hingen zwei Öllampen aus Messing, und überall gab es Haken für die Kleidung. Jedes freie Fleckchen war mit Regalen ausgefüllt für Geschirr, für Konserven, Gemüse, Eier, Tee und Zucker. Töpfe und Pfannen wurden an Nägeln angehängt. Ich weiß zwar nicht mehr, an wel-

cher Stelle es war, aber wir hatten noch Platz für eine große Waschschüssel aus Blech mit Bürsten und Rasierzeug, und es war sogar noch möglich, zwei Spiegel und zwei Klappstühle unterzubringen.
Und wenn dann alles an der richtigen Stelle war – und jeder wußte, daß es kein Durcheinander geben durfte – dann hatte man immer noch Platz, um sich zu bewegen, um etwas zu lesen oder um zu spielen, soweit es die Kinder betraf. Wir lebten zwar sehr eng zusammen, aber wir hatten uns so sehr daran gewöhnt, daß wir es gar nicht mehr bemerkten.«
»Donnerwetter«, staunte Michael, »das muß aber Spaß gemacht haben.«
Roddy schnitt ein Thema an, das ihm offensichtlich sehr wichtig war. »Wir nehmen aber jeden Abend ein Bad«, sagte er.
Miranda kam sofort auf etwas ganz anderes zu sprechen. »Und Sie konnten dort für die ganze Familie kochen?« fragte sie.
Mrs. Tosello, die frühere Lilianne, erinnerte sich jetzt lebhaft an die vergangenen Zeiten. »Ja, ich habe drei Mahlzeiten am Tage gekocht. Und immer hatten sie Hunger! Es gab Speck, Eier, Schinken, Bratfisch, und immer große Mengen Kaffee.«
Ohne daß sie es bemerkten, hatte sich in den drei Kindern eine Wandlung ihrer Wunschvorstellungen vollzogen. Während sie sich bisher danach gesehnt hatten, ein geräumiges Haus zu bewohnen, wo sie spielen und sich austoben konnten, so verwandelten sich jetzt die Geschichte der Tosellos zu Wunschbildern. Sie sehnten sich plötzlich nicht mehr nach Freiraum, sondern das zusammengedrängte Dasein einer ganzen Familie in einem Bierfaß erschien ihnen sogar noch erstrebenswerter.
Welche unendliche Vielfalt an verschiedenen Arten von Häusern mußte es doch geben! Und wie aufregend mußte es sein, wie eine Schildkröte das eigene Haus umherzutragen und mit diesem Haus in andere Länder zu reisen und zu andersartigen Menschen, die braune, schwarze oder gelbe Hautfarbe hatten!
Mr. Tosello, der jetzt Spaß an der Unterhaltung gewonnen hatte,

spornte die Phantasie der Kinder noch weiter an. Nicht häufig war ihm eine Gelegenheit beschieden, vor einer Kinderschar etwas von seinen Erlebnissen zu berichten.

»Über Berg und Tal fuhren wir. Wie das Wetter war, spielte keine Rolle. Manchmal gab es auch Gewitter mit Blitz und Donner, aber unsere Kinder hatten keine Angst. Wir hatten nur dann Furcht vor dem Blitz, wenn das große Zelt aufgestellt war. Manchmal gab es Matsch und Schnee, im Frühling blühten die Wiesenblumen, und wenn wir durch kleine Dörfer fuhren, jubelten die Kinder uns zu und wollten uns zum Anhalten bringen. Wir sahen Seen und Bäche und Flüsse und Berge. Immer in gleichbleibender Fahrt. Wir drängten die Pferde nie, schneller zu laufen, denn wir mußten daran denken, daß wir die Tiere zu unseren Zirkusvorstellungen brauchten.

Die Kinder konnten mit den Zügeln umgehen, und die Pferde wußten fast von allein, wohin sie die Wagen ziehen mußten, und selbst an Straßengabelungen schienen sie zu wissen, wohin es weiterging. Wenn wir an unserem Standplatz außerhalb der Stadt ankamen, waren die Pferde die ersten, die versorgt wurden. Sie wurden ausgeschirrt, bekamen Wasser und Futter, dann wurden sie abgerieben und für die Vorstellung fertiggemacht. Zuerst kamen die Tiere und dann die Menschen. Das war die oberste Regel in unserem Zirkus, und unser Chef wußte, daß wir nur so gut waren wie unsere Tiere.

Doch in der Zwischenzeit war auch Mutter nicht müßig. Müßig? Dieses Wort kannten wir alle nicht. Auch die Kinder hatten ihre Aufgaben. Im Nu waren die Treppen an der Rückseite des Wagens herabgelassen, war Wasser in der Wanne, Feuer im Ofen, etwas zum Braten hergerichtet, die Wäscheleine gespannt, und wo wir uns auch befanden, im Norden, Süden, Osten oder Westen, wir waren überall zu Hause. Die Rückseite des Wagens war unsere Veranda, wo wir zwischen den Vorstellungen auf den Stufen sitzen konnten und wo wir uns bei einem Bier mit den Nachbarn unterhielten. Ihr würdet staunen, wie viele Menschen an den Klapptischen Platz hatten. Rauch kam aus dem Schornstein wie bei den anderen Häusern in der Stadt. Bei schlechtem Wetter hatten wir es warm und trocken, und im Sommer machten wir die Fenster auf und ließen Mutters Vorhänge in der Brise wehen.

Wenn dann kurz vor Mitternacht die Vorstellung vorbei war, rissen wir das Zelt ab und verpackten alles. Häufig waren wir erst um zwei oder drei Uhr wieder auf der Straße, aber uns machte dies nichts aus, denn wir waren immer zu Hause. Wir hatten unser Haus bei uns, und wir ließen die Zügel locker und nickten ein wenig ein. Und wenn ein Regen kam, dann trommelte er auf das Dach, und wir schliefen umso besser. Nun, wie würde es euch in einem solchen Haus gefallen?«

»Wo gingen Sie auf das Klo?« fragte Roddy unvermittelt.

»Roddy!« tadelte Miranda unverzüglich, und Michael gab ihm einen Schubs. »Mußt du immer solche privaten Fragen stellen?«

Mr. Tosello mußte laut lachen, und dann erklärte er: »Als die Kinder klein waren, gingen sie aufs Töpfchen, und später gab es dann ein Gebüsch oder einen Graben neben der Straße, und solange man noch jung und daran gewöhnt ist, machen natürliche Dinge keine Schwierigkeiten. Doch im ›Palazzo‹ hatten wir natürlich das großartigste WC, das sich selbst ein König als Thronsessel nicht besser wünschen könnte, mit gestricktem Sitzbezug, den Mutter eigens angefertigt hatte, und mit Waschbecken, Seife und Handtuch.«

Damit hatte er ein neues, geheimnisvolles Wort ausgesprochen, das die Kinder verwunderte, und sie tauschten jene fragenden Blicke aus, die schnell wie Funksprüche von einem zum anderen gingen – doch nicht schnell genug für die Augen von Mr. Tosello.

»Ach so!« sagte er lachend. »Der ›Palazzo‹ – man kann ihn auch Palast nennen. Jetzt wundert ihr euch, ja? Er war auch wirklich ein Palast für uns. Ihr müßt wissen, wir sind nicht immer nur arme Schausteller gewesen, die in kleinen Ortschaften für ein paar hun-

dert Zuschauer eine Vorstellung gaben. O nein, das war ganz anders, als Bimbo und Lilianne die Stars von Billy Barnetts Zirkus wurden. Damals hatten wir den besten motorisierten Wohnwagen, den wir uns für unser Geld kaufen konnten – er war sogar besser und größer als der, den Billy, unser Boß, hatte.
Mutter und ich hatten unseren eigenen Schlafraum. Die Kinder hatten zwei weitere Räume mit jeweils drei Kojen – denn zu dieser Zeit hatten wir Angelo und Rosina sowie Carlo, Maria, Tony und Lucia, wir waren eine große Familie –, wir hatten eine Küche mit Eßraum, und es war großartig, wie sich überall Schubladen und Kästen automatisch öffneten. Nichts ließ sich mit dem Palast vergleichen, wo alles aus rostfreiem Stahl oder verchromt war. Es war eine Kleinigkeit, mit ihm nachts weiterzufahren. Mutter und ich fühlten uns wie Königin und König, und wo wir auch waren – der Palast war immer bei uns. Sogar wenn wir Winterquartiere bezogen, wohnten wir in ihm, denn ein besseres Haus hätten wir nicht finden können. Und wenn man erstmal Räder unter sich hat, wünscht man sich nichts anderes, auch dann, wenn man nicht weiterfahren will. Man zieht die Treppe ein, macht die Türen zu, sieht nach, ob alle Kinder an Bord sind, läßt den Motor an, und ab geht die Fahrt. Dann spielt es keine Rolle mehr, wo man gerade gewesen ist.
Selbst Leute, die in Schlafwagen mit der Eisenbahn reisten, hatten es nicht besser. Man blickt aus den Fenstern und sieht, wie die Welt vorüberzieht, und bald ist man an einem anderen Ort. Mit dem Pferdewagen brauchte man die ganze Nacht und häufig noch den nächsten Morgen, um in die neue Stadt zu gelangen. Aber der Palast rollte in drei Stunden bis an Ort und Stelle. Als Star mußte man auch das Leben eines Stars führen. Ich wette, auch ihr drei hättet den Palast geliebt! Nach der Vorstellung duschte man und schlief in einem richtigen Bett. Auf guten Straßen rollten wir durch Frankreich und Italien, Norwegen und Schweden, von Spanien bis nach Jugoslawien oder durch den Schwarzwald und an der Donau entlang. Und immer war man zu Hause und führte ein Leben wie die Fürsten.«

Die drei Kinder waren hingerissen. So viele traumhafte Vorstellungen wurden ihnen aufgezeigt – viel anschaulicher als die bunten Häuser, von denen ihnen Mrs. Potter erzählt hatte. Jeden Tag gab es einen neuen Ort zu erkunden, überall waren in fernen Ländern neue Geheimnisse zu ergründen, und selbst wenn Gefahren aus dunklen Wäldern oder tiefen Schluchten drohten – stets hatten sie die Sicherheit des eigenen Heimes im Rücken.
Auch Michaels Gedanken wanderten in fremde Länder, und er konnte sich von den Traumbildern kaum losreißen. »Aber warum haben Sie aufgehört?« fragte er. »Warum wohnen Sie nicht mehr in dem Palast? Sie konnten ihn doch überall abstellen! Und wenn es Ihnen nicht mehr gefiel, konnten Sie weiterfahren! Ich wünschte, ich könnte das auch.«
»Ja, ja, so war es«, war alles, was Mr. Tosello darauf sagte. Dann verfiel er in Schweigen, und auch seine Frau antwortete nichts.
Miranda wünschte, Michael hätte die Fragen nicht gestellt. Denn etwas hatte sie schon als kleines Mädchen gelernt: Wenn unbedachte Worte erst einmal ausgesprochen waren, konnte man sie nicht mehr zurückholen. Die Tosellos konnten durchaus private Gründe dafür haben, daß sie jetzt eine Wohnung in Melton Court bewohnten. Doch nach dem abwechslungsreichen Leben, das Bimbo und Lilianne geführt hatten, mußte es ein nachteiliger Wechsel gewesen sein.
Es dauerte jedoch nicht lange, bis der einstige Zirkusclown sein Lächeln wiedergewonnen hatte. »Die Zeiten haben sich geändert«, sagte er, »und auch die Straßen sind nicht mehr das, was sie waren. Jetzt wüßte man kaum noch, wo man den Palast lassen sollte – und außerdem, man möchte immer ein paar Kinder bei sich haben, wenn man ein solches Leben führt.«
»Das stimmt«, bestätigte Mrs. Tosello. »Nur mit Kindern hat man ein richtiges Heim, und die Arbeit lohnt sich nur, wenn man sie bei sich hat.«
Michael ahnte zwar, daß er einen Taktfehler begangen hatte, doch

er fühlte sich jetzt nicht mehr in der Lage, einen Rückzieher zu machen. »Was haben Sie mit dem Palast gemacht?« forschte er weiter. »Wo ist er? Könnten wir ihn uns einmal ansehen?«
»Nur dann, wenn ihr ins Ausland geht«, erwiderte Mr. Tosello. »Carlo, unser ältester Sohn, hat ihn. Die Kinder wachsen heran, das wißt ihr ja selbst. Er wohnt jetzt mit seiner Frau und seinen eigenen Kindern im Palast und macht Tourneen mit dem Zirkus Knie.«
»Und Maria und Tony und Lucia und die anderen?« beharrte Michael
»Alle sind verheiratet und haben Kinder – mit Ausnahme von Tony.« Mr. Tosello senkte den Kopf und schwieg eine Zeitlang. »Er hatte einen Unfall. Er kam ums Leben, als er vom Hochseil stürzte. Die anderen waren klüger als wir alle. Sie verließen den Zirkus, bevor der Zirkus sie im Stich lassen konnte.«
Michael tat noch ein übriges, indem er weiter bohrte: »Und tut es Ihnen nicht leid, daß sie nicht mehr umherreisen können und hier festsitzen . . .«
Miranda wollte ihren Bruder gerade mit dem Fuß anstoßen, doch dieser hatte inzwischen selbst bemerkt, daß er so nicht weitersprechen konnte, weshalb er mitten im Satz aufhörte.
Die Tosellos ließen sich jedoch kein Selbstmitleid anmerken. Der frühere Clown zeigte ein freundliches Lächeln: »Aber nein, keineswegs. Wir haben es hier sehr bequem. Und was man nicht mehr hat, das sieht man nicht mehr, und dann bleibt nur noch die Erinnerung.«
»Jedenfalls«, sagte Roddy, der die Erzählung sehr aufmerksam verfolgt hatte, »wohnen Sie jetzt in einem Haus, auch wenn es sich nicht bewegt. In unserem Haus.«
Zu Mirandas Erleichterung griff Mr. Tosello dieses Thema, das sie am meisten interessierte, sogleich auf. »So ist es wohl, wenn ich es richtig verstehe. Und wenn man an zwei Stellen zugleich wohnt, dann ist es fast so gut, als wenn man von einem Ort zum anderen zieht. Man fühlt sich dann irgendwie inmitten der Geschehnisse, nicht wahr?«

»Ja, und das Kinderzimmer, wo Sie wohnen, ist sehr groß«, sagte Roddy. »Es hat eine Rutschbahn und ein Schaukelpferd und alles mögliche, wo Sie Ihre Kunststücke machen könnten. Stellt euch das einmal vor!« fügte er hinzu, zu Miranda und Michael gewandt, und seine Augen strahlten bei dem Gedanken an einen wirklichen Zirkusclown im Kinderzimmer.

Mr. Tosello lachte und sagte: »Ja, das wäre eine feine Sache. Und was würden wir sonst noch in eurem Haus finden?«

Michael und Roddy blickten Miranda an, was einer Aufforderung zum Erzählen gleichkam, da das Haus ja ursprünglich ihre Entdekkung war. So erzählte sie freimütig. Sie prahlte nicht mit persönlichem Besitz, sondern sie berichtete einfach von einem Haus, das einmal da war und in dem eine Familie gewohnt hatte. Alle Erinnerungen an die Zusammenhänge waren auf Miranda übergegangen, und wie ein hochempfindlicher Empfänger faßte sie diese Gedanken und ihre eigenen Sehnsüchte so zusammen, daß alles eine nahezu greifbare Gestalt annahm.

Das Kinderzimmer, das bisher in Mirandas Vorstellungswelt geschlummert hatte, gewann nun neues Leben, was noch bestärkt wurde durch gelegentliche Zwischenrufe von Roddy und Michael, die Besonderheiten einflochten, die ihnen am Herzen lagen.

Das Badezimmer wandelte sich in ein mit Mosaik und Marmor ausgelegtes Planschparadies mit einer Wanne von fast olympischen Ausmaßen, geeignet für Badespielsachen, die auf dem Wasser schwammen, mit riesigen Badetüchern, in die man sich ganz einwickeln konnte, und mit einem farbigen Waschbecken.

Miranda war sich nicht bewußt, daß sie ein düsteres Haus aus der viktorianischen Zeit mit einem ganz modernen Dekor ausstattete. Eine solche Einrichtung paßte nicht nur für sie selbst, sondern auch für die Tosellos, die gewohnt waren, in einem Palast auf Rädern im Lande umherzuziehen.

»Und dort ist genügend Raum für unsere ganze Wohnung?« fragte Mrs. Tosello.

»Aber ja, für alles«, bestätigte Miranda. »Und wir freuen uns sehr, daß Sie darin sind.«

»Ich zeige Ihnen einmal die Zeichnung«, fügte Michael hinzu. »Sie passen genau hinein.«
»Ist das nicht wirklich nett, Mutter?« sagte Mr. Tosello zu seiner Frau. »Haben wir nicht Glück?«
Mrs. Tosello gab keine Antwort, doch sie sah Michael, Miranda und Roddy mit einem Blick voller Sehnsucht nach der entschwundenen Vergangenheit an.
An der vom Wohnblock in den Garten führenden Tür erschien plötzlich Mrs. Maitland und rief: »Kommt, Kinder!«
»Ach, du meine Güte«, sagte Miranda. »Mammi ruft uns. Wir müssen jetzt gehen. Vielen Dank, wir haben uns sehr nett mit Ihnen unterhalten.« Damit rannten die Kinder ihrer Mutter entgegen, und alle verschwanden im Inneren des Wohnblocks.
Alleingelassen, blieben die Tosellos auf ihrer Bank sitzen. Der Mann hatte seine Hand über die Finger seiner Frau gelegt. Auf seinem Gesicht war noch der Rest eines Lächelns verblieben, und er sagte, halb zu sich selbst: »Ja, die Kinder! Warum müssen sie immer heranwachsen und so werden wie wir?«
Seine Frau antwortete nichts. Sie nickte nur versonnen, als sie ihre andere Hand auf die seine legte und sie streichelte.

15 In der Dunkelheit

»Was meint ihr, was sollen wir machen?« fragte Michael an diesem Abend.
»Ich weiß es wirklich nicht«, mußte Miranda zugeben. »Mammi wäre wütend, wenn wir weggehen würden.«
Sie unterhielten sich im Dunkeln im Schlafzimmer der Jungen, wo sie sich zu einer wichtigen Konferenz versammelt hatten, nachdem sie ihren Eltern bereits Gute Nacht gesagt hatten und das Licht gelöscht war.

»Müssen wir es ihr überhaupt sagen?« meinte Michael. »Roddy hat doch nur einen Fehler gemacht mit seinem Gerede über ein Kind, das in dem Raum getötet wurde, und über das Blut in dem Zimmer. Deshalb nur wurde der Mann böse.«
Die beiden blickten in die Zimmerecke, wo Roddys Bett stand. Doch er äußerte keinen Protest, sondern knipste nur seine geliebte Taschenlampe an und aus, die ihm sein Onkel geschenkt hatte. Der kurze Lichtschein beleuchtete Miranda, die im Schneidersitz auf Michaels Bett saß.
»Irgendwie wäre es aber ein Betrug, nicht?« meinte sie. »Ich will damit sagen, wenn man weiß, daß der andere ›nein‹ sagen wird, und wenn man deshalb nicht fragt und es einfach macht, dann ist es doch so, als ob der andere nein gesagt hätte!«
»Nun«, erklärte Michael, »sie könnte auch ›ja‹ sagen – besonders da die Leute uns gebeten haben, ihnen zu helfen. Müssen wir nicht immer den anderen helfen, besonders dann, wenn sie uns darum bitten?«
Miranda beantwortete die Frage nicht direkt. Sie verschob die Antwort bis zu dem Zeitpunkt, wo sie entscheiden konnte, was mit ihrem Gewissen vereinbar war. »Was meint ihr, passiert auf einer spiritistischen Sitzung?« fragte sie stattdessen.
»Ich weiß nicht«, sagte Michael achselzuckend. »Ich glaube, Leute sitzen im Dunkeln um einen Tisch, und die Geister kommen und erzählen ihnen etwas.«
»Wenn ich meine Lampe auf einen Geist richte, würde ich ihn dann sehen können?« fragte Roddy.
»Natürlich nicht«, erklärte Michael. »Man kann nur durch die Geister hindurchsehen, oder auch mit Hilfe der Geister etwas erkennen. Du dürftest aber kein Licht bei dir haben, denn die Geister würden sonst nicht kommen.«
»Würden es Geister unseres Hauses sein?«
»Ich weiß es nicht«, sagte Michael. »Frag doch Miranda danach.«
Roddy beleuchtete Mirandas Kopf mit dem Lichtkegel seiner Lampe, und ihr Haar erschien wie eine Strahlenkrone.

Sie schloß geblendet die Augen, schüttelte den Kopf und sagte: »Laß das, Roddy. Du verbrauchst nur die Batterie, und wenn du die Lampe brauchst, dann leuchtet sie nicht mehr.« Sie wandte sich an Michael. »Vielleicht sollten wir das herausfinden. Dann wüßten wir auch darüber Bescheid.«

»Ja, und Schaden könnten wir auch nicht damit anrichten«, sagte Michael zur eigenen und zu Mirandas Beruhigung. »Besonders dann, wenn wir wieder im Bett sind, bevor jemand etwas merkt. Und sie haben doch gesagt, du müßtest dabei sein, Miranda, weil du eine Sensitive bist.«

»Was ist denn eine Sensitive?« fragte Roddy.

»Eine Oberhexe, würde ich sagen«, erwiderte Miranda. »Schließlich ist dies mein Haus.« Ihr Gewissen schaltete sich allmählich aus, teils durch die Überredungskraft ihres älteren Bruders, teils aber auch durch ihre eigene brennende Neugier. »Aber ich kann diesen Mann überhaupt nicht leiden. Das war doch neulich furchtbar, wie Mammi ihn zurechtweisen mußte. Ich sehe nicht ein, warum wir ihm helfen sollten.«

»Ich glaube nicht, daß es gerade ihm helfen würde«, sagte Michael, und richtete sich auf. »Er glaubt selbst nicht daran. Wenigstens sagt er es. Seine Frau ist es, die Angst hat. Wenn wir behilflich sein können, damit sie die Angst verliert, dann sollten wir es tun, auch wenn es nicht unsere Schuld ist, daß sie sich über unsere Nachforschungen so aufregen.«

»Warum ist sie ängstlich?« fragte Roddy. »Ich habe keine Angst.«

»Du hast doch mit der Geschichte angefangen«, sagte Michael. »Der Mann mit dem Messer, und das Kind, und überall soll Blut gewesen sein. Erwachsene verstehen nicht, daß solche Geschichten nur zum Spaß erzählt werden. Wenn jetzt Miranda ein paar nette Geister herbeibringen könnte, dann würden sie keine Angst mehr haben, und alle Leute würden sich beruhigen, auch Mammi und Daddy.«

»Woher soll ich wissen, daß es nette Geister wären?« fragte Miranda. »Ich kann mir zwar nette Geister vorstellen, aber was ist, wenn manche Geister nicht nett sind – solche, die ich nicht kenne?«

»Nun«, sagte Michael, »das wäre dann ein Problem, das die anderen zu lösen hätten, nicht? Wir hätten dann nichts mehr damit zu tun. Sie wollen doch nur, daß wir dabei sind, oder vielmehr Miranda, doch sie wissen genau, daß wir sie nicht allein gehen ließen.«

»Wann könnten wir denn gehen?« fragte Miranda.

»Es müßte an dem Abend sein, wenn Mammi und Daddy ausgehen«, sagte Michael. »Die Frau sagte, es würde nur etwa eine Stunde dauern.«

Mirandas Gewissen hatte sich inzwischen beruhigt, und sie sprach nicht mehr zaghaft. »Das würde also übermorgen sein«, sagte sie. »Mammi sagte, sie würden zu den Baldwins zum Abendessen gehen, und wir dürften uns unser Essen einmal selbst zubereiten.«

»Das ist sogar noch besser«, sagte Michael. »Die Frau sagte, sie würden anschließend noch eine Art Party haben – Brötchen und Kuchen und vielleicht Eiskrem, ich weiß nicht genau.«

Um ihr Gewissen endgültig zu besänftigen, erklärte Miranda: »Aber wir brauchten deswegen nicht dortzubleiben.«

»Warum denn nicht?« protestierte Roddy, doch die beiden anderen gaben ihm keine Antwort auf diese praktische Frage.

Schließlich sagte Michael: »Wir wollen also zusagen?«

Miranda spielte noch immer die Tugendhafte. »Ja, wenn sie wirklich noch einmal mit uns darüber sprechen – ich meine, wenn sie uns bitten. Denke daran, wir dürfen eigentlich nicht hingehen. Wir haben Mammi ein Versprechen gegeben.«

Den Anlaß zu dieser abendlichen Konferenz hatte Mrs. Murchison gegeben. Sie hatte die drei Kinder auf dem Hausflur angesprochen. Die Frau lud sie ein, an einer von ihr geplanten spiritistischen Sitzung teilzunehmen.

Mrs. Murchison war eine leidenschaftliche Spiritistin, und sie hatte ein folgsames Medium, eine Miss Paradone, mit deren Hilfe sie Unterhaltungen mit verstorbenen Geistesgrößen führte, wie Conan Doyle, Charles Dickens, gelegentlich auch mit Marie-Antoinette oder Florence Nightingale. Manche von ihnen erschienen auch körperlich, beispielsweise einige Indianerhäuptlinge und ein türkisches Haremsmädchen, das von ihrem Sultan umgebracht worden war.

Dagegen war Mr. Murchison kein Spiritist, und der Grund, weshalb er seiner Frau auf diesem Gebiet nicht widersprach, lag darin, daß sie das Geld hatte. Deshalb war Mr. Murchison auch gleich beunruhigt, als er die ersten Gerüchte über das Haus hörte. Er wußte, daß sich seine Frau darüber aufregen würde und daß sich schon bald in ihrer Wohnung seltsame Menschen versammeln würden. Sie würden sich an den Händen halten und in der Dunkelheit Gesänge anstimmen, und aus einem Raum hinter einem Vorhang, wo sich Miss Paradone befand, würden Geräusche und Erscheinungen hörbar und sichtbar werden. Das Phantom-Haus und das seltsame Mädchen, dem es wie im Traum erschienen war, stellten einen dankbaren Anlaß für die Erkundung durch die Okkultisten dar.

Als Medium war Miss Paradone eine Besonderheit, da sie unverheiratet war. Die meisten Medien gaben vor verheiratet zu sein, da ihnen dies mehr Würde und Glaubwürdigkeit verlieh. Miss Paradone dagegen nutzte die strenge Jungfräulichkeit ihrer fünfundsechzig Jahre, um dadurch glaubhaft zu machen, daß die Geister durch sie hindurchgehen könnten, ohne verunreinigt zu werden. Sie war eine Rarität in diesen modernen Zeiten des wachsenden Skeptizismus. Ihr Vater war einmal ein berühmter Geisterbeschwörer gewesen, und seine Tochter hatte seine Gaben geerbt. So war sie in der Lage, verstorbene Freunde oder Verwandte herbei zu beschwören und Botschaften vom Jenseits zu empfangen.

Auf Bitten von Mrs. Murchison hielt sie sich bereit, die Ereignisse, die sich jeweils in Melton Court abspielten, spiritistisch auszudeuten.

Mr. Murchison brachte seiner Frau eine Art Haßliebe entgegen, die darauf beruhte, daß er die längste Zeit seines Lebens mit einer halb hysterischen Person verheiratet war. Oftmals waren ihm dabei Gedanken über die Möglichkeiten gekommen, wie er sie loswerden könnte, und er hatte schon damit gespielt, eine Art spiritistische Erscheinung zu bewerkstelligen, die sie zu Tode erschrecken würde. Er war jedoch an der Praxis gescheitert, da er nicht wußte, wie er dies in die Tat umsetzen konnte. Auf der anderen Seite war Mrs. Murchison zu Zeiten, wo sie sich nicht mit Botschaften aus dem Jenseits beschäftigte, eine recht gute Ehefrau, die in zufriedenstellender Weise für seine täglichen Bedürfnisse sorgte.
Mr. Murchison hatte den unbestimmten Verdacht, daß bei den spiritistischen Sitzungen, an denen er von Zeit zu Zeit gezwungenermaßen teilnahm, etwas faul sein mußte, doch er hatte nicht die Mentalität, die Zusammenhänge auszukundschaften. Er war von Beruf Staubsaugerverkäufer, und seine geistigen Ambitionen beschränkten sich darauf, den Kunden zur Unterzeichnung des Vertrages und zum Kauf des ganzen unnötigen Zubehörs zu veranlassen. Er wußte nichts über das Leben im Jenseits und glaubte auch nicht daran. Deshalb wollte er sich auch nicht in diese Dinge einmischen – besonders auch deshalb, weil die Sitzungsteilnehmer immer vor den bösen Folgen gewarnt wurden, die dadurch entstehen könnten, daß jemand während eines Trancezustandes des Mediums den Versuch machte, Kontakt mit diesem aufzunehmen.
Wie Mrs. Maitland vermutet hatte, konnte es Mr. Murchison nach seinem Besuch kaum erwarten, seiner Frau die scheußlichen Einzelheiten des Kindermordes zu enthüllen, der sich in dem Bereich abgespielt haben sollte, den sie jetzt in Melton Court bewohnten. Er stürzte sich förmlich auf seine Frau, voller Wut über die Abfuhr in der Wohnung der Maitlands und mit der Absicht, seiner Frau einen solchen Schreck einzujagen, daß sie vielleicht einen Herzanfall erlitt, den sie nicht überleben würde.

Wenn Mr. Murchison einem Hai ähnelte durch sein zurückgesetztes Kinn, seinen herabhängenden Schnurrbart und seine starr blickenden Augen, so ließ sich seine Frau eher mit einem Lotsenfisch vergleichen, denn neben seiner massigen Gestalt erschien sie sehr zierlich. Sie machte einen schwachen und hilfsbedürftigen Eindruck. Ihre Mundwinkel waren herabgezogen, was wohl mit ihrem Glauben an die religiösen Aspekte des Spiritismus zusammenhing. Dennoch hatte sie eine unheimliche Willensstärke. Die Kinder waren sich bald einig, sie unter sich als »Mrs. Maus« zu bezeichnen.

»Er metztelte das Kind mit einem Küchenmesser in Stücke«, erzählte Mr. Murchison, entschlossen, ganze Arbeit zu leisten, wenn er erst einmal dabei war. »Direkt hier in diesem Zimmer – das heißt, der Raum, wo es geschah, war hier, wo wir jetzt sind. Diese Leute unter uns scheinen irgendwie Wind von der Geschichte bekommen zu haben. Überall war Blut verschmiert – und so haben sie das Ungeheuer gefaßt. Damals wurden die Mörder noch aufgehängt, das war verdammt gut. Drüben am Fenster soll es passiert sein.« Er deutete zu der Stelle hinüber, wo das Bett stand, in dem Mrs. Murchison nachts schlief.

Zu seiner großen Überraschung reagierte seine Frau nicht so, wie er es erwartet hatte. Sie wurde überhaupt nicht hysterisch, sondern im Gegenteil eiskalt, und in ihren Augen glänzte so etwas wie Verständnis.

»Ich habe es immer gewußt«, stieß sie hervor.

»Was hast du immer gewußt?«

»Da war immer etwas, das zu mir durchkommen wollte. Ich habe es in, ach, so vielen Nächten gespürt.«

»Was? Worüber redest du? Was will zu dir durchkommen?«

»Dieser arme kleine Junge. Er will zurückkommen und uns darüber erzählen. Ich muß gleich mit Miss Paradone telefonieren.«

Das verlief durchaus nicht plangemäß. Die Nachricht schien seine Frau absolut nicht zu erschrecken, und stattdessen stand wieder eine dieser widerwärtigen Sitzungen in der Dunkelheit bevor. »Hör mal, Louisa, warte doch noch ab«, bat er. »Wie willst du das wissen? Diese drei Kinder könnten sich doch alles ausgedacht haben . . .«

»Sie sind sensitiv. Wir müssen sie dabei haben. Ich habe es schon immer gespürt. Das ermordete Kind ist zu dem kleineren Jungen durchgekommen. Miss Paradone wird dem Kind helfen, zu uns durchzudringen, und vielleicht können wir sein armes Leben im Jenseits erleichtern.«

»Und wenn der Bursche, den man deshalb aufgehängt hat, auch zu uns durchkommt?« warf ihr Mann aufgeregt ein, da ihm die Sache aus der Hand zu gleiten drohte.

»Er würde in einem viel tieferen Bereich sein, doch wir könnten ihm vielleicht helfen, in einen höheren Bereich zu gelangen. Er muß furchtbar gelitten haben. Wir werden das Bett umstellen. Miss Paradone kann ihren Raum direkt hier haben – oder wir können es mit einem Vorhang abtrennen und unsere Kette im Wohnzimmer zusammenstellen. Reverend Smealey wird mit unserer Gruppe die Gesänge anstimmen. Doch ich weiß, daß Miss Paradone die Kinder braucht, damit die Erscheinungen zu ihr gelangen. Wir hatten nie zuvor eine solch günstige Gelegenheit. Man hat fast das Gefühl, als ob der arme Bursche jetzt hier wäre. Victor, du mußt dafür sorgen, daß die Kinder an dem Abend hier sind, wo Miss Paradone das Gefühl hat, daß ihr Fluidum am stärksten ist.«

»Was soll das?« rief Mr. Murchison aus, völlig außer sich. »Ich soll sie hierher bringen?« Der Gedanke daran, dieser Löwenmutter von 1A wiederum gegenüberzutreten und sie zu bitten, ihre Kinder für eine solche Veranstaltung auszuleihen, erschien ihm ganz unerträglich.

»Aber natürlich«, sagte seine Frau mit jener Bestimmtheit, die er bei ihr so gut kannte. »Du hast doch die Mutter kennengelernt. Du könntest auch sie einladen. Sie wäre sicher interessiert – und vielleicht könnten wir sie sogar bekehren. Du weißt doch, wie überzeugend Reverend Smealey sein kann, besonders, wenn es eine Manifestation gegeben hat.«

»Sieh doch mal, Louisa, das geht doch nicht . . .«

»Du wirst das schon machen, Victor. Du mußt reden, als ob du einen Kunden überzeugen wolltest. Ich werde Miss Paradone am besten gleich anrufen, bevor sie ausgebucht ist. Neuerdings scheinen alle Leute nach ihr zu verlangen. Wir sollten nicht mehr lange warten. Erst wieder letzte Nacht, als ich aufwachte, hatte ich dieses Gefühl.«

Mr. Murchison war richtig elend zumute, doch er wußte, daß nichts auf der Welt seine Frau von ihrem Vorhaben abbringen konnte, und daß dieses abscheuliche Ritual wieder stattfinden würde. Und hinzu kam noch, daß diese verdammten Kinder von Wohnung 1A dabei sein sollten.

16 Eine spiritistische Sitzung

Als es soweit war, erwies sich Mr. Murchisons Aufgabe als weitaus einfacher, als er sie sich vorgestellt hatte. Die an Miranda, Michael und Roddy gerichtete Einladung rief bei den Kindern so viel Begeisterung hervor, daß er meinte, das Problem der elterlichen Einwilligung den Kindern selbst überlassen zu können. Es war gar nicht erforderlich, daß er noch den Kuchen und das Eis erwähnte, die es nach der Sitzung geben sollte. Die Aussicht, einem wirklichen Geist zu begegnen, war für die jungen Leute unwiderstehlich, zumal die Osterferien wegen des schlechten Wetters bisher recht eintönig waren. Der Regen sollte, wie die Meteorologen sagten, auch in den nächsten Tagen nicht aufhören, und eine ungewöhnliche Zusammenballung von Fronten über Island sorgte dafür, daß die Aussichten trübe blieben.

Seit der Zeit, als Miranda sich zum ersten Mal im Geist das Haus vorgestellt hatte, hatte das Erlebnis immer wieder neue und aufregende Aspekte bekommen und zu neuen Bekanntschaften geführt. Und jetzt stand das größte Erlebnis noch bevor: Roddys offensichtliche Lüge sollte zu einer Geistererscheinung führen, zu der sie alle eingeladen waren.

Die Tatsache, daß Roddy gelogen hatte, um Mr. Murchison zu irritieren, und der Umstand, daß Miranda sich ein solches Ereignis in dem Teil des Hauses, das die Murchisons jetzt bewohnten, nie vorgestellt hatte, blieben bedeutungslos für die Erwartungen, die die drei Kinder dem Ereignis entgegenbrachten. Sogar die Erwachsenen schienen zu glauben, daß sich hier einmal ein Verbrechen ereignet hatte, und daher konnte man nicht wissen, was vielleicht noch passierte. Und vielleicht hatte Roddy nicht einmal gelogen, denn möglicherweise war er, ohne sich dessen bewußt zu sein, einer ähnlichen Inspiration wie seine Schwester Miranda zum Opfer gefallen, auf der ja die ganze Hausaffäre beruhte.

Somit brauchten sie ihr Gewissen nicht zu belasten, als Michael, Miranda und Roddy an dem Abend, als ihre Eltern zum Essen zu den Baldwins gegangen waren, in Hausschuhen, Pyjamas und Bademänteln vor der Wohnung 3D erschienen.

Michael drückte tapfer den Klingelknopf, und als sie eingelassen wurden, schallten ihnen laute Gesprächsfetzen entgegen.

Da sie bei der Veranstaltung eine bedeutsame Rolle spielen sollten, wurden die drei Kinder mit einer Hochachtung behandelt, die die unbestimmten Ängste zerstreute, die sie vor dem Betreten der Wohnung empfunden hatten.

Die einzelnen Namen der Gäste oder der Kongregation, wie sie Mrs. Murchison nannte, konnten sich die Kinder unmöglich merken: Mrs. Breadle, Mr. Whitehouse, Miss Auger, Mr. und Mrs. Purtle, Miss Winbastle, Dr. Handbow, und so weiter, insgesamt vierzehn Personen, und um sie schnell und treffend zu kennzeichnen, gaben sie ihnen allen Ersatznamen.

Da sie damit begonnen hatten, Mr. Murchison als Mr. Hai zu bezeichnen und seine Frau als Mrs. Maus, war die Versuchung unausweichlich, die Kennzeichnung mit zoologischen Namen fortzusetzen. So gab es für sie einen Mr. Ziegenbock und eine Mrs. Kamel, einen Mr. Papagei, eine Mrs. Kuh, Mr. Nilpferd, Mr. Jagdhund, Miß Strauß, Mr. und Mrs. Affe, Mrs. Krokodil, Mr. Pelikan, Miß Giraffe und Mr. Bär.

Miranda und Michael hatten durch ihre schnelle Auffassungsgabe die Klassifizierung so umgehend vorgenommen, daß Roddy keine Gelegenheit fand, von sich aus Namen zu verteilen, weshalb er protestierte. Es blieb nur noch ein kleiner Mann übrig, der einen Haarkanz um seinen kahlen Schädel hatte, eine Hakennase und eine große Brille. Innerhalb der Gruppe schien er einen besonderen Status zu besitzen. Michael und Miranda überließen es Roddy, ihn zu benennen, und sie erwarteten, daß er ihn als Mr. Uhu bezeichnen würde. Doch er tat es nicht. Stattdessen erklärte er: »Dies ist Mr. Tiddlypom.«

»Was soll das, Roddy«, sagte Michael. »Rede keinen Unsinn. Was ist ein Tiddlypom?«

»Er ist eben ein Tiddlypom«, beharrte Roddy und vereitelte damit jegliche Debatte.

Ein Beobachter der Szene im Wohnzimmer der Murchisons würde festgestellt haben, daß die teilweise Isolierung der drei Kinder mehr war als die normale Trennung zwischen Erwachsenen und sehr jungen Leuten, wie sie sich bei jeder Party von selbst ergibt. Er würde bemerken, daß alle Blicke und auch die Unterhaltung sich auf die Ecke konzentrierten, in der die drei sich aufhielten. Sie waren das Gesprächsthema und sie wurden sogar etwas scheu und ehrfürchtig angeblickt. In der Vorstellung der Anwesenden waren sie bereits vom Finger des Unbekannten und Geheimnisvollen berührt.

Die Spannung verstärkte sich noch, da Miß Paradone sie eine halbe Stunde warten ließ, bis sie in die Wohnung hineinfegte. Sie hatte die Kraft eines Riesen, die Muskulatur eines Ringers und einen zwingenden Blick, dem man nur schwer widerstehen konnte. Gekleidet war sie in einen weiten Kaftan aus dunklem Material. Natürlich gehörte er zur Ausstattung, denn der Kaftan war eine Art Warenhaus. Miß Paradone überragte alle Anwesenden, mit Ausnahme von Mr. Hai, der etwas größer als sie war und der sie unbeeindruckt und ohne Begeisterung anblickte.

Sie entschuldigte sich wegen ihres späten Eintreffens. Bei all ihrer Größe und Stärke hatte sie eine weiche, einschmeichelnde Stimme, mit der sie nahezu lispelte. Damit verschleierte sie die Tatsache, daß sie einen Stimmumfang vom hohen Sopran bis zum tiefen Baß beherrschte, so daß die Zuhörer, wenn sie fremde Stimmen nachahmte, davon überzeugt waren, daß es unmöglich ihre eigene Stimme sein konnte.

»Sie müssen mir vergeben«, begann sie. »Gerade als ich herkommen wollte, überkam mich ein Trancezustand. Nur selten ist es mit solcher Macht über mich gekommen. Heute ist eine große Kraft am Werk. Nun, wo sind meine kleinen Helfer?«

Mr. Tiddlypom geleitete sie zu der Stelle, wo sich die drei Kinder aufhielten. Miß Paradone machte auf diese einen so gewaltigen Eindruck, als sie von oben herabblickte, daß sie ihr sofort und fast gleichzeitig einen Namen gaben – Mrs. Ungeheuer.

Ihre Gestalt wirkte noch größer durch dichte schwarze Haarlokken, die auf ihrem Kopf aufgetürmt waren – was nicht nur des Eindrucks wegen nützlich war, sondern auch zur Unterbrindung gewisser verborgener Utensilien, die später in Erscheinung treten sollten.

Mit weit auseinanderstehenden, etwas hervortretenden Augen musterte sie die Kinder. Ihr Gebiß und ihre Kinnbacken wirkten so stark und ausgeprägt, daß sie den Eindruck hatten, nichts könne ihren Zähnen widerstehen.

»Ja, ja«, flüsterte sie. »Es stimmt also. Die Kraft ist da. Sie sind Adepten. Ich spüre es, ja, ich spüre es.«

Miranda, Michael und Roddy empfanden sogleich eine ausgesprochene Abneigung ihr gegenüber. Sie roch nach Mottenkugeln – vielleicht war es aber nur der Kaftan. Sie legte ihre Hand, die bei ihrer Körpergröße erstaunlich zart war, auf Roddys roten Haarschopf und sagte: »Ja, mein kleiner Mann. Du und ich werden heute abend einen weiten Weg gehen.«

Michael und Miranda befürchteten einen Augenblick lang, daß Roddy zornig in die Luft gehen würde. Von früheren Erlebnissen her wußten sie, daß jeder, der Roddy mit »kleiner Mann« anredete, von diesem eine gründliche Abfuhr zu erwarten hatte. Seltsamerweise reagierte er nicht sofort. Roddy war durch die Versammlung offenbar eingeschüchtert. Unter seinen fuchsfarbenen Augenbrauen schielte er etwas scheu nach oben. Dann senkte er den Blick und schüttelte die auf seinem Kopf ruhende Hand ab.

Miranda war vorübergehend etwas eifersüchtig. Schließlich war sie die Oberhexe, und sie war es, die das Haus heraufbeschworen hatte, und ohne sie wäre diese seltsame Versammlung überhaupt nicht zustandegekommen. Im Grunde genommen neigte sie nicht zur Eifersucht, doch jetzt wurde sie wütend. Das Ungeheuer mußte doch genügend Hexenverstand haben und durfte einen solchen Fehler nicht begehen.

Tatsächlich war Miß Paradone in ihren Worten, daß sie zusammen mit Roddy einen weiten Weg gehen würde, der künftigen Entwicklung sehr nahe gekommen.

»Ist alles vorbereitet?« fragte sie.

»Ja, ja«, antwortete Mr. Tiddlypom. Wie ein Schlepper einen Ozeanriesen zieht, so zog er sie am Ellbogen mit sich weiter.

Da die Untat, von der Roddy ursprünglich berichtete, sich im Schlafzimmer abgespielt hatte, erhielt das Medium auch dort seine Wirkungsstätte. Zwei große Leinwandstreifen, einander gegenüber hängend und mit einer Öffnung in der Mitte, bildeten eine praktische Behelfskabine. Der über die Öffnung drapierte Vorhang verbarg das Medium vor den Blicken der Zuschauer.

In diese Kabine wurde ein Stuhl gestellt, die zum Schlafzimmer führende Doppeltür wurde aufgestoßen, und die Sitzungsteilnehmer bildeten im Wohnzimmer einen Halbkreis, der Kabine gegenüber. Bevor sie von Miß Paradone in das Schlafzimmer gerufen wurden, hatten die Kinder bemerkt, daß nicht nur die

Fenstergardinen zugezogen waren, sondern daß zusätzlich noch schwarze Verdunkelungsvorgänge über den Fenstern und Türen hingen, so daß kein Spalt übrigblieb, durch den Licht nach innen dringen konnte. Die Lampen wurden mehrmals probeweise an- und abgeschaltet, um festzustellen, ob die Dunkelheit auch wirklich undurchdringlich war.

»Setzt euch dort in die Ecke«, befahl Miß Paradone den Kindern. »Und haltet euch an den Händen. Ihr könnt euch auf den Fußboden setzen. Was auch geschieht, ihr braucht euch nicht zu ängstigen.« Sie wollte die Kinder in ihrer Nähe haben, nicht nur, um ihre psychischen Kräfte einwirken zu lassen, sondern auch aus dem praktischen Grund, damit sie nicht in der Dunkelheit umherstolperten.

Als die Gruppe im Halbkreis Platz genommen hatte, hielt Mr. Tiddlypom seine kurze Ansprache: »Ich glaube, Sie alle sind schon einmal hier gewesen, so daß Sie mit den Methoden vertraut sind. Sie müssen einander an den Händen halten, und Sie dürfen unter keinen Umständen, was auch geschieht, Ihre Plätze verlassen, da dies die Gesundheit oder sogar das Leben von Miß Paradone gefährden könnte. In Trance ist sie in einer besonders empfindlichen Situation, denn sie schwebt dann, wie Sie wissen, zwischen unseren beiden Welten.« Er wandte sich an die drei Kinder, die im Schneidersitz auf dem Boden saßen, und sagte: »Habt ihr das verstanden? Ihr sollt euch an den Händen halten.«

»Ja, Sir«, sagte Michael. Er und Roddy saßen außen und Miranda in der Mitte, und sie befolgten gehorsam die Anordnungen. Michael, der künftige Forscher und Techniker, wünschte sich, er hätte vier Augen, um alles besser beobachten zu können. Miranda war als Oberhexe äußerst gespannt auf den Fortgang der Ereignisse, denn jetzt war eine wirkliche Hexe im Spiel. Roddy dachte einfach nur an die Stelle auf seinem Kopf, wo Miß Paradones Hand geruht hatte, und er rieb sie sich mit seiner freien Hand, wie um sie wegzuwischen.

Der Vorhang vor der Öffnung der Kabine wurde kurz aufgezogen.

Miß Paradone saß dort auf dem Stuhl und streckte mit seltsam unterwürfiger Geste ihre Hände von sich. »Ich bin bereit«, sagte sie.
Nun erschienen zur Überraschung der Kinder Mr. Tiddlypom und ein bärtiger Herr, den sie Mr. Ziegenbock genannt hatten, mit kurzen Stricken, um Handgelenke, Füße, Beine und den Körper Miß Paradones zu fesseln, bis sie schließlich wie eine bratfertige Gans aussah.
»Warum machen sie das mit ihr?« fragte Michael flüsternd. »Soll sie bestraft werden?« meinte Roddy verwundert. Für ihn konnte die Fesselung nur eine Art Strafe bedeuten.
Auch Miranda, bei der sich allmählich schon eine Art weibliche Spottlust entwickelte, sagte ihre Meinung: »Ich glaube, das machen die beiden, damit sie nicht schummeln kann.«
Das Wort »Schummeln« drang bis zu den Ohren Miß Paradones durch, und einen Augenblick lang fragte sie sich, ob es nicht besser gewesen wäre, die Kinder nicht in ihrer Nähe, sondern im Nachbarraum oder sogar hinter den anderen Leuten unterzubringen. Aber es war jetzt zu spät für irgendwelche Änderungen, und sie glaubte fest, daß die Kinder nach dem Beginn der Manifestationen so von Schrecken gebannt sein würden, daß sie keine Gefahr mehr für sie darstellten.
»Licht aus!« ordnete Mr. Tiddlypom an. Er und Mr. Ziegenbock betätigten die Schalter. Unvermittelt war die ganze Wohnung in völlige Dunkelheit getaucht. Danach waren nur noch die Geräusche der beiden Männer zu hören, als sie ihre Plätze einnahmen, und das Rascheln der Sitzungsteilnehmer, als sie sich zurechtsetzten und die Hand des Nachbarn ergriffen.
Aus der Dunkeheit heraus war die Stimme von Mr. Ziegenbock zu vernehmen, der offenbar den Chormeister spielte. Er hatte wohl eine Stimmpfeife aus der Tasche genommen, denn ein schriller Ton war zu hören, wonach die Sitzungsteilnehmer mit nicht allzu vielem Mißklang einen Choral sangen.
Die drei Kinder hatten ihre Freude an dem Gesang. Die Maitlands

gingen hin und wieder sonntags zur Kirche, weshalb Michael, Miranda und Roddy den Choral auch auswendig mitsingen konnten. Ihre jungen Stimmen erklangen so frisch und lebhaft, daß Miß Paradone zu der Auffassung gelangte, das Richtige getan zu haben, sie in ihrer Nähe zu behalten.

Durch den Gesang wurde das Geräusch übertönt, das sie verursachte, als sie sich von den Stricken befreite, mit denen sie gänzlich unzureichend gefesselt worden war. Dann herrschte zehn Minuten lang völlige Stille, wodurch die Spannung der Anwesenden noch gesteigert wurde. Schließlich ertönte aus der Kabine ein leises Stöhnen, gefolgt von dem metallischen Rasseln eines Tamburins und regelmäßigem Trommeln auf das Fell des Instruments.

Ein schwach leuchtendes Etwas erschien über den Leinwandschirmen, das sich bis zur Decke des Wohnzimmers ausdehnte, wo es eine Art Geistertanz ausführte und einen unterdrückten Schrei bei einer der Damen auslöste: »Oh! Etwas hat mich berührt! Es fühlte sich ganz kalt an!«

»Ruhe!« warnte eine andere Stimme.

Der Spuk verschwand, und nun waren Stimmen zu hören – ein Mann, eine Frau, ein Baby – Schreie, Ausrufe, Gemurmel und Gesangsfetzen.

Eine Trompete tauchte plötzlich in der Luft auf. Sie schimmerte, schwankte einmal im Zimmer umher und verschwand dann wieder dort, wo sie hergekommen war. Die Geräusche in der Kabine verstärkten sich. Das Stimmengewirr war so intensiv, daß es fast an eine Sitzung des Sicherheitsrates der Vereinten Nationen erinnerte.

Die Sitzungsteilnehmer waren mehr oder weniger daran gewöhnt. Sie warteten auf die Erscheinungen von nicht mehr körperlosen Geistern. Miß Paradone war zwar eine geübte Zauberin und Illusionistin, jedoch weit davon entfernt, originelle Ideen zu haben. Wie ihre Kollegen von Bühne und Nachtclub wich sie nur selten von der Routine ab. Allerdings hatte sie für diesen Abend einige Besonderheiten vorbereitet, die sich darauf gründeten, daß hier angeblich einmal ein Verbrechen geschehen war, wie Mrs. Murchison ihr berichtet hatte.

Seltsamerweise war es gerade der robuste und jähzornige Mr. Murchison, der sich Gedanken um die Kinder machte. Denn die Geschehnisse in der Dunkelheit könnten besonders in den Gemütern der jungen Menschen schreckliche Folgen heraufbeschwören. Er hatte ihr Kommen veranlaßt, und nun lastete die Verantwortung auf ihm. Wegen der möglichen Folgen könnten die Maitlands ihn sogar verklagen.

Solche Sorgen brauchte er sich nicht zu machen. Die Kinder waren zwar hingerissen und fasziniert – doch ängstlich waren sie überhaupt nicht, denn in ihrer logischen Denkweise ließen sie sich nicht bestechen. Sie hätten vielleicht dann Angst haben können, wenn die Kabine von Anfang an leer gewesen wäre. Doch sie war es nicht, eine Frau befand sich in ihr, die sie sogar riechen konnten, denn der muffige Mottenkugelgeruch wollte nicht verschwinden. All die Stöhnlaute und Stimmen, das Rasseln und Dröhnen, ja sogar die Gegenstände, die umhersegelten, konnten nur von ihr stammen. Was auch immer der Zweck der Vorstellung sein mochte – es war eine Art Spiel, das nur sie selbst spielte, und deshalb konnte es für die Kinder auch keine Bedrohung darstellen. Miß Paradone würde sich als Darstellerin vielleicht geschmeichelt und als Medium irritiert gefühlt haben, wenn sie erkannt hätte, daß die Kinder ihre Darbietung lediglich als Unterhaltung betrachteten.

Die Vorstellung setzte sich fort in einem Stimmengewirr, das sich anhörte, als ob die Geister sich zu einer Cocktailparty versammelt hätten, bei der sie die Ankunft des Ehrengastes erwarteten. Dieses bedeutsame Ereignis kündigte sich an durch das heftige Läuten der Tischglocke, die bereits mehrmals durch das Wohnzimmer gesegelt, jedoch jetzt wieder in die Kabine zurückgekehrt war. Darauf folgte die Manifestation der Stimme von Lala Prad.

Lala war ein kleines hindustanisches Mädchen, das irgendwann im achtzehnten Jahrhundert von einem bösen Radscha verführt und umgebracht worden war. Ihr Umherirren in der anderen Welt wurde offenbar durch gelegentliche Besuche im Diesseits erleichtert. Kunden von Miß Paradone hatten bereits bei anderen Gelegenheiten die Stimme des Mädchens gehört. Das Kind zog eine Art weißes Gewand wie eine Rauchfahne hinter sich her, und wenn es mit weinerlicher Stimme in gebrochenem Englisch sprach, dann war kaum ein Anflug des Lispelns von Miß Paradone herauszuhören.

»Salaam, Effendi«, sprach die Stimme. »Lala Prad freut sich, euch zu sehen. Sie kommt heute abend her und bringt einen kleinen Freund von der anderen Seite mit. Der kleine Freund hat hier vor vielen Jahren einmal gelebt. Vielleicht sagt der kleine Freund, was er hier einmal Schlimmes durchstanden hat. Armer Tommy.«

Michael neigte sich zu Miranda. »Hat Roddy gesagt, daß der Name des Jungen Tommy war?« flüsterte er.

Miranda flüsterte zurück: »Er hat darüber gar nichts gesagt.«

Dann folgte das Gespräch zwischen Lala Prad und ihrem Freund, das zuerst schwach und dann deutlich zu hören war.

»Bist du da, Tommy?«

Eine zarte Kinderstimme antwortete: »Ja, ich bin hier«, und ein Raunen ging durch die Reihe der Sitzungsteilnehmer.

»Kannst du durchkommen, Tommy? Alle hier möchten dich sehen.«

»Es ist nicht ganz leicht. Ist mein Bett noch da?«

Unerwartet kam die Antwort von Mrs. Murchison. »Ja, es ist noch da. Drüben in der Ecke . . .« Den Rest des Satzes konnte man nicht mehr hören, da die anderen mit Zischlauten Ruhe geboten.

»Hallo«, sagte Tommy. »Ich bin nicht hier gewesen, seitdem der Mann mit dem Messer . . .« Und allmählich begann er, Gestalt anzunehmen, während das Raunen der Sitzungsteilnehmer sich fortsetzte.

Zunächst war nur ein schwaches Leuchten am Eingang der Kabine zu erkennen, eine Phosphoreszenz, durch die plötzlich das Gesicht eines etwa siebenjährigen Jungen schimmerte. In der Dunkelheit

war nichts Genaues zu erkennen, doch man konnte sich einbilden, daß einen Augenblick lang etwas braunes Haar und kindliche Gesichtszüge erschienen, die zusammen mit der piepsenden Stimme die Illusion der Anwesenheit eines wirklichen Kindes hervorriefen.
Er schien mit Schwierigkeiten zu kämpfen, denn er erklärte: »Ich kann bei meinem ersten Besuch noch nicht ganz durchkommen, aber ich werde wiederkommen und euch besuchen, denn ich bin nicht mehr unglücklich oder ängstlich.«
Die Sitzungsteilnehmer erkannten daraus, daß Tommy nicht völlig Gestalt annehmen würde, um als körperliche Manifestation zwischen ihnen zu wandeln, wo er sogar berührt werden konnte. Dennoch war das Ergebnis nicht allzu enttäuschend, denn das Opfer war zum Schauplatz der Tragödie zurückgekehrt.
»Ist der Mann mit dem Messer hier?« fragte Tommy, wobei sein Kopf wie suchend hin und her schwebte.
»Nein, Tommy«, antwortete ihm Lala Prad. »Alle, die hier sind, sind Freunde.«
»Das ist gut«, sagte Tommy. Das Schimmern in seiner Umgebung verstärkte sich noch etwas, so daß mehr von ihm Gestalt anzunehmen schien. Doch es war keine menschliche, auch keine übliche Geistergestalt, sondern etwas Langes und Weißes, das sich wellenförmig fortsetzte, so daß Tommy über den Kabineneingang hinauszuwachsen und die Schwelle zum Wohnzimmer zu überschreiten schien.
»Ich kann nichts sehen«, sagte Roddy. Das stimmte auch, denn er saß so weit in der Ecke des Schlafzimmers, daß er nicht mehr erkennen konnte, wohin Tommy im Wohnzimmer entschwunden war – das heißt, das Gesicht war für Roddy nicht mehr erkennbar, und er konnte nur noch das körperlose Etwas sehen, das hinter ihm herschwebte.
»Sei still, Roddy!« raunte ihm Miranda zu.
»Woher war der Mann mit dem Messer gekommen?« fragte Tommy.

»Von dort drüben.«
Roddy protestierte ein zweites Mal. »Aber ich kann nichts sehen. Ich will aber alles sehen.«
Diesmal zischte ihn Michael an: »Halt den Mund!« Er kniff seinen Bruder fest in den Arm. Doch auch diese körperliche Maßregelung schien diesmal nichts zu helfen.
Roddy konnte zwar nicht ganz erfassen, was hier vor sich ging, doch sein Gerechtigkeitssinn sagte ihm, daß er es schließlich war, der die Geschichte von dem Jungen, dem Mann und dem Messer erfunden hatte und daß ohne ihn sich hier überhaupt nichts abspielen würde. Deshalb fühlte er sich durchaus im Recht, wenn er verlangte, alles sehen zu müssen.
Er holte aus der Tasche seines Bademantels seine geliebte Lampe hervor, die ihm sonst auch als Radar- und Laserstrahl bei seinen Mondexpeditionen diente, und als er sie anschaltete, enthüllte er Miß Paradone, die wie von einem Bühnenscheinwerfer beleuchtet dastand und einen Stock in der Hand hielt, an dem der fast lebensgroße Kopf eines Jungen aus einer Zeitschriftenreklame auf Pappe befestigt war, während sie gleichzeitig eine Art weiße Mullbinde, die immer länger wurde, auswürgte.
»Da, seht mal!« rief Roddy aus. »Der Frau wird ganz übel! Alles kommt aus ihrem Mund heraus.«
»Mach das Licht aus, du kleiner Wicht!« zischte ihn Miß Paradone an, während sie die Überbleibsel des Geistes des kleinen Tommy noch immer ausspuckte.
»Roddy, mach keinen Unsinn!« herrschte ihn Michael an.
»Aber ihr ist doch schlecht«, protestierte Roddy. »Seht doch, da kommt doch lauter weißes Zeug aus ihrem Mund!«
Aus dem Kreis der Sitzungsteilnehmer kam ein lauter Ausruf von Mr. Murchison: »Was zum Teufel geht hier vor?«
Miß Paradone würgte immer noch an der weißen Mullbinde. »Macht das Licht aus!«
Eine weitere Stimme rief: »Macht das Licht an! Wenn der Frau übel ist . . .«

Der Schalter wurde angeknipst, und als das Wohnzimmerlicht hell erstrahlte, jammerte Mr. Tiddlypom mit lauter Stimme: »Nein, nein! Das darf nicht sein! Sie tun ihr damit weh!«
Der einzige, dem in diesem Augenblick weh getan wurde, war jedoch Mr. Murchison, der mit Miß Paradone in einen Ringkampf verwickelt war. Er war empört und stürzte sich auf sie, als er feststellte, daß sie alle ihre Fesseln gelöst hatte und daß ihre Kabine voller Utensilien war, die kurz zuvor noch herumschwebten. Schließlich kam das letzte Stück Mullbinde aus ihrem Mund heraus, wodurch sie wieder frei reden konnte. Doch es waren jetzt keine Zauberformeln mehr, die sie ausstieß, sondern gewöhnliche Flüche.
Eine dramatische Situation entwickelte sich, als Mr. Murchison es wagte, das zappelnde Medium zu packen, das sich jedoch erfolgreich wehrte, bis Mr. Nilpferd eingriff. Wie schon der ihm zuerkannte Name besagte, war er ein dicker Mann, zugleich aber außergewöhnlich kräftig. Fast war es ihm und Mr. Murchison schon gelungen, das Medium zu überwältigen, das sich wie eine Wildkatze wehrte, als Mr. Murchison bei einem festen Griff in den Haarschopf seiner Gegnerin in eine kleine Schere faßte, die sie dort verborgen hatte. Blut tropfte von seinem Finger, und er stieß einen Schmerzensschrei aus. Die spiritistische Sitzung verwandelte sich plötzlich in eine allgemeine Schlägerei, und die bisherige Spannung entlud sich in einem hysterischen Ringkampf zwischen Gläubigen und Skeptikern. Alle Tiere des Zoos schienen ausgebrochen zu sein. Mrs. Kuh hatte bereits die Perücke von Miß Strauß abgerissen, Mr. und Mrs. Affe zerrten am Anzug von Mr. Pelikan, Mr. Jagdhund und Mr. Bär tauschten Boxhiebe aus, während Mr. Ziegenbock, Mrs. Kamel und Miß Giraffe sich kämpfend am Boden wälzten. Mr. Murchison schrie noch immer vor Schmerz, seinen verletzten Finger hochhaltend, und Mr. Tiddlypom rang die Hände und jammerte: »Nein, nein! Aufhören! Sie ist in Trance!«
»Trance? Was für ein Unsinn!« schrie Mr. Murchison. »Sehen Sie

sich mein Gesicht an!« Er blutete auch aus Rißwunden, die ihm die Klauen von Miß Paradone beigebracht hatten.
Vom Hausflur her waren Schritte zu hören, und Wohnungstüren öffneten sich. Die Mitbewohner des Appartmenthauses lauschten neugierig den außergewöhnlichen Geräuschen, die aus der Wohnung 3D erklangen.
»Holen Sie die Polizei!« jammerte Mr. Tiddlypom.
»Aber nein! Nicht die Polizei!« schrie Mr. Murchison. »Wir werden mit dieser Schwindlerin schon selbst fertig!«
Die wilde Schlacht im Wohnzimmer war an ihrem Höhepunkt angelangt. Kaum jemand kann sich wohl derart erregen wie ein eingefleischter Anhänger des Spiritismus bei der Bloßstellung seines Mediums. Unter keinen Umständen will er seinen Glauben aufgeben, auch dann nicht, wenn sich alles als Schwindel herausstellt. Als hier der Schock der Enthüllung alle Spannung löste, da war auch jegliche Zurückhaltung beseitigt, und die Getreuen kämpften verbissen mit den Ungläubigen.
Verblüfft hörten die auf dem Hausflur stehenden Leute die dumpfen Geräusche und Ausrufe, die wie Schmerzensschreie und Wutgebrüll klangen: »Lassen Sie mein Haar los!« und »Ich kratze Ihnen die Augen aus!«
Mr. Thompson war plötzlich da, ein Schlüsselbund in der Hand. Jemand hatte ihn gerade rechtzeitig verständigt. Er steckte den passenden Nachschlüssel in das Schloß und stieß die Tür auf, so daß die Kampfgeräusche nicht mehr gedämpft klangen.
Durch sein Erscheinen änderte sich die Situation unvermittelt. Als Miß Paradone die offene Tür sah, schöpfte sie neue Kraft. Mit gewaltigem Schwung schleuderte sie Mr. Murchison und Mr. Nilpferd von sich. Sie schürzte ihren Kaftan bis zu den Knien, um beim Laufen nicht behindert zu werden, und flüchtete durch die Tür, den Hausflur entlang und die Treppe hinab, bis sie schließlich durch die Eingangstür von Melton Court in die Nacht verschwand. Der Teil der Sitzung, der ihre Anwesenheit erforderlich machte, war offensichtlich vorüber.

Michael sagte zu Bruder und Schwester in seiner Eigenschaft als Leiter der Expedition: »Ich glaube, es ist Zeit zu gehen. Bleibt nahe bei mir.«

Die Schlacht war vorüber. Teilnehmer wie Besucher standen mit Mr. Thompson umher, um zu ergründen, was eigentlich geschehen war. Niemand achtete auf die drei Kinder, die sich an den Leuten vorbeischlichen und in ihre Wohnung gelangten.

Als sie wieder in der Sicherheit des Kinderzimmers waren, wurde ihnen bewußt, wieviel sie zu besprechen, zu klären und zu überlegen hatten. Wieder war es Miranda, deren sensitive Instinkte eine Warnung andeuteten: Jetzt war nicht die Zeit hierfür, sondern es war an der Zeit, schlafen zu gehen und die Klärung der Ereignisse dem nächsten Tag zu überlassen.

So geschah es auch. Als sie sich in ihren Zimmern zur Ruhe begeben und das Licht ausgemacht hatten, schlug die Kirchturmuhr die elfte Stunde an. Fünf Minuten später drehte sich ein Schlüssel im Schloß der Wohnungstür, und Mr. und Mrs. Maitland kehrten von ihrem Besuch nach Hause zurück. Sie hatten sich ein wenig gelangweilt, doch auch die anderen Gäste waren glücklicherweise früh aufgebrochen, so daß sie nicht allein dort ausharren mußten.

Noch bevor sie sich den Mantel auszog, stattete Mrs. Maitland ihren Kindern ihren mütterlichen Besuch ab.

Miranda sagte schläfrig: »Hat es dir dort gefallen, Mammi?«

»Es war sehr nett«, antwortete Mrs. Maitland. »Versuche jetzt, einzuschlafen. Wir sind wieder hier.« Sie gab ihrer Tochter einen Kuß auf die Stirn.

Als sie in das Schlafzimmer der Söhne kam, hörte sie Schluchzlaute von Roddys Bett. »Aber Roddy«, sagte sie besorgt, »was ist denn passiert?«

»Ich habe meine Lampe verloren«, jammerte Roddy mit weinerlicher Stimme.

»Mach dir nichts daraus, mein Kleiner. Wir werden sie morgen wiederfinden.«

Michael meinte, hierzu etwas sagen zu müssen. »Ich glaube, er hat böse geträumt. Das passiert bei ihm ziemlich oft, Mammi.«
»Nun, Roddy, du bist doch ein großer Junge«, tröstete Mrs. Maitland. »Du weißt doch, daß Träume nichts bedeuten.« Sie gab zuerst ihm und dann Michael einen Kuß und verließ dann winkend das Zimmer.
»Geht es den Kindern gut?« fragte Mr. Maitland seine Frau.
»Ja, es ist alles in Ordnung«, versicherte sie ihm und begann, sich für das Schlafengehen zurecht zu machen.
Am nächsten Morgen drangen Gerüchte über das, was man in Melton Court als »die Schlacht im dritten Stock« bezeichnete, bis zu den Maitlands vor. Doch nichts verlautete über die Anwesenheit der Kinder, obwohl am Nachmittag eine heikle Situation eintrat, bei der um ein Haar alles herausgekommen wäre.
Es handelte sich um die Lieferung eines Pakets, das an Roderick Maitland in Wohnung 1A, Melton Court, adressiert war. Als Roddy es öffnete, kam eine Taschen-Stablampe zum Vorschein, doch dann sah er auch einen großartigen Kinder-Cowboyanzug mit Sombrero, Lederhosen, hochhackigen Stiefeln mit Sporen, kariertem Hemd, gelbem Halstuch, Pistolengürtel mit Spielpatronen und die Nachbildung eines 45er Colts. Auf der beiligenden Karte las er: »Für Roddy – Grüße von Victor Murchison«.
Mrs. Maitland, die bei der Öffnung des Pakets zugegen war, hatte inzwischen ganz vergessen, daß Roddy wegen des Verlustes seiner Taschenlampe am letzten Abend geweint hatte. Daher hielt sie auch die Lampe für ein Geschenk. Michael und Miranda hatten im übrigen Roddy streng verboten, den Verlust noch einmal zu erwähnen.
»Das ist aber sehr nett von Mr. Murchison«, sagte Mrs. Maitland. »Du bist sehr beschenkt worden, Roddy. Du mußt ihm einen Dankesbrief schreiben.« Dann dachte sie darüber nach, daß der alte Hai doch ein Gewissen haben müsse, denn er wollte offensichtlich wieder Frieden stiften, nachdem er sich, besonders Roddy gegenüber, von seiner schlechten Seite gezeigt hatte. Niemand ist doch so schlecht, wie man versucht ist zu glauben, sagte sie sich.

Die Kinder jedoch wußten es besser – oder sie vermuteten es wenigstens, da sie wohl kaum eine Gewißheit erlangen konnten. Sie hatten beim Aufblitzen von Roddys Lampe auch in Mr. Murchisons Gesicht geblickt und erkannt, daß er eine diebische Schadenfreude empfinden mußte, was sich auch an seinem ganzen Verhalten zeigte. Insofern war es offensichtlich, daß ihm durch die Aufdeckung der Spukangelegenheit ein Dienst erwiesen wurde. In gewisser Weise hatten also die Kinder einen Gefallen erwiesen, und da ihnen immer gesagt wurde, daß sie anderen behilflich sein müßten, konnten sie auf die ganze Episode mit gewissem Stolz zurückblicken – was auch die Tatsache einschloß, daß ihr Davonschleichen von der Wohnung unentdeckt blieb.

17 Ein ungewöhnliches Problem

Mr. Henry Thompson, der vierzig Jahre lang in der Kriegsmarine gedient und es bis zum Kapitän gebracht hatte, war im Grunde genommen ein heiterer Mensch, der jeden Morgen gut gelaunt nach einem ausgiebigen Frühstück in seinem Büro im Erdgeschoß von Melton Court anlangte. Seine Frau Joanna umsorgte ihn in rührender Weise.

Er genoß seine Verwalterstellung in Melton Court wie ein Kapitän, der sein Schiff befehligt. Er war so ausgeglichen, daß er seine bedächtige Langmut nur selten abstreifte. In seinem Blick schien noch immer das Meeresblau widerzuschimmern. Wenn sich jemand an ihn wandte, so gewann er sofort volles Vertrauen beim Blick in diese Augen. Sein Vollbart verhüllte, daß sich um seinen Mund gelegentlich auch Züge des Unbehagens abzeichneten. Er war jedenfalls der ideale Mann, der sich nicht nur als Verwalter und Leiter der im Wohnblock beschäftigten Handwerker bewährte, sondern auch als Puffer zwischen den Eigentümern und den Mietern.

Er sah es gern, wenn sein Haus gut gepflegt war, wie ein Schiff, das in jedem Augenblick den Anker lichten und auf große Fahrt gehen könnte, gut mit Brennstoff, Wasser und Proviant versorgt und mechanisch ohne Fehler. Er war Kapitän und Proviantmeister, und Melton Court war in der Tat so etwas wie ein Schiff, voller Passagiere, die häufig Klage führten und zum großen Teil einander aus dem Wege gingen – ein Schiff, das nie in See stach und das dennoch zu allen Zeiten sauber, verproviantiert und versorgt sein mußte.

Ein Mann, der einen solchen Lebenslauf hinter sich hat und der über ein derart gelassenes Temperament verfügt, läßt sich nicht leicht aus der Fassung bringen. Doch um zehn Uhr am Morgen nach der aufgeflogenen spiritistischen Sitzung geriet er doch aus seinem gewohnten Trott.

Es begann damit, daß ihm Tim Ryan, der Pförtner, eine Visitenkarte überbrachte, die den Besuch von G. Harper Shepperton ankündigte, der sich auf der Karte als »Sonderberater des Außenministeriums« auswies. Kurz darauf trat Mr. Shepperton ein.

Der Besucher war ein Mann von dreißig Jahren mit dunklem Jakkett und Bowlerhut. Er trug eine Aktentasche unter dem Arm. Seine Augen lagen tief in den Höhlen, und seine schmalen Lippen öffneten sich auch beim Sprechen nur einen Spalt.

Mr. Thompson bot G. Harper Shepperton einen Stuhl an, wobei er vermutete, daß es sich bei dem Besucher um jemanden handelte, der entweder für sich oder für einen Bekannten eine Wohnung suchte. Er vermutete auch, daß der zusammengepreßte Mund ein Nebenprodukt des diplomatischen Dienstes sein könnte, und so wartete er darauf, daß die Lippen sich öffneten.

Der junge Mann legte die Aktentasche auf seine Knie und ließ ihn warten, während er die einfache Einrichtung von Mr. Thompsons Büro betrachtete: Aktenschrank, Schreibtisch, eingerahmte Pläne der Gebäudestockwerke, ebenfalls unter Glas seine Ernennungsurkunde, ein Foto der Mannschaft des von ihm befehligten Kriegsschiffes, ein Bild der Familie Thompson, zwei Telefone, ein

Papierkorb, ein Aschenbecher und ein Feuerzeug in Form einer Kanone.
Schließlich bequemte sich der Besucher zu sprechen. »Sind Sie Henry Thompson, der Verwalter von Melton Court?«
»Das stimmt.«
»Und Sie sind hier, seitdem dieser Wohnblock im August 1974 bezogen wurde?«
»Auch das ist richtig«, nickte Mr. Thompson.
»Sie kennen demnach alle Bewohner von Melton Court?«
»Mehr oder weniger«, sagte Mr. Thompson, wobei er hoffte, daß sein Besucher bald zur Sache kommen würde.
»Hmm«, brummte Mr. Shepperton. Er öffnete seine Aktentasche, nahm eine Akte heraus, betrachtete das Deckblatt und sah dann Mr. Thompson mit fast anklagendem Blick an. »Sie haben also auch Mr. und Mrs. Sen Sinsavang auf ihrer Mieterliste.«
»Das stimmt.«
»Kennen Sie die Herrschaften?« fragte Mr. Shepperton weiter, wobei er seinen Gesprächspartner noch genauer fixierte.
»Natürlich.« Mr. Thompson fühlte sich etwas irritiert, doch er wußte, daß er diese Regung unterdrücken mußte, da er sich selbst als eine Art Diplomat fühlte.
»Ich meine, Sie wissen doch, wer sie sind?«
Mr. Thompson fühlte sich versucht, einfach »Chinesen« zu antworten, doch er unterließ es und sagte, indem er auf die Akte wies: »Sicher ist das alles dort verzeichnet.«
Mr. Shepperton nickte. »Mr. Sen Sinsavang, Kulturattaché der Botschaft von Lao Nam in London, wurde 1936 im Dorf Bao Gho im Staat Lao Nam geboren, der damals natürlich eine Provinz von Französisch-Indochina war. Er wurde in Hanoi und Paris erzogen. Später wurde er Revolutionär und Kämpfer für die Freiheit von Lao Nam, und er nahm an den Feldzügen gegen die Franzosen teil. Im April 1974 heiratete er Mei Dai, die Nichte des Premierministers von Lao Nam, und kam im August 1974 als Kulturattaché der Botschaft von Lao Nam nach London. Dieses Datum stimmt

mit der Fertigstellung des Wohnblocks von Melton Court überein.«

»Nun«, bemerkte Mr. Thompson, »sie scheinen ein sehr angenehmes Ehepaar zu sein.«

Mr. Shepperton blätterte in seiner Akte, und plötzlich fragte er: »Haben Sie eine Kopie des Mietvertrages?«

»Selbstverständlich«, antwortete der Verwalter. Er stand auf, ging zu seinem Aktenschrank und hatte den Vertrag gleich zur Hand.

Mr. Shepperton ließ sich seine Überraschung nicht anmerken. Er nahm ein Duplikat aus seiner Akte und sagte: »Können wir die Papiere vergleichen?«

»Aber natürlich.«

Da in der heutigen Zeit weder die Eigentümer den Mietern trauen noch die Mieter den Eigentümern Vertrauen entgegenbringen, enthielt auch in diesem Falle der seitenlange Vertrag eine große Anzahl groß- und kleingedruckter Klauseln, die eigens von Anwälten aufgesetzt waren, und Shepperton ließ sich beim Vergleich reichlich Zeit.

Für Mr. Thompson war der Besuch nicht mehr ein Rätsel. Wenn ein Mieter eine Kopie des Vertrages sehen wollte, so steckte im allgemeinen eine Beschwerde dahinter, oder eine technische Panne sollte bewertet werden.

Der Verwalter ließ sich dadurch nicht aus der Ruhe bringen, denn es war seine Aufgabe, mit allen möglichen Beschwerden fertig zu werden, bevor sie das Büro des Eigentümers Truciman erreichten. Mr. Thompson zweifelte nicht daran, auch diesmal alles in Güte regeln zu können.

Nachdem Shepperton einige Minuten gelesen hatte, stieß er schließlich auf die Klausel K im Teil 9, Absatz 3, einen Zusatz zum Vertrag, den beide Parteien auf einem gesonderten, aber beigehefteten Blatt unterzeichnet hatten.

»Ach, ich dachte mir das gleich. Hier ist es.«

Mr. Shepperton schob die Dokumente über den Tisch zu Mr.

Thompson, und dieser las aufmerksam den betreffenden Absatz, der wie folgt lautete:

> Der Mieter fordert und der Eigentümer willigt ein, daß die Wohnung 3A in Melton Court, wie auf Plan 4 verzeichnet und dem unterzeichnenden Mieter nach den Bedingungen des vorstehenden Vertrages überlassen, am fünfzehnten August neunzehnhundertvierundsiebzig zum ersten Mal bezogen wird und zuvor niemals bewohnt war. Der Eigentümer garantiert ferner, daß das Gebäude von Melton Court, gemäß den bei den Architekten Wilmore und Putnam hinterlegten Plänen, von Grund auf neu ist und daß es vor seiner Fertigstellung in keiner Weise bewohnt oder vermietet war. Sollte sich durch vergangene, gegenwärtige oder künftige Umstände herausstellen, daß der Eigentümer diese Vereinbarung verletzt, so garantiert der Eigentümer, den Mieter im Einklang mit der Natur und der Bedeutung dieser Verletzung angemessen zu entschädigen.

Mr. Thompson nickte und sagte: »Das stimmt. Ich erinnere mich daran. Und wo liegt das Problem?«

Als er den Vertrag zum ersten Male gelesen hatte, war es ihm bereits nicht klar gewesen, weshalb eine solche Klausel vereinbart und sogar vom Eigentümer unterzeichnet worden war. Vor dem Einzug der Mieter waren natürlich Klempner, Zimmerleute, Elektriker und Maler noch ständig in den neuen Wohnungen beschäftigt, und insofern waren diese Räume in gewisser Weise »bewohnt«, was man jedoch wohl kaum als Verletzung der Vereinbarung darstellen konnte. Die ganze Angelegenheit schien ihm daher rein akademischer Natur zu sein.

Mr. Shepperton blickte den Verwalter scharf an und öffnete seine Lippen so weit, daß gerade noch diese Worte zwischen ihnen durchkommen konnten: »Mr. und Mrs. Sinsavang führen Klage, daß der Eigentümer die Vereinbarung verletzt hat.«

Die Erwähnung der angeblichen Verletzung einer Vereinbarung ließ eine Alarmglocke in Mr. Thompsons Ohren schrillen. Eine langjährige Erfahrung hatte ihn gelehrt, sich dies nicht anmerken zu lassen, jedoch in Ruhe und Gelassenheit Überlegungen anzustellen. Nicht nur Mr. Shepperton, sondern auch er konnte sich durchaus eine Zeitlang im Schweigen hüllen. Er ließ daher einige Sekunden vergehen, bevor er eine Schublade aufzog, eine rauchgeschwärzte Stummelpfeife und eine Tabaksdose herausnahm und »Sie gestatten?« sagte. Er wartete jedoch keine Antwort ab, sondern stopfte die Pfeife. Er schonte sein geliebtes Kanonen-Feuerzeug und zündete den Tabak mit einem Streichholz an. Nachdem er den Rauchwolken nachgeblickt hatte, bemerkte er: »Die Vereinbarung soll verletzt sein, sagen Sie?«

Diese Pantomime störte jedoch Mr. Shepperton durchaus nicht, sondern er freute sich im Gegenteil darüber, daß er einen ebenbürtigen Gegenspieler gefunden hatte. Es hätte ihm auch kein Vergnügen bereitet, wenn er nach einem Überraschungsangriff seinen Gegner sogleich in die Flucht geschlagen hätte. »Allerdings«, antwortete er.

»Welche Vereinbarung genau soll verletzt sein?« fragte Mr. Thompson, um zu zeigen, daß er in Bezug auf Melton Court seine Vorschriften kannte.

»Verletzt ist Klausel K im Teil 9, Absatz 9, wie er der Seite 15 beigefügt ist und von beiden Parteien unterzeichnet wurde.«

Mr. Thompson ließ sich seine Erleichterung nicht anmerken, als er hörte, daß die Beschwerde auf nichts anderem beruhte als auf dieser lächerlichen Klausel. Es gab also keinen Anlaß, sich Gedanken zu machen, und bei diesem Spiel hatte er noch keinen Boden verloren. »Haben Sie Beweise hierfür?« fragte er.

»Um die Klage von Mr. und Mrs. Sinsavang zu erhärten, haben wir Beweise.«

Diese ruhig vorgetragene Behauptung und die Sicherheit, mit der Mr. Shepperton auftrat, hätten jeden anderen erschüttert, mit Ausnahme von Mr. Thompson. Er erinnerte sich daran, daß er den Sinsavangs am Einzugstag seine Hilfe angeboten hatte, und daß seine Frau Madame Sinsavang alles Erforderliche bei der Bedie-

nung der modernen Kücheneinrichtung erklärt hatte. Es war zwar unwahrscheinlich, daß eine Beschwerde überhaupt zur Verhandlung kommen würde, doch würden er und seine Frau bezeugen können, daß erst eine halbe Stunde vor dem Einzug der Sinsavangs die Elektriker letzte Hand an die Installation gelegt hatten. War das wirklich eine Verletzung der Vereinbarung?
»Ich verstehe«, sagte Mr. Thompson, was er gern äußerte, auch wenn er etwas nicht verstand. »Und in welcher Weise sollen die Eigentümer, wie die Sinsavangs behaupten, die Vereinbarung verletzt haben?«
Jetzt war der Augenblick gekommen, wo sich Mr. Shepperton richtig in Szene setzen konnte. Er holte ein ledernes Zigarettenetui hervor, das in der Ecke drei goldene Initialen zeigte, entnahm ihm eine Filterzigarette mit Goldmundstück, öffnete die Lippen einen kleinen Spalt, in den er die Zigarette steckte, und entzündete sie sachgerecht, indem er den Knopf an dem kanonenförmigen Feuerzeug betätigte. Nachdem er die erste Rauchwolke ausgestoßen hatte, erklärte er: »Die Sinsavangs behaupten nichts, sondern sie stellen fest.«
Die Verwendung seines Kanonen-Feuerzeugs kam für Mr. Thompson so unerwartet, daß er die unvorsichtige Frage stellte: »Was stellen sie fest?« Stattdessen hätte er auch längere Erörterungen über die Unterschiede zwischen »Behaupten« und »Feststellen« mit seinem Besucher beginnen können.
»Daß die Wohnung 3A bereits zuvor bewohnt gewesen war.« Shepperton wies mit seinem tadellos manikürten Fingernagel auf den Mietvertrag.
Jetzt war es also ausgesprochen. Mr. Thompson wußte, daß er sich keine Sorgen zu machen brauchte. »Ich verstehe«, sagte er wiederum. »Hmm – Zuvor bewohnt, sagen Sie?« Er warf einen Blick auf den Vertrag, um sicher zu gehen, daß er den Wortlaut kannte. »Darf ich fragen, von wem und wann?«
»Von den Mitgliedern der Familie, die diese Räumlichkeiten bewohnte, bevor sie von den Sinsavangs übernommen wurden.«

Mr. Thompson zog genüßlich an seiner Pfeife. Ein Gefühl der Sicherheit lullte ihn ein, als er an die »Bewohnung der Räumlichkeiten« dachte, worüber er und seine Frau mit gutem Gewissen, auch vor Gericht, Aussagen machen konnten.
»Ich verstehe«, sagte er zum dritten Mal. »Und wann und in welcher Weise bewohnte diese Familie die Räumlichkeiten, die später von der Truciman-Grundstücksverwaltung den Sinsavangs überlassen wurden?«
»Nun«, antwortete Mr. Shepperton, wobei er seine Zigarette in dem großen Bronzeaschenbecher ausdrückte, der Mr. Thompson einst auf seinem Schiff als Weihnachtsgeschenk überreicht worden war, »dies bezieht sich auf die Zeit, als die Famile in dem Hause lebte, das sich dort befand, wo jetzt Melton Court steht.«
Während seiner gesamten Dienstzeit im Kriege war Commander Henry Thompson als ein Mann von unerschütterlichen Nerven und besonderer Kaltblütigkeit bekannt gewesen. Doch als er das Wort ›Haus‹ hörte, ging ein Zittern durch seine Glieder, als wäre vor seinen Füßen eine Granate explodiert. Er ließ sich aber nichts anmerken und biß nur voller verhaltener Wut auf den Stiel seiner Pfeife.
Dieses verdammte Haus! War es denn möglich, daß dieses absurde, völlig lächerliche Phantom immer wieder auftauchte! Allerdings, er hatte erst am Vortag mit seiner Frau darüber gesprochen. Dieses Problem war zwar aus dem Nichts entstanden, doch es mußte als mögliche Komplikation immer in Rechnung gestellt werden, wenn auch nur in abstrakter Form. Aber er hätte es nie für möglich gehalten, daß es einmal in konkreter Weise in Erscheinung treten könnte, so wie dieser eitle Geck es andeutete. Zum ersten Mal fühlte er sich in die Defensive gedrängt.
»Meinen Sie das im Ernst?« fragte er.
»Absolut.«
»Behaupten das die Sinsavangs?«
»Die Sinsavangs behaupten nichts, sondern sie erklären ganz unmißverständlich, daß die von ihnen gemieteten Räumlichkeiten nicht dem Vertrag entsprechen.«

»In welcher Weise entsprechen sie nicht dem Vertrag?« konterte Mr. Thompson, in der Hoffnung, seinen Besucher hereingelegt zu haben.
Der Diplomat antwortete jedoch in kühlem Tonfall: »Natürlich in dem Sinne, wie sich die Sinsavangs betroffen fühlen. Der Raum, den sie jetzt bewohnen, war sogar noch 1968 von anderen bewohnt. Doch mir ist glaubhaft zu verstehen gegeben worden, daß an dieser bestimmten Stelle schon einmal eine menschliche Ansiedlung gestanden hat, und zwar vor dem großen Brand von London, als das ursprüngliche Gebäude niederbrannte. Und das letzte von mehreren nachfolgenden Häusern wurde schließlich abgerissen, um Platz für Melton Court zu schaffen.«
Mr. Thompson war nahe daran, seinem Gegenüber ›Mann, was soll der Quatsch!‹ entgegenzuschleudern, doch er schluckte seinen Zorn hinunter, als er daran dachte, daß das Außenministerium in irgendeiner Weise in die Angelegenheit verwickelt war. Stattdessen sagte er: »Verstehe ich Sie richtig, daß Sie damit meinen, ein Haus hat einst gestanden . . .« Er korrigierte schnell das mögliche Eingeständnis. ». . . könnte einst gestanden haben . . . Sie meinen also, es wird behauptet, es habe gestanden . . .«
»Ich stelle fest, daß es gestanden hat«, unterbrach ihn Mr. Shepperton.
»Also daß dies eine frühere Bewohnung und damit einen Vertragsbruch darstellen soll?«
»Für die Sinsavangs stellt sich dies allerdings so dar«, antwortete Mr. Shepperton kühl. »Dies ist umso bedeutsamer, als sie, ohne selbst Schuld daran zu tragen, einen nicht wiedergutzumachenden seelischen Schaden erlitten haben.«
Diese Andeutung brachte Mr. Thompson zu einer etwas sarkastischen Bemerkung – in diesem Falle zu einem Fehlverhalten. »Wie, wenn ich fragen darf, wurde dieser nicht wiedergutzumachende Schaden beigebracht, und von wem?«
Mr. Shepperton betrachtete den Verwalter etwas verächtlich, denn er war von ihm enttäuscht. Wie konnte er sich auch nur eine

solche Blöße geben! Er blickte erneut in seine Akte und antwortete: »Nun, die letzte Person, die im Bereich der Wohnung der Sinsavangs gelebt hat, war eine Dienstmagd von unsteter Lebensweise namens Daisy Daisy.«

»Wie meinen Sie?« fragte Mr. Thompson. »Ihr Familienname war also auch Daisy?«

»Allerdings.«

»Und wer soll diese Person Daisy Daisy gewesen sein?«

»Eine Dienstmagd, die ein Zimmer im Dachgeschoß hatte, das auf Teile von Speisezimmer, Küche und Badezimmer der Räumlichkeiten der Sinsavangs übergreift.«

Mr. Thompson fühlte sich irritiert, denn hier wurden Vergangenheit und Gegenwart auf das albernste durcheinandergebracht. Er fragte noch einmal zurück: »Sagten Sie wirklich ›übergreift‹?«

»So sagte ich es.«

Alles erschien ihm so phantastisch lächerlich und albern, daß wiederum nur Sarkasmus die geeignete Reaktion sein konnte. »Ich nehme an«, sagte Mr. Thompson, »daß Sie eine Akte über diese Daisy Daisy besitzen, und daß Sie mir diese Person beschreiben können.«

»Allerdings habe ich eine solche Akte«, bestätigte Mr. Shepperton, wobei er in seinen Papieren blätterte. »Nach Aussagen unserer Informanten war sie ein Stubenmädchen. Achtzehn Jahre alt, eine Waise, etwas unordentlich – Sie wissen ja, ohne Vater und Mutter.«

Mr. Thompson hätte am liebsten eingeworfen, daß Vater und Mutter bei Waisen im allgemeinen nicht vorhanden waren.

»Ihre Haube saß immer schief auf dem Kopf«, fuhr Mr. Shepperton fort. »Sie ließ auch häufig Tabletts fallen und zerbrach Porzellan. Sie hatte rote Hände und ein rotes Gesicht, vorstehende Augäpfel und stets einen verängstigten Ausdruck, doch sie war gut zu Kindern und Tieren.«

Hier unterbrach er sich und murmelte vor sich hin: »Man kann sich wirklich vorstellen, wie Daisy Daisy ausgesehen hat, finden

Sie nicht?« Dann las er weiter vor: »Die Schnürbänder ihrer Schuhe gingen immer wieder auf, und wenn sie sich bückte, um sie zuzubinden, wurde sie noch mehr rot im Gesicht. Sie sang den ganzen Tag lang bei der Arbeit, doch sie sang falsch. Manchmal weinte sie die ganze Nacht über, und dann waren am nächsten Morgen auch ihre Augen rot. Daisy Daisy war in Wirklichkeit die Tochter eines Grafen, doch das hat sie nie erfahren. Sie machte die ganze Familie nervös, doch man konnte sie nicht loswerden, weil sie keine Bleibe hatte. Sie starb im Alter von einundzwanzig Jahren an Abzehrung und wurde in der Familiengrabstätte beerdigt.«

Mr. Thompson war zwar stark in den Tabakrauch eingenebelt, doch ihm kam die Konstruktion dieser Beschreibung sehr bekannt vor, und er merkte, daß ganz offensichtlich die Maitland-Kinder hinter dieser lächerlichen Erzählung steckten. Er atmete erleichtert auf und sagte: »Und wer sind Ihre Informanten in dieser Angelegenheit?«

»Natürlich die Sinsavangs. Die Aussage ist Teil ihrer Beschwerde.«

»Ja, ja, natürlich. Aber wer hat die Sinsavangs informiert?« Mr. Thompson kannte die Antwort schon im voraus.

Kein Muskel bewegte sich in Mr. Sheppertons Gesicht, als er gelassen antwortete: »Drei junge Leute: Michael, Miranda und Roderick Maitland.«

Mr. Thompson lachte in sich hinein, denn er fühlte sich seiner Sache sicher. »Nun hören Sie mal, Mr. Shepperton«, sagte er, »können Sie sich denn nicht vorstellen, daß das alles eine Erfindung ist? Eine Dummheit, die sich Kinder ausgedacht haben . . .«

Der Herr vom Außenministerium ließ sich nicht beeindrucken. »Für die Sinsavangs trifft dies nicht zu«, sagte er. »Die Kinder in Lao Nam lügen nicht. Dies ist von vorn herein klar und unbestreitbar. In diesem Land werden die Aussagen von Kindern bis zum Alter von vierzehn Jahren, wo die Pubertät anerkannt wird, als Wahrheiten akzeptiert, da sie bis zu diesem Zeitpunkt als unter

dem Einfluß des Unendlichen stehend, dem sie entsprungen sind, betrachtet werden.«
»Ach du himmlische Dreifaltigkeit«, entfuhr es Mr. Thompson stöhnend.
»Nein«, korrigierte Mr. Shepperton ohne den geringsten Anflug von Humor. »Diese Menschen sind zumeist Buddhisten.«
»Jedenfalls ist es so«, erwiderte der Verwalter mit etwas heiserer Stimme, »daß eine Anzahl von Mietern in diesem Wohnblock sich darüber aufgeregt haben, daß drei Kinder aus Langeweile eine Geschichte über ein Haus erfanden, das einmal hier gestanden haben soll, wo Melton Court jetzt steht. Die Kinder haben allerhand Unfug angestellt und auch an den Wohnungstüren anderer Mieter geläutet. Ich habe bereits mit ihnen darüber gesprochen, doch ich werde mich auch noch einmal an ihre Eltern wenden . . .«
Mr. Shepperton hatte sich eine neue Zigarette angezündet und hielt sie seinem Gegenüber wie eine Pistole entgegen. »Herr Verwalter, ich interessiere mich überhaupt nicht für Ihre anderen Mieter. Wie auch immer der Tatbestand sein mag – die Sinsavangs sind zu der Auffassung gelangt, daß es in ihren Räumlichkeiten frühere Bewohner gegeben hat, die noch immer anwesend sind. Und sie fühlen sich durch alle diese Umstände ernstlich bedroht.«
Mr. Thompson nahm die Pfeife aus dem Mund, lehnte sich in seinem Stuhl zurück und fragte: »Und was verlangen die Sinsavangs nun?« Diese Frage mußte eine direkte Antwort nach sich ziehen – sei es Geld, Entschädigung, Kündigung des Vertrages, eine persönliche Entschuldigung von Lord Truciman, oder gar die Entscheidung, Melton Court abzureißen und dort wieder aufzubauen, wo ein Zusammentreffen mit den Räumen ausgeschlossen war, wo Daisy Daisy gearbeitet hatte und gestorben war.
Auf Mr. Sheppertons Gesicht war der Anflug eines gönnerhaften Lächelns zu erkennen. »Ach, nichts Besonderes«, sagte er leichthin. »Lediglich eine Reinigung der Räumlichkeiten im Einklang mit der Zeremonie, die von den buddhistischen Mönchen von Lao Nam praktiziert wird.«

Niemand hätte Mr. Thompson verübeln können, daß er diese Äußerung seines Besuchers so auffaßte, daß von den Räumlichkeiten der Sinsavangs die Rede war. Mr. Shepperton hatte ausdrücklich von »den« Räumlichkeiten gesprochen, nicht von »ihren«.
»Ich verstehe«, sagte Mr. Thompson, und dieses Mal meinte er wirklich, die Bedeutung der Worte zu verstehen. »Ist das eine Art Hokuspokus?«
»Hmm, so etwas Ähnliches. Wenn ich mich richtig erinnere, unterteilt man die rituelle Technologie der Haussegnung, der Reinigung, des Sühneopfers, der Besänftigung und Austreibung in zwei Phasen ein: ›Suad Mon Yen‹, was ein sehr schöner Abendgesang ist, und ›Suad Mon Scho‹. In der Abendphase singen die Mönche ›Suad Mongschon‹ und bereiten Weihwasser. Eine Schnur wird um das Haus gezogen. Sie beginnt an einem Fenster, um das sie gebunden und verknotet wird. Dann verläuft sie zu dem Bildnis Buddhas und wird dann um eine Wasserschüssel gewunden, und das andere Ende wird von Mönchen festgehalten. Damit soll das Haus sakralisiert werden, was bedeutet, daß böse Mächte ausgetrieben werden. Die Macht des geheiligten Wortes wandert durch die Schnur und überträgt sich auf das Wasser und das Haus. Das Wasser wird folgendermaßen geweiht: An einer bestimmten Stelle des Gesangs ergreift ein Mönch eine auf der Schüssel stehende entzündete Kerze. Er läßt dann einige Wachstropfen in das Wasser fallen, und bei den Schlußworten des Gesangs versenkt er sie ganz im Wasser.«
All dies schien Mr. Shepperton an die Zeiten zu erinnern, als er in Lao Nam amtlich tätig gewesen war, denn er zündete sich geistesabwesend eine neue Zigarette an und fuhr fort: »Nach der Abendphase wird ein großes Festessen veranstaltet. Ich war nach einem solchen Mahl einmal völlig betrunken . . .« Er machte eine kleine Pause, war aber gleich wieder beim Thema. »Am nächsten Morgen kommen die Mönche wieder zurück. Ihnen wird ein Frühstück gegeben, wofür als Gegenleistung die Segnung ›Anumodana‹ erfolgt. Sie singen dann ›Suad Schaya Mongschon‹, die Siegessegnung, und sprengen schließlich Weihwasser.«

Mr. Thompson saß noch immer zurückgelehnt da und rauchte seine Pfeife. Nach reiflicher Überlegung sagte er sich, daß jeder Mieter selbst zu entscheiden habe, was hinter seinen vier Wänden geschieht. Er richtete sich auf, ergriff Notizblock und Kugelschreiber und sagte: »Lassen Sie uns das einmal festhalten. Die Sinsavangs sind bereit, sich als zufriedengestellt zu erklären – das heißt, der Eigentümer hat den Vertrag nicht gebrochen –, vorausgesetzt, daß der Eigentümer einwilligt, daß die Sinsavangs sich – es waren doch wohl Mönche . . .?«
»Ja, Mönche.«
». . . also Mönche zu sich einladen, die dann etwas veranstalten, wie Sie es auch immer nennen, wobei die Sinsavangs die Verantwortung für eventuelle Schäden tragen, die durch das Versprengen von Wasser und durch tropfende Kerzen entstehen könnten. Nun, wenn das alles ist, und wenn Sie bereit sind, dies zu unterschreiben, dann kann ich keine weiteren Schwierigkeiten erkennen. Ich nehme doch an, daß die Sinsavangs dabei sind, wenn das alles vor sich geht?«
»Eine gewisse Zeit werden sie dabei sein. Allerdings müssen sie die Priester auch eine Weile allein lassen, da ein Teil des Rituals geheim ist.«
Mr. Thompson fühlte sich beträchtlich erleichtert und erklärte: »Nun, die Sinsavangs könnten es sich in der Zwischenzeit in meinem Büro bequem machen, oder sie könnten sich eine möblierte Wohnung im zweiten Stock mieten. Das Festessen müßte natürlich in ihren eigenen Räumlichkeiten stattfinden. Ich nehme an, daß dabei mehrmals Gongs geschlagen werden, doch glaube ich kaum, daß dies die anderen Bewohner von Melton Court sehr stören würde. Wenn Ihre« – er wollte sagen ›Klienten‹, doch dann fiel ihm ein, daß Mr. Shepperton ja kein Anwalt war, und fuhr fort, »Freunde damit einverstanden sind, bin ich vorbehaltlich der Genehmigung durch den Eigentümer bereit, meine Einwilligung zu der erwähnten Veranstaltung zu geben, wobei ich voraussetze, daß die Angelegenheit diskret behandelt wird und als einmalige Vereinbarung zwischen den Sinsavangs und uns gilt.«

Mr. Shepperton hatte aufmerksam zugehört. Es war ihm nicht gelungen, den Redefluß des Verwalters zu unterbrechen, doch nun schüttelte er heftig den Kopf. »Ich glaube«, warf er ein, »Sie haben das Ausmaß der Angelegenheit nicht ganz erfaßt. Die Sinsavangs fordern nicht nur die Reinigung ihrer eigenen Räumlichkeiten, sondern des gesamten Wohnblocks . . .«
Die restlichen Worte des Satzes blieben unausgesprochen, denn aus Mr. Thompsons Mund entrang sich der verzweifelte Ausruf: »Was sagen Sie da!« Er hatte zwar mit Schwierigkeiten gerechnet, doch nicht geahnt, daß sich ein solcher Abgrund zu seinen Füßen auftun würde.
»Lieber Herr Verwalter«, lenkte Mr. Shepperton ein, »Sie werden sicher aus meinen Ausführungen entnommen haben, daß es nicht nur einige Räume sind, die von den Mönchen gereinigt werden müssen. Es ist das gesamte Gebäude – und nicht nur das, sondern auch der Grund und Boden, auf dem die früheren Baulichkeiten gestanden hatten: die Erde, die Bäume, das Gelände – bis das Haus und alles, was hier gewesen ist, als unschädlich gelten können.«
»Wollen Sie wirklich damit sagen, daß Melton Court in seiner Gesamtheit . . .« stöhnte Mr. Thompson.
»Genau das meine ich.« Mr. Shepperton klopfte nachdrücklich mit dem Finger auf den Tisch.
Mr. Thompson mußte eine kleine Pause einlegen, um das Ausmaß dieser Forderung abzuschätzen. Er klopfte seine Pfeife aus, entnahm der Schublade einen Pfeifenreiniger, ließ ihn durch den Stiel gleiten, besah sich das Ergebnis, warf den Reiniger in den Papierkorb, stopfte sich die Pfeife erneut und zündete sie an.
»Lassen Sie mich das klarstellen«, begann er erneut. »Sie verlangen, daß ich die gesamte Einwohnerschaft von Melton Court evakuieren soll, bestehend aus . . .« Er blickte auf eine Anzahl Listen auf seinem Schreibtisch. ». . . etwa achtunddreißig Familien, darunter Protestanten, Katholiken, Juden, Episkopalen, vielleicht auch Baptisten und viele andere, damit eine Gruppe kahlgeschorener Affen hier heidnische Riten vollziehen kann?«

Mr. Shepperton beeilte sich, hier wiederum zu unterbrechen, als er bemerkte, daß das Gesicht des Verwalters vor Erregung rot angelaufen war. »Sie müssen auch das Mahl berücksichtigen«, sagte er. »Die Sinsavangs werden natürlich auch eine Anzahl ›Phakuans‹ vorbereiten, wie sie die Speisen für die Seele nennen . . .«
Das gab Mr. Thompson den Rest. Er hatte jetzt von den Ritualen genug gehört und schnitt Mr. Shepperton das Wort ab. »Was Sie verlangen, Sir, ist völlig unmöglich. Der Eigentümer wäre nie damit einverstanden, daß solche Widersinnigkeiten . . .« Er suchte nach Worten, während sein Besucher seine Zigarette erneut angriffslustig auf ihn richtete.
»Hören Sie zu, Herr Verwalter. Meinen Sie, daß ich meine wertvolle Zeit hier bei Ihnen vergeuden will? Weshalb hätte sich wohl das Außenministerium eingeschaltet, und warum haben nicht die Sinsavangs selbst oder ihr Anwalt die Regelung übernommen?«
Mr. Thompson zuckte die Schultern. »Ich kann es mir wirklich nicht vorstellen.«
Der Besucher gab endlich seine aggressive Pose auf. »Dann will ich es Ihnen sagen. Madame Sinsavang ist die Nichte seiner Exzellenz Cho Yuan, des Premierministers von Lao Nam. Seit dem Ende des Krieges um Vietnam hat das Land Lao Nam eine Schlüsselstellung in diesem Raum gewonnen und wird von Chinesen, Amerikanern, Russen und Kambodschanern umworben. Die britische Regierung hat sehr bedeutsame Verhandlungen mit Cho Yuan aufgenommen, und falls diese erfolgreich verlaufen, wird Großbritannien in diesem Raum politisch und wirtschaftlich in den nächsten fünfzig Jahren eine Vormachtstellung einnehmen. Alles, was diese zur Zeit etwas schleppenden Verhandlungen stören würde – alles! – könnte katastrophale Folgen haben. Sie werden nunmehr einsehen, mein Freund, weshalb dem Verlangen der Sinsavangs stattgegeben werden muß, und warum das Außenministerium eingeschaltet wurde. Es gibt keine Alternative.«

18 Der Brandstifter

Den ganzen Tag über machte sich Mr. Thompson Gedanken über die Lösung des Problems. Er war entschlossen, weder Lord Truciman selbst noch die Direktion der Truciman-Grundstücke einzuschalten, und deshalb überlegte er, welche Maßnahmen er treffen könnte, um den Wohnblock im Einklang mit den Forderungen der Sinsavangs und des Außenministeriums evakuieren zu können. Doch als der Nachmittag in den Abend überging, entwickelte sich ein noch dringlicheres Problem im Kellergeschoß.

Dort stand Mr. Biggs nachdenklich vor einem sorgsam aufgeschichteten Haufen aus zerknüllten Zeitungen, ölgetränkten Lappen, Holzstücken, zerrissener Pappe und Hobelspänen. Der Schreck war ihm so in die Glieder gefahren, daß sie mehr zitterten als je zuvor in den unsicheren Kriegsjahren.

Ein Bösewicht mußte hier seine Hände im Spiel haben, und Beweis genug dafür war der Zweigallonen-Kanister mit Benzin, der neben dem Haufen stand.

Es war sechs Uhr am Abend. Der Haufen, der Schreck, Angst und Tod mit sich bringen konnte, lag etwas im Schatten, außerhalb des erleuchteten Bereichs. Erst eine Stunde war vergangen, seitdem Mr. Biggs, wie es seine Art war, seine abendliche Inspektionsrunde gemacht hatte. Er unternahm diese Rundgänge morgens und abends, um die Maschinen, Leitungen und Anlagen zu kontrollieren, von denen Sicherheit und Komfort vieler Menschen in den oberen Stockwerken abhingen. Unter seiner Kontrolle waren Öl, Wasser, Gas und Elektrizität – die Bestandteile eines Cocktails, der eine totale Katastrophe heraufbeschwor, wenn man es je zulassen würde, daß sie sich untereinander vermischten.

Niemand war so zuverlässig in der Abwendung solcher Gefahren wie Mr. Biggs. Doch in diesem Augenblick stand der frühere Marinemechaniker wie gebannt da, da er seinen Augen nicht trauen

wollte. Er machte sich verzweifelte Gedanken darüber, wo er gewesen war, wer sich sonst hier aufgehalten haben könnte – über alles mögliche, was seinem Rundgang durch den Korridor und der schrecklichen Entdeckung vorausgegangen war.
Schließlich hörten seine Glieder auf zu zittern, und er bewegte sich langsam, als ob er bleierne Schuhe an den Füßen hätte, zu der Stelle, wo ein Haustelefon an der Wand angebracht war. Er nahm den Hörer ab und wählte die Nummer des Verwalters.
»Ist dort Mr. Thompson? Hier Biggs«, sagte er, ohne sich des Dilemmas bewußt zu sein, das er heraufbeschwor. »Könnten Sie bitte herkommen? Es tut mir leid, Sir, aber ich glaube, es ist dringend. Danke.«
Ein paar Minuten später stand Mr. Thompson schweigend und verwirrt neben ihm, und beide betrachteten das aufgehäufte Brennmaterial.
»Mein Gott«, schnaufte Mr. Thompson.
»Fürchterlich«, sagte Mr. Biggs.
Der Verwalter erblickte den Benzinkanister. »Du meine Güte«, murmelte er, »wenn er ihn angezündet hätte . . .«
»Er?« fragte Mr. Biggs zurück.
»Er oder sie – wir wissen es doch nicht! Aber der Betreffende versteht etwas von seinem Geschäft, finden Sie nicht?«
»Direkt neben dem Luftschacht«, warf Mr. Biggs ein. »Und in der Nähe des Öltanks. Die Wirkung wäre wie bei einem Vulkan gewesen.«
Mr. Thompson schauderte zusammen. Der Haufen war so angelegt worden, daß die Flammen vom Öltank in den Luftschacht geschlagen wären und Melton Court in ein Inferno verwandelt hätten. »Wann ist das passiert?« fragte er.
»Zwischen fünf Uhr, als ich meine letzte Runde machte, und . . .« Er warf einen fragenden Blick auf seine Uhr. »Nun, ich weiß es nicht genau, aber es muß vor sechs Uhr gewesen sein. Das Pumpengeräusch gefiel mir nicht, und ich kam her, um nachzusehen. Niemand war hier. Vielleicht habe ich den Betreffenden verscheucht.«

Mr. Thompson nickte. »Ist einmal jemand hier gewesen, den Sie kennen?«
Mr. Biggs rieb sich das Kinn und sagte: »Niemand – außer den Kindern.«
»Welche Kinder?«
»Die drei jungen Maitlands von 1A.«
Mr. Thompson holte langsam Luft und antwortete dann so beherrscht, wie es ihm nach der morgendlichen Begegnung mit Mr. Shepperton möglich war: »Also wieder einmal die Maitlands, ja?«
»Ja, sie waren hier. Aber sie sind keine bösen Kinder.«
»Meinen Sie das wirklich?« fragte Mr. Thompson. Privat war er nicht von ihrer Unschuld überzeugt, und nach all dem Ärger, der ihm am Morgen widerfahren war, traute er ihnen noch mehr zu.
»Ja. Sie kommen nur gern nach hier unten, wenn sie nichts Besseres zu tun haben.«
»Oder Schlechteres«, meinte Mr. Thompson.
»Und dann natürlich dieses schlechte Wetter. Es macht mir nichts aus, wenn sie in meiner Nähe sind. Der ältere Junge ist technisch interessiert, und nachmittags war er längere Zeit bei mir. Meine Frau zeigte dem Mädchen, wie man Biskuits backt. Und der kleine Bursche, der Siebenjährige, spielte ›Raketenabschuß‹.«
»Was soll das heißen?« Mr. Thompson sah mehr bestürzt als überrascht aus.
Mr. Biggs lächelte verschmitzt. »Wenn der Fahrstuhl nach oben geht, stellt er sich diesen als Weltraumrakete vor. Das ist schon alles, aber er spielt es gern. Er hat auch einen Astronautenhelm.«
»Waren die Kinder auch nach Ihrem Rundgang noch in Ihrer Nähe?« forschte Mr. Thompson.
Mr. Biggs überlegte. »Ich weiß es nicht genau. Ich nehme an, daß sie gleich nach oben gegangen sind, nachdem ich meine Werkstatt geschlossen hatte. Das machen sie immer so.«

Der Verwalter nickte und betrachtete den Haufen noch einmal eingehend: Die brennbaren Schichten waren so sachgerecht übereinander gestapelt, daß sie nach der Entzündung sofort hoch auflodern mußten. Langsam schüttelte er den Kopf und sprach sein Urteil: »Das waren keine Kinder.«
Mr. Biggs stimmte bereitwillig zu. »Da haben Sie recht, Sir. Wenigstens waren es nicht diese Kinder. Sie sind anständige junge Menschen.«
»Haben Sie irgendetwas berührt?« fragte Mr. Thompson, der seine Aufmerksamkeit jetzt ganz auf den Haufen Brennmaterialien konzentrierte.
»Nein, Sir. Ich habe nichts angerührt. Das ist Sache der Polizei.«
Mr. Thompson überlegte und fragte dann abrupt: »Woher stammen diese Hobelspäne?«
»Aus der Zimmermannswerkstatt. Die Leute hatten dort Hobelarbeiten. Aber sie sind recht sauber. Sie packen das Zeug sonst in Säcke und nehmen es als Feueranzünder mit nach Hause.«
»Kann jemand anders das Zeug geholt haben?«
»Durchaus möglich.«
»Und der Benzinkanister?«
Mr. Biggs schüttelte den Kopf. »Wir haben so etwas nicht hier unten. Nein, ich habe ihn nie zuvor gesehen.«
Der Verwalter begann jetzt eine systematische Befragung. »Wer könnte also, außer den Kindern, nach fünf Uhr nach oben gegangen sein? Wie sieht es mit den Zimmerleuten aus?«
»Sie haben heute nur vormittags gearbeitet.«
»Und sind Lieferanten gekommen?«
»Nach fünf Uhr wird im allgemeinen nichts mehr geliefert. Die Eingangstür wird dann auch verschlossen. Wer nach fünf Uhr kommt, den sehe ich mir persönlich an.«
»Und wohin sind Sie nach Ihrem letzten Rundgang gegangen?«
»In meine Wohnung, Sir – bis ich, wie gesagt, das verdächtige Pumpengeräusch hörte, und so ging ich dorthin, um nachzusehen. Ich brauchte nur ein Ventil nachzustellen. Dann fand ich dies

hier.« Mr. Biggs betrachtete noch einmal den Brandsatz und schüttelte ungläubig den Kopf.
»Hmm«, murmelte Mr. Thompson. »Es waren also keine Kinder. Nach fünf Uhr war niemand mehr hier, auch nicht Sie selbst oder Ihre Frau. Die Außentür war verschlossen. Also müßte jemand von den oberen Stockwerken heimlich heruntergekommen sein, meinen Sie nicht auch?«
»Durchaus möglich. Aber meinen Sie nicht, daß dies ein Fall für die Polizei ist, die Sie bald verständigen müßten?«
»Nein«, sagte Mr. Thompson. »Wir wollen doch nicht etwa, daß die Polizisten überall mit ihren Notizbüchern herumtrampeln und an allen Wohnungstüren läuten! In einer Stunde würden alle Leute wissen, daß sich ein Brandstifter im Gelände herumtreibt. Lord Truciman würde so etwas nicht gefallen. Nein, hier muß man besonnen vorgehen, bis man eine Spur hat. Ich habe eine bessere Idee. Ich habe einen Freund bei Scotland Yard, der sicher weiß, wen er herzuschicken hat. Bill, Sie bleiben inzwischen hier, während ich ihn anrufe. Sie brauchen auch Ihre Frau nicht zu verständigen. Wir werden schon den richtigen Ausweg finden.« Mit diesen Worten ging Mr. Thompson schnell nach oben in sein Büro, schloß die Tür und rief seinen Freund Jock bei Scotland Yard an. Jock war seinerzeit Stellvertreter des Kapitäns Thompson an Bord eines Zerstörers gewesen, und es war den beiden gelungen, ihr Schiff einigermaßen heil durch den Krieg zu bringen.
»Sie meinen also, Skipper, Sie hätten dort einen Brandstifter?« sagte Jock, nachdem er die Einzelheiten gehört hatte. »Eine schlimme Sache. Haben Sie schon die Polizei verständigt?«
»Das möchte ich nicht«, sagte Mr. Thompson. »Ich will verhindern, daß neugierige Polizisten hier herumtrampeln und die Mieter verängstigen.«
»Gut, daß Sie dieser Ansicht sind. Brandstiftung ist eine gewisse Spezialität, am besten verhält man sich besonnen, damit der Betreffende keinen Verdacht schöpft. Wissen Sie, was wir machen? Ich schicke Ihnen Roger St. Elmo.«

»Wer zum Teufel ist St. Elmo? Der Name erinnert mich an das Sankt Elmsfeuer.«
Jock kicherte und sagte: »Ja, Skipper, ich weiß das, und er wird auch häufig wegen seines Namens geneckt. Aber er heißt nun einmal St. Elmo. Er kennt sich mit den psychologischen Zusammenhängen aus. Ein recht belesener Bursche. Sicher wird er Ihnen gefallen. Er sieht auch gar nicht wie ein Polizist aus. Vermutlich wird er jemand mitbringen wegen der Fingerabdrücke, doch zumeist eignet sich das Zeug, mit dem sich diese Brandstifter abgeben, nicht für die Probenabnahme. Jedenfalls können Sie sich auf seine Diskretion verlassen. Er wird mir berichten, wie alles gelaufen ist. Viel Glück, Skipper. Es tut mir leid, daß Sie diesen Ärger haben. Doch früher oder später verraten sich solche Kerle selbst – wie dieser Maschinenraum-Saboteur auf dem Skagerak-Trip 43. Erinnern Sie sich?«
Roger St. Elmo machte den Eindruck eines Storches, der auf Erkundung ausgeht, dachte Mr. Thompson, als er ihn zum ersten Mal zu sehen bekam. Oder auch eines geistesabwesenden Professors, der auf Stelzen läuft. Er war so lang und dünn, daß er sich tief herabbeugen mußte, wenn er unterhalb seiner Knie etwas suchte. Seine Brille hatte er an einer Schnur befestigt, damit sie nicht zerbrechen konnte, wenn sie ihm von der Nase fiel, die zu schmal war, um das Gestell zu tragen. Er hatte sandfarbenes Haar und graugrüne Augen mit merkwürdigen goldenen Punkten. Doch wenn er sprach, machte er den Eindruck eines Mannes von großen Kenntnissen.
»Ja, da haben Sie recht«, sagte er zu Mr. Thompson und Mr. Biggs, als er mit diesen zusammen den Brandsatz betrachtete, »das hat ein Fachmann aufgeschichtet. Das sieht man auf den ersten Blick.«
Er wandte sich an den Mann vom Fingerabdruck-Labor, der ihn begleitet hatte. »Joe, sehen Sie bitte nach, ob etwas dabei ist, das Sie gebrauchen können. Ich möchte es aber bezweifeln. Auch an dem öligen Kanister werden nur verschmierte Abdrücke sein.«

Nachdem er von Mr. Biggs die Einzelheiten über die Entdeckung gehört hatte, und während sein Assistent sich vergebens bemühte, geeignete Fingerabdrücke abzunehmen, hielt St. Elmo eine Vorlesung über sein Fach.

»Jeder Mensch hängt an seinem Feuer«, sagte er versonnen. »Eine der ältesten Errungenschaften der Menschheit. Es kann zerstören, aber auch reinigen. Die Schwierigkeit bei der Motivsuche liegt darin, daß man auch bei sorgfältiger Prüfung nur einen unbestimmten Verdacht, aber selten Beweise finden kann.«

»Wie kommt das?« fragte Mr. Thompson. »Ich dachte, Sie brauchten nur in Ihrer Verbrecherkartei über Brandstifter nachzusehen . . .«

»Das ist es ja«, seufzte St. Elmo. »Im Gegensatz zum Einbrecher oder zum psychopathischen Mörder wird ein Brandstifter nur selten gefaßt. Vielleicht hat er einige Brände in seiner Jugend gelegt, doch ist er nie in Verdacht geraten, und dann ist Gras darüber gewachsen. Nun, wir werden sehen. Nach der Sorgfalt zu urteilen, mit der dieser Haufen aufgeschichtet wurde, kann man annehmen, daß der Versuch wiederholt wird. Welche Art Handwerker könnte man herschicken, denen man keine Beachtung schenken würde?«

»Handwerker?« fragte Mr. Thompson verwundert.

»Das sind Leute von uns«, erklärte St. Elmo. »Sie ziehen sich Overalls an und haben Ausweise vom Gaswerk oder einer Elektrofirma. Sie besuchen die einzelnen Wohnungen und prüfen die Leitungen, Sie wissen ja, wie das gemacht wird.«

Mr. Thompson machte ein nachdenkliches Gesicht und sagte: »Nun, unser Bill hier erledigt im allgemeinen solche Sachen, doch nur dann, wenn Beschwerden kommen – und manche Mieter rufen ihre eigenen Handwerker.«

St. Elmo überlegte, während er Mr. Biggs betrachtete. »Nun ja – unser Bill braucht einen Assistenten, nicht wahr? Überarbeitung – er hat wirklich zu viel zu tun. Niemand wird sich etwas dabei denken, wenn ihm ein weiterer Mann hilft, besonders bei den

Nachtwachen.« Dann wandte er sich direkt an Mr. Biggs. »Sie werden merken, daß es ein tüchtiger Mann ist. Er war zuletzt bei der Feuerwehr, doch früher hatte er in Ihrem Beruf gearbeitet. Am besten wird es sein, wenn Sie jeweils vier Stunden auf Wache sind. Und wenn Anrufe von den Mietern kommen, dann schicken Sie nach Möglichkeit diesen Mann, anstatt selbst nach oben zu gehen. Er hat Augen für Dinge, die man sonst nie beachten würde.«
Mr. Biggs nickte und sagte: »Ja, Sir, ich verstehe. Ich hatte mich schon gefragt, wie ich es mit der Arbeit schaffen soll, wenn ich gleichzeitig die Wache übernehme.«
St. Elmo machte weitere Vorschläge. »Mr. Thompson kann ein Rundschreiben an die Mieter über die Einstellung eines neuen Assistenten verteilen, und Sie können den Mann bei seinen ersten Besuchen begleiten und ihn den Mietern vorstellen. Dann ist auch hier unten die Sicherheit gewährleistet.«
Der Mann von der Fingerabdruck-Abteilung war aufgestanden. »Ich glaube, hier ist nicht viel zu holen, Sir.«
St. Elmo nickte wieder. »Damit war wohl zu rechnen. Brandstifter lassen sich nicht leicht auf die Schliche kommen.«
»Wie soll ich mich dem anderen Personal gegenüber verhalten?« fragte Mr. Thompson. »Soll ich dem Pförtner etwas sagen, dem Telefonisten oder den Reinigungsfrauen?«
St. Elmo schüttelte den Kopf. »Am besten sagen Sie ihnen gar nichts. Wir haben häufig festgestellt, daß die Leute nicht ihren Mund halten können oder sogar versuchen, den Amateurdetektiv zu spielen. Innerhalb von zwei Tagen würden alle Mieter im Block wissen, daß eine Untersuchung im Gange ist. Und wenn der Feuerteufel merkt, daß man hinter ihm her ist, dann sorgt er dafür, daß man seine Spur verliert.«
Er wandte sich wieder an Mr. Biggs. »Können Sie ein paar leere Kartons für mich besorgen? Joe hier kann all das Zeug hineinpakken, und wir nehmen es dann zu Scotland Yard mit.« Als er sah, daß Mr. Thompson ein bedenkliches Gesicht machte, fügte er hinzu: »Sie müssen verstehen, all dieses Zeug muß doch von ir-

gendwo hergekommen sein, nicht? Hier sind Zeitungsfetzen von der ›Times‹ und vom ›Mirror‹ zu erkennen, vielleicht helfen sie uns weiter. Auch die Lappen müssen zuvor einen anderen Verwendungszweck gehabt haben. Und die Kartonstücke müssen einmal intakt gewesen sein. Vielleicht kann man feststellen, was die Kartons enthielten, und wer sie verkauft hat. Das macht viel Umstände, aber vielleicht lohnt es sich. Dies gilt natürlich auch für den Benzinkanister.«

»Ich verstehe«, sagte Mr. Thompson. »Aber was könnte das Motiv sein? In diesem Gebäude wohnen recht anständige Leute. Ich kann mich nicht erinnern, daß die Mieter Streit miteinander hatten. Beschwerden gibt es nur selten, und wenn sie vorkommen, dann werden die Mängel umgehend beseitigt. Weder Lord Truciman noch ich als Verwalter hatten je Ärger mit dem Personal, und wir hatten nie Anlaß, jemand zu entlassen.«

»Ja, so ist es«, unterbrach ihn St. Elmo, der seinem Assistenten aufmerksam zusah, während dieser den Brandsatz vorsichtig auseinandergenommen und die Bestandteile in den von Mr. Biggs bereitgestellten Kartons verstaut hatte. »Das Motiv ist immer ein Problem, besonders deshalb, weil es Fälle von Brandstiftung gibt, bei denen kein Motiv zu erkennen ist. Oder das Motiv ist so tief im Unterbewußtsein des Brandstifters verborgen, daß ein Psychiater Jahre brauchen würde, um es an die Oberfläche zu holen. Und dann gibt es natürlich immer wieder Leute, die aus reiner Neugier und sogar im Auto zur Brandstätte fahren, wenn sie hören, daß in der Nähe ein Feuer ausgebrochen ist. Vielleicht könnten wir einmal einen Blick in Ihre Liste der Bewohner dieses Gebäudes werfen.«

Eine halbe Stunde später saß St. Elmo zusammen mit Mr. Thompson in dessen Büro. Sie rauchten und gingen die Liste durch. »Das scheint in Ordnung zu sein«, sagte er. »Ganz durchschnittliche Leute, wie Sie schon sagten. Wenn nichts Außergewöhnliches eintritt, werden Sie mich während der Untersuchungen hier nur selten zu sehen bekommen. Ich bin«, fügte er lächelnd hinzu, »ein

wenig auffällig. Aber Sie haben ja meine Telefonnummern, wo ich jederzeit zu erreichen bin.«
Mr. Thompson erwartete, daß sich der Inspektor verabschieden würde, aber St. Elmo blieb nachdenklich sitzen und las wiederum die Liste der Mieter durch.
Schließlich lehnte er sich zurück, faltete die Hände hinter dem Kopf und sagte gedehnt: »Ja, die Kinder.«
Mr. Thompson blickte ihn fragend an.
»Ja, die Kinder«, wiederholte St. Elmo. »Sie stellen bei unseren Branduntersuchungen immer eine besondere Komplikation dar. Ein Baby kann eine Lampe umwerfen, und eine ganze Familie kommt ums Leben. Erinnern Sie sich an den Fall, wo drei Jungen einen Brandsatz aus einem Schuppen gestohlen hatten? Damals sind in einem Vergnügungslokal sechzig Menschen umgekommen und über hundert ins Krankenhaus gekommen. Was geht nur in den Köpfen der jungen Menschen vor? Zuviel oder gar nichts? Gar nichts in dem Sinne, daß sie einfach nicht in der Lage sind, sich das fürchterliche Elend vorzustellen, das ein Feuer verursachen kann. Oder zuviel, was den Umfang ihrer Phantasie angeht. Sie sehen zu, wie der Rauch durch das Dach steigt, wie die Flammen aus den Fenstern schlagen, wie die Funken weithin fliegen und wie das Wasser aus den Schläuchen in die Rauchwolken hineinspritzt. Alles ist so aufregend. Auf jeden Fall sind Kinder nicht reif genug, um die Gefahren zu erfassen. Wenn nur die Eltern das auch immer erkennen würden.«
St. Elmo schlug ein Bein über das andere. »Auf die phantasiereichen Kinder muß man wohl am meisten achtgeben. Vielleicht hatten Sie nicht genügend Gelegenheit, die Kinder hier im Wohnblock zu beobachten, und konnten sich daher noch keine Meinung bilden. Aber wie war es zum Beispiel mit diesen Maitland-Kindern, die sie erwähnten, die erst heute nachmittag hier unten bei Biggs waren? Der Älteste ist technisch interessiert, das Mädchen läßt sich von Mrs. Biggs das Kochen beibringen, und der Jüngste stellt sich einen Fahrstuhl als Weltraumrakete vor. Ich würde sie als sehr phantasiereich bezeichnen, meinen Sie nicht?«

»Das kann man wohl sagen«, bestätigte Mr. Thompson. »Sie waren in ihren Osterferien ziemlich ungezogen, denn sie regten die Mieter mit Geschichten über ihr Haus auf, und erst heute früh hatte ich . . .«
»Ein Haus? Welches Haus?« unterbrach ihn St. Elmo. Er setzte sich aufmerksam in seinem Stuhl zurecht.
»Nun, das Haus, das früher einmal hier war«, antwortete Mr. Thompson. Er war etwas verlegen, da er die Angelegenheit nicht zuvor erwähnt hatte. »Es tut mir leid, daß ich Ihnen das noch nicht erzählt habe. Durch diese Brandstiftungssache hatte ich das ganz vergessen, obwohl es recht außergewöhnlich erscheint. Denn zumindest ein Teil der Bewohner dieses Wohnblocks hat sich in letzter Zeit beeinflussen lassen durch das Phantasie-Haus der Kinder, in dem alle diese Leute wohnen. Ich meine, wo alle, die jetzt hier wohnen, einmal gewohnt hatten . . . Zum Donnerwetter! Wenn man es zu erklären versucht, hört sich das an, als hätte man den Verstand verloren. Hier, ich zeige Ihnen, was ich meine.«
Mr. Thompson bückte sich zu einer Schublade und holte einen Satz Originalpläne des Architekten hervor, die die Vorderseite des Hauses zeigten. »Dies ist das Haus, das früher hier war«, sagte er. »Man nannte es Hallam Hall. Lord Truciman kaufte es und ließ es abreißen, um Melton Court erbauen zu lassen.«
St. Elmo betrachtete die Pläne eine Zeitlang und wandte sich dann wieder Mr. Thompson zu, der mit seinem Pfeifenstiel auf die Zeichnung deutete und sagte: »Sie ist vor etwa einer Woche aufgetaucht, als Bill Biggs die Schränke in seiner Werkstatt aufräumte. Die Maitland-Kinder waren gerade dort unten und halfen ihm dabei. Die Pläne waren übrigens dreifach vorhanden. Einen davon überließ er mir, den zweiten behielt er für sich, und den dritten wollte er wegwerfen, doch die Kinder baten, ihnen den Plan zu überlassen. Bill hatte nichts dagegen einzuwenden . . .«
»Welches der Kinder bat ihn um den Plan?« fragte St. Elmo gespannt.
»Das wird Bill Ihnen sagen können. Ich selbst weiß es nicht. Ich

weiß nur, daß sie sich sehr über die Zeichnung gefreut haben, denn dies war auch der Tag, an dem sie mit ihrem Spiel begannen.«
St. Elmo nickte. Dabei fiel ihm die Brille von seiner schmalen Nase, doch sie wurde durch das Band, das er um den Hals trug, aufgefangen. Er setzte sie wieder zurecht und fragte: »Wie geht dieses Spiel vor sich?«
Mr. Thompson erklärte ihm alles, was er davon gesehen und darüber gehört hatte. Er erwähnte auch den seltsamen Besuch, den ihm Mr. Shepperton am Vormittag abgestattet hatte. St. Elmo hörte gespannt zu, als er ihm erzählte, wie sich die drei Kinder die Einrichtung ihres Hauses ausgedacht hatten, und wie Michael, der Älteste, sich mit der Ausarbeitung von Zeichnungen eines dreistöckigen Gebäudes beschäftigte, das in ihre eigenen Räumlichkeiten hineinreichte, so daß die Kinder sich vorstellen konnten, statt in einem Wohnblock in einem richtigen Haus zu leben.
»Das ist aber eine ganz außergewöhnliche Realisation einer sehr machtvollen Sublimierung«, meinte St. Elmo. »Schließlich wünscht sich jedes Kind, in einem Haus zu leben.«
»Ja, soweit war auch alles in Ordnung«, sagte Mr. Thompson, »und niemand hätte sich behelligt gefühlt, wenn sie die Idee nicht unter den Leuten verbreitet hätten.« Er erzählte dann, was die Kinder sich ausgedacht hatten, um festzustellen, welche Mieter des gleichen, des darüber und des darunterliegenden Stockwerks zusammen mit ihnen im gleichen Haus wohnten. Er berichtete von Roddys Kundschaftergängen und anderen Episoden, soweit sie ihm bekannt waren, und schließlich davon, daß Mr. und Mrs. Maitland ihren Kindern die Fortsetzung ihres Spiels verboten hatten. »Aber«, fügte er hinzu, »das mittlere der Maitland-Kinder, das Mädchen, hat bereits betont, daß sich nun nicht mehr viel ändern läßt, denn wenn das Haus sich erst einmal in den Vorstellungen der Leute festgesetzt hat, dann bleibt es auch dort.«
»Ja, so ist es wohl«, murmelte St. Elmo.
»Doch Sie werden sicher verstehen können«, fuhr Mr. Thompson fort, »daß ich nach dem schrecklichen Fund, den Biggs im Keller

gemacht hatte, diese im Grunde nebensächliche Angelegenheit aus dem Gedächtnis verlor. Denn ich fragte mich, was für eine Mentalität ein Mensch haben muß, um einen ganzen Wohnblock in Brand zu stecken, in dem unschuldige Menschen, Männer, Frauen und Kinder leben.«
Plötzlich war St. Elmo aufgesprungen. Seine Augen glänzten hinter seinen Brillengläsern, als er sagte: »Aber verstehen Sie denn nicht den Zusammenhang, mein Lieber? Es ist nicht der Wohnblock, der abgebrannt werden sollte. Es war das Haus, das in ihm emporgewachsen ist – das Haus, das früher einmal hier war. Ich danke Ihnen, daß Sie mir das alles erzählt haben. Sehen Sie, unsere Untersuchungen werden hierdurch erheblich erleichtert.«

19 Eine offene Tür

Am folgenden Morgen legte Detektivinspektor St. Elmo nahezu alle seine Karten auf den Tisch, als er die Maitlands besuchte. Er war überrascht, als Mrs. Maitland ihn bat, ihren Kindern gegenüber nicht die gleiche Offenheit zu zeigen. Sie war damit einverstanden, daß St. Elmo sie befragte, doch sie bat ihn, dabei den wahren Anlaß für die Vernehmung zu verschweigen.
St. Elmo hatte nicht erwähnt, was seiner Vermutung nach hinter der versuchten Brandstiftung stecken konnte. Er hatte nur von dem Fund berichtet, den Mr. Biggs gemacht hatte, und dabei darauf hingewiesen, daß die drei Kinder kurz zuvor im Keller gewesen waren, wo sie vielleicht den Eindringling gesehen hatten, doch möglicherweise aus Furcht von ihrem Erlebnis nichts berichteten. Dorothy Maitland hatte Einwände dagegen, daß bei ihren Kindern die angsterregende Vorstellung eines Großbrandes aufkommen sollte – besonders bei Roddy, der noch in einem Alter war, wo sich Träume häufig mit der Wirklichkeit vermischten.

St. Elmo war erstaunt, da er den Eindruck hatte, daß Kinder aus dem Fernsehprogramm bereits sehr viel Furchtbares erfahren konnten, und es daher kaum etwas geben könnte, das sie besonders aufregen würde. Doch John Maitland gab seiner Frau Rückendekkung. Wie alle Engländer war er ein Mann, dem es zuwider war, wenn sich andere in seine Privatsphäre drängten. Deshalb versuchte er, den Detektivinspektor zu überreden, die Befragung seiner Kinder selbst vorzunehmen und dann dem Polizisten zu berichten, was ihm die Kinder gesagt hatten.
»Aus zwei Gründen muß ich nein dazu sagen«, entgegnete St. Elmo. »Wenn Sie mit den Methoden oder mit dem Verhalten von Brandstiftern nicht vertraut sind, dann könnten Sie eine Beobachtung, die Ihnen unbedeutsam erscheint, es jedoch nicht ist, vielleicht mißverstehen.«
»Und was ist der andere Grund?« unterbrach ihn Mr. Maitland.
»Wissen Sie«, sagte St. Elmo ganz ernsthaft, »ich dachte gerade daran, daß Sie den Kindern das Vergnügen nehmen würden, an einer polizeilichen Untersuchung teilzunehmen.«
John Maitland mußte lachen, doch seine Frau sagte ein wenig entrüstet: »Sie sind doch noch Kinder! Ich finde, eine polizeiliche Befragung ist furchtbar.«
»Auch eine Brandstiftung ist furchtbar, Mrs. Maitland«, sagte St. Elmo mit Bestimmtheit. Dabei mußte er daran denken, daß auch die Kinder eine seltsame Art von Brandstiftung verübt hatten. Sie hatten in den Gemütern vieler Bewohner von Melton Court ein Feuer entzündet, das nicht so leicht gelöscht werden konnte. »Was möchten Sie denn, das ich zu den Kindern sagen soll?« fragte er.
»Sie müssen selbst wissen, was die Kinder nicht aufregt«, erwiderte Mrs. Maitland. »Ich will nicht, daß sie sich ängstigen.«
Ihr Mann schaltete sich ein. »Würde es nicht genügen, wenn man behauptet, ein Diebstahl sei geplant worden? Jemand wollte die Werkzeuge von Mr. Biggs stehlen? Vielleicht ein Lieferant?«
St. Elmo nickte. »Ich weiß nicht, ob sie mir das glauben. Ihr Sohn Michael scheint nach allem, was ich von ihm gehört habe, mit Polizeimethoden vertraut zu sein.«

Michael war es auch, der seiner Schwester und seinem Bruder ankündigte, daß eine Unterredung mit einem leibhaftigen Inspektor von Scotland Yard bevorstehe.

»Ach du meine Güte«, sagte Miranda. »Haben wir denn etwas Schlimmes angestellt?«

»Nein, es geht nicht um uns«, versicherte Michael. »Aber jemand wollte die Werkzeuge von Mr. Biggs im Keller stehlen.«

»Was ist ein Inspektor?« fragte Roddy.

Michael stellte fest, daß diese Frage überraschend schwierig zu beantworten war. Seltsam, daß man einem Polizeibeamten einen solchen Titel gab. Ein Inspektor sollte doch jemand sein, der etwas inspiziert. Aber was hat er zu inspizieren? Ob die Büroräume bei der Polizei sauber waren? Oder ob die Uniformen der Polizisten gebügelt waren und die Helme richtig auf dem Kopf saßen? Er schüttelte diese Gedanken ab und sagte zu Roddy: »Es ist jemand, der viele Fragen stellt, um herauszufinden, was die Leute gemacht haben.«

»Böse Leute?« fragte Roddy.

»Natürlich«, antwortete Michael. »Weshalb sollte er auch Fragen stellen, wenn es sich um gute Leute handelt?«

Miranda machte ein nachdenkliches Gesicht. »Weshalb will er uns überhaupt befragen?«

»Vielleicht will er wissen«, meinte Michael, »ob wir gesehen haben, daß jemand die Werkzeuge von Mr. Biggs stehlen wollte ...« Er unterbrach sich, denn er dachte an etwas, das wohl auch schon seine Schwester beschäftigt hatte. Aus dem Fernsehen waren sie bereits so vertraut mit der Hierarchie von Scotland Yard, daß ihnen die Beauftragung eines Detektivinspektors mit der Untersuchung eines einfachen Diebstahls unwahrscheinlich erschien. »Vielleicht soll dies auch nur der Anfang sein«, fuhr Michael fort. »Wenn wirklich ein Dieb hier war, dann will man bei der Polizei weiter forschen, bevor er versucht, bei anderen Leuten Schmuck zu stehlen. Ich jedenfalls habe nichts gesehen.«

»Ich auch nicht«, stimmte Miranda zu.

»Aber ich«, sagte Roddy überraschend.
Sie starrten ihn verblüfft an, denn er hatte nichts davon erwähnt, und Michael redete auf ihn ein: »Dann mußt du das aber unbedingt dem Inspektor sagen – denn wenn sie den Dieb erwischen, dann wirst du vielleicht der Held des Tages sein.«
Die Unterredung fand im Wohnzimmer der Maitlands statt, und Michael freute sich, daß sein Vater die Angelegenheit von der gleichen Warte sah wie er selbst.
Zunächst machte er den Besucher mit seinen Kindern bekannt. »Michael, Miranda und Roddy«, sagte er, »dies ist Roger St. Elmo von Scotland Yard. Er möchte euch ein paar Fragen stellen. Ihr braucht aber keine Angst zu haben. Offenbar hat jemand versucht, in die Werkstatt von Mr. Biggs einzubrechen und seine Werkzeuge zu stehlen. Die Polizei vermutet, daß vielleicht ein Hausbewohner beteiligt sein könnte, und sie will versuchen, ihn festzunehmen, bevor er versucht, in andere Wohnungen einzubrechen. Man muß alles tun, um vorzubeugen . . .« Er wandte sich an St. Elmo: »So ist es doch gemeint, nicht?«
St. Elmo nickte.
Dorothy Maitland saß mit grimmigem Gesicht aufrecht auf ihrem Stuhl. Ihr war das ganze Schauspiel innerlich zuwider, und sie war bereit, dem Inspektor an den Hals zu springen, sollte er auch nur ein Wort von einer Brandstiftung erwähnen.
St. Elmo beging nicht den Fehler, eines der drei Kinder besonders anzusprechen. »Ihr wart also gestern bei Mr. und Mrs. Biggs, nicht wahr?« begann er seine Befragung. Er hatte sich vorgenommen, an seiner falschen Behauptung festzuhalten, nämlich den geplanten Diebstahl zu erwähnen. »Wir wissen schon recht gut, wo ihr euch aufgehalten habt. Du, Michael, warst bei Mr. Biggs, bis er seine Werkstatt kurz nach fünf Uhr zumachte. Miranda war bei Mrs. Biggs in der Küche. Nachdem Mr. Biggs seine Werkstatt abgeschlossen hatte, ging er nach oben, um mit dem Pförtner zu sprechen. Wohin bist du dann gegangen, Michael?«
Michael antwortete, ohne zu überlegen. »Ich ging zu Mrs. Biggs,

um Miranda abzuholen. Die Plätzchen waren fertig, und wir aßen ein paar davon zum Tee.«
St. Elmo nickte und sagte: »Ja, das stimmt.« Dann wandte er sich zu Roddy um. »Und wo warst du?«
Michael antwortete an seiner Stelle: »Er spielte gerade ›Raketenabschuß‹.«
»Was, ›Raketenabschuß‹?« St. Elmo schien diesen Ausdruck noch nicht gehört zu haben.
Michael erklärte pflichteifrig das Spiel, während St. Elmo mit finsterer Miene zuhörte und Miranda ihren jüngeren Bruder beobachtete, der dazu auch etwas sagen wollte.
»Es ist kein Spiel«, sagte Roddy protestierend, »es ist die Wirklichkeit. Die Leute gehen in die Kapsel und warten auf den Contdown. Wenn ich ›Raketenabschuß‹ sage, dann steigen sie zum Mond auf und bleiben dort. Manchmal gehen andere Leute, die auf dem Mond gewesen sind, in die Kapsel und kommen herunter – aber ich kontrolliere das alles.«
»Ja, ich verstehe«, sagte St. Elmo. »Wolltest du nicht auch Tee trinken und Kuchen essen?«
»Er hörte davon erst, als wir ihn riefen«, antwortete wieder Michael für Roddy. »Und er kam etwas später, als der Tee fertig war.«
»Und danach, etwa um fünf Uhr dreißig, seid ihr alle wieder nach oben gegangen«, fuhr St. Elmo fort. »Als Mr. Biggs kurz darauf zurückkam, stellte er fest, daß die Tür seiner Werkstatt offen war und daß die Werkzeuge von den Haken abgenommen waren und auf einem Haufen lagen, doch es fehlte nichts. Der Dieb war offensichtlich gestört worden, bevor er die Werkzeuge fortnehmen konnte. Das muß also geschehen sein, als Mr. Biggs oben war und ihr den Tee bei Mrs. Biggs trankt. Als ihr damit fertig und auf eurem Weg in eure Wohnung wart – habt ihr da irgendetwas gesehen oder gehört?«
»Ich habe nichts bemerkt«, sagte Miranda.
»Ich auch nicht«, bestätigte Michael. »Doch als wir an der Werk-

statt von Mr. Biggs vorbeikamen, war die Tür nicht offen. Mir wäre es sonst aufgefallen.«
Dorothy Maitland geriet ein wenig in Panik, als sie daran dachte, daß die Befragung der Kinder auf einer Lüge beruhte, der weitere Lügen folgen müßten. Am liebsten hätte sie den Inspektor schon aufgefordert, die Wahrheit zu sagen.
St. Elmo hatte die gleiche Empfindung, und er ärgerte sich insgeheim darüber, daß er auf den Vorschlag von Mrs. Maitland eingegangen war. Natürlich war die Tür nicht offen, als die Kinder vorbeikamen.
Plötzlich meldete sich Roddy zu Wort. »Ich habe etwas gesehen«, sagte er.
»Also du hast etwas gesehen«, bestätigte St. Elmo vorsichtig, um alles zu erfahren. »Das ist ja prima. Was war es denn?«
»Ein Ding.«
»Und was für ein Ding?« fragte St. Elmo. »Ein Mann? Eine Frau? Ein Kind?«
»Nur ein Ding«, antwortete Roddy und fügte mit gleichmütiger Stimme hinzu: »Es hatte Hörner.«
Michael unterbrach ihn. »Aber Roddy, wir waren doch alle zusammen. Wir haben doch nichts gesehen.«
Roddy ärgerte sich etwas über die Dummheit seines Bruders. »Das war doch nicht zu der Zeit, als wir alle nach oben gingen. Es war vorher.«
»War das um die Zeit, als du vor dem Tee ›Raketenabschuß‹ spieltest?« fragte St. Elmo.
Roddy nickte.
»Hörner?« wiederholte St. Elmo. »Und vielleicht einen Schwanz?«
»Es hatte keinen Schwanz«, sagte Roddy. Nach einigem Nachdenken fügte er hinzu: »Es hatte Klumpen als Füße.«
»Klumpen?«
»Es ist darauf herumgerutscht«, erklärte Roddy. »Es hatte keine Nase und keinen Mund.«

»Hatte es Augen?«
»Ich glaube schon.«
»Wo warst du, Roddy?« fragte St. Elmo, indem er sich auf seinem Stuhl nach vorn beugte.
»An meiner Abschußstation.«
»Das ist beim Fahrstuhlmechanismus«, schaltete sich Michael ein.
»Danke«, sagte St. Elmo. »Und wo war dieses . . . dieses Ding, Roddy?«
»Am Ende des Korridors. Es war dunkel. Ich konnte nichts erkennen. Ich glaube, es beugte sich in einer Ecke herunter.«
St. Elmo überlegte rasch. War es ein Bursche mit Strumpfmaske und umwickelten Schuhen, oder war alles nur kindliche Phantasie? Dann fragte er Roddy: »Was hast du gemacht? Hattest du keine Angst?«
»Nein«, sagte Roddy. »Ich sagte einfach: ›Geh weg!‹ Wenn ich etwas Böses träume, dann wache ich auf, und wenn ich dann ›Geh weg!‹ sage, dann verschwindet es.«
»Und dieses Ding ist auch verschwunden?«
»Es rutschte auf seinen Klumpen um die Ecke.«
»Und was ist dann geschehen?«
»Es waren Leute auf dem Mond, die herunterkommen wollten. Ich mußte das kontrollieren – und dann haben wir Tee getrunken.«
St. Elmo nickte ernsthaft und sagte: »Ich danke dir, Roddy. Du hast mir sehr geholfen.«
Als die drei Kinder sich zurückgezogen hatten, dankte er auch den Eheleuten Maitland. »Ich glaube nicht, daß ich Sie noch einmal behelligen muß – und ich hoffe, daß ich bei der Befragung der Kinder nicht zu weit gegangen bin.«
Dorothy Maitland sah etwas verlegen aus und sagte schnell: »Sie müssen verstehen, Inspektor, Roddy ist ein sehr phantasiereiches Kind, und er träumt oftmals. Wenn er aufwacht, muß ich häufig zu ihm gehen und ihn trösten.«
St. Elmo lächelte. »Ich kann mir das vorstellen. Hörner und Klumpen und Dinger, die sich nachts herumtreiben.«

Dorothy Maitland lächelte nicht zurück, sondern fühlte sich befangen, da die Befragung recht ergebnislos verlaufen war. »Ich hoffe, ich habe nichts falsch gemacht, indem ich Sie bat, den Kindern nichts von der versuchten Brandstiftung zu sagen. Ich bin aber sicher, daß sie Ihnen alles berichtet hätten, wenn ihnen überhaupt etwas Besonderes aufgefallen wäre. Vielleicht möchten Sie noch einmal allein mit Roddy sprechen, aber ich weiß nicht recht . . .«

St. Elmo schüttelte den Kopf und sagte lächelnd: »Das wird wohl nicht erforderlich sein, Mrs. Maitland. Durch meine eigenen Kinder kenne ich nur zu gut solche ›Dinger‹, wie Roddy sie gesehen haben will. Weitere Fragen würden nur noch seine Phantasie beflügeln, und dann hätte das ›Ding‹ vielleicht noch Schlappohren und mehrere Arme. Ich möchte Sie nur noch um eine Gefälligkeit bitten: Sprechen Sie mit niemand über diese Sache – wirklich mit keinem anderen. Die Untersuchung einer Brandstiftung ist sehr schwierig und muß unbedingt diskret behandelt werden. Vielleicht spielt dabei die Anwesenheit Ihrer Kinder im Keller zur fraglichen Zeit eine gewisse Rolle. Natürlich ist es auch durchaus denkbar, daß jemand dort unten war und von Roddys Anwesenheit am Fahrstuhlschacht nichts bemerkt hat. Und als der Junge dann ›Abschuß!‹ rief, wurde er verscheucht. Jedenfalls danke ich Ihnen beiden.«

In ihrem Spielzimmer angelangt, wo man sie nicht beobachten konnte, führten die Kinder ihre eigene Untersuchung durch. Miranda war in sich gekehrt, Michael ärgerlich, und Roddy mit sich selbst zufrieden, da er zum Star der ganzen Angelegenheit emporgestiegen war.

»Warum lügt man uns eigentlich an?« fragte Michael. »Einen solchen Schwindel durchschaut man doch gleich.«

»Es war also eine Lüge?« wollte Miranda wissen. »Ich meine die Sache mit den Werkzeugen.«

»Natürlich war es das«, erwiderte Michael. »Und du weißt es ja selbst. Die Tür zur Werkstatt von Mr. Biggs war fest zugemacht,

als wir daran vorbeigingen. Und wenn er gemerkt hätte, daß sich jemand an seinen Werkzeugen zu schaffen machte, dann würde er mich bestimmt gefragt haben, ob ich etwas gesehen hätte. Nun, ich habe nichts gesehen, und er hat mich auch nicht gefragt.«
Miranda sagte nichts, aber sie blickte ihren Bruder mit traurigen Augen an.
»Ich weiß, wir sind nur Kinder«, fuhr er fort, »aber so dumm sind wir auch nicht. Dieser Inspektor wird sich schon selbst vorstellen können, daß wir ihm nicht glauben.«
»Weshalb ist er nun eigentlich hergekommen?« fragte Miranda.
Diesmal war es Roddy, der antwortete. »Er wollte das Ding erwischen.«
»Das stimmt, Roddy«, sagte Michael sarkastisch. »Er wollte nach deiner Beschreibung eine Fahndungszeichnung anfertigen.« Er wandte sich wieder an Miranda. »Da muß jemand eine große Sache geplant haben, aber ich weiß nicht was. Vielleicht wollte ein Terrorist eine Bombe legen? Warum gibt der Inspektor nicht zu, worum es geht? Wir lesen es doch täglich in der Zeitung oder sehen es im Fernsehen, aber wir lassen uns nicht einschüchtern.« Er überlegte einen Augenblick. »Eines ist sicher. Wir werden nicht mehr, so wie bisher, zu Mr. und Mrs. Biggs gehen dürfen. Was meinst du, Miranda, was es gewesen sein könnte?«
Seine Schwester machte noch immer ein besorgtes Gesicht, doch sie wollte nicht sagen, was sie bewegte. Sie war sehr nahe an der Wahrheit und gleichzeitig weit von ihr entfernt, denn daß Brandstiftung ein Verbrechen war, hatte sie einfach noch nicht erfahren. Den Kindern war lediglich bekannt, daß das Feuer Gefahren in sich barg und daß sie mit brennbaren Materialien vorsichtig umgehen sollten. Doch sie hatten über einen verbrecherischen oder zwanghaften Brandstifter bisher weder etwas gehört noch gelesen. Es waren andere, nicht weniger scheußliche Erscheinungen des Terrorismus, von denen sie ständig hörten.
»Ich weiß es nicht«, sagte Miranda. »Es muß schon etwas ganz Schlimmes sein. Mammi war eingeschüchtert, Daddy war ärger-

lich, und der Mann, dieser Inspektor, machte ein dummes Gesicht.« Dann wandte sie sich plötzlich an ihren jüngeren Bruder. »Was hast du nun wirklich dort unten gesehen, Roddy?«
Roddy freute sich, seine Beschreibung noch weiter ausschmücken zu können. »Ein Ding«, sagte er, »mit Kulleraugen. Es hatte Hörner, hockte auf Händen und Knien, und als ich es verscheuchte, rutschte es auf seinen Klumpen um die Ecke, wie ich euch schon sagte.«
»Um Himmels willen«, rief Michael der Verzweiflung nahe, »rede doch keinen Unsinn, Roddy. Ein solches Ding mit Klumpen gibt es überhaupt nicht. Letzte Woche hast du wohl im Fernsehen solche Figuren im Zeichentrickfilm gesehen. Das war doch eine Art Märchenfigur, die du gesehen haben willst. Du hast doch dem Inspektor etwas vorgeflunkert, oder hast du dir das wirklich eingebildet?«
Roddy blickte Michael ein wenig gekränkt an, obwohl es nur Miranda war, die etwas davon bemerkte. »Es ist wirlich herumgerutscht«, behauptete er hartnäckig.
»Ach, Roddy, du machst auch nur Quatsch«, schimpfte Michael. »Du hast doch in Wirklichkeit gar nichts gesehen, oder doch? Du wolltest dich doch nur wichtig tun.«
Roddy sagte nun für den Rest des Tages überhaupt nichts mehr. Aus seinem Schweigen konnte ihn niemand mehr herauslocken, und nur an seinen vorwurfsvollen Blicken ließ sich erkennen, daß er den anderen grollte. Sein Bruder und seine Schwester konnten nichts Schlimmeres tun, als seinen Phantasievorstellungen keinen Glauben zu schenken. Es geschah nur selten, daß sie seine Erzählungen anzweifelten, die davon handelten, wo er gewesen war, was ihm zugestoßen war und wie er triumphiert hatte.
Michael machte noch einen Versuch, obwohl er schon im voraus wußte, daß er vergeblich war: »Nun komm schon, Roddy. Sei ein vernünftiger Junge.«
Roddys Lippen blieben zusammengepreßt, und Miranda bemerkte eine Träne in seinem Augenwinkel.

»Er wird dir jetzt nicht mehr antworten«, sagte sie zu Michael. Und dann wandte sie sich an Roddy: »Mach dir nichts daraus. Ich glaube dir. Und du warst sehr tapfer, daß du es verscheucht hast.«

Roddy warf seiner Schwester einen dankbaren Blick zu. Dann drehte er sich herum und verließ das Zimmer.

Michael war noch immer ärgerlich und sagte: »So ein alberner kleiner Kerl. Was sollen wir bloß mit ihm anfangen?«

Alle Überlegungen und Bedenken, die Miranda gehegt hatte, kamen nun in ihren Worten zum Ausdruck. »Michael«, begann sie, »Roddy hat doch etwas gesehen.«

Michael blickte seine Schwester ungläubig an. »Mach doch keinen Unsinn, Miranda. Ein Ding mit Klumpen? Das ist doch Quatsch.«

»Nicht ein ›Ding‹, sondern einen Menschen.«

»Woher willst du das wissen?« fragte Michael herausfordernd.

Miranda überlegte. Woher konnte sie es wissen? Für sie stellte sich die Frage nicht, wo die Grenze von Wissen zum Glauben oder Verdachtschöpfen verlief. Entweder man wußte es, oder man wußte es nicht. »Ich kann es dir nicht sagen«, erklärte sie ihrem Bruder. »Roddy hat sich aber anders verhalten als sonst, wenn er seine Märchen erzählt.«

Jetzt war Michael etwas besorgt, denn er wußte aus Erfahrung, daß Miranda nur dann etwas behauptete, wenn sie ihrer Sache sicher war.

»Glaubst du das wirklich?« fragte er mit gedämpfter Stimme. »Vielleicht hätte ich nicht so sehr in ihn dringen sollen. Es könnte ja sein, daß er dort im Dämmerlicht nichts Genaues erkennen konnte, und daß er deshalb die Geschichte erfand – so etwas, wie er es vom Fernsehen her kannte. Sollten wir nicht dem Inspektor etwas sagen?«

Miranda schüttelte ablehnend den Kopf, und dann sagte sie fast flüsternd: »Michael?«

»Ja?«

»Ich weiß noch etwas anderes.«
»Was denn?«
»Was auch immer dort unten geschehen ist – ich weiß nicht, was es war, doch ich kann mir denken, warum es geschehen ist – es hat jedenfalls mit uns zu tun.«
Verblüfft blickte Michael seine Schwester an. »Mit uns, Miranda? Was soll das heißen?«
»Vielleicht hat es nicht direkt mit uns zu tun, aber es beruht auf uns. Es beruht auf unserem Haus.«
Michael starrte sie einen Augenblick lang verwirrt an. Am liebsten hätte er ihr erwidert: ›Mit unserem Haus? Du mußt verrückt sein!‹ Aber er sagte nichts, denn er erkannte an Mirandas Gesichtsausdruck, daß sie nichts dachte und auch nichts vermutete. Sie spürte etwas. Und wenn Miranda etwas spürte, dann hatte sie fast immer recht.

20 Der Traum

Der Regen hörte immer noch nicht auf, obwohl die Meteorologen zaghaft ›eine gewisse Wetterbesserung im Verlauf des Tages‹ vorausgesagt hatten. Er war jedoch nicht mehr als beständiger Regen zu bezeichnen, denn es nieselte eine Zeitlang, und dann kam wieder ein Schauer, begleitet von Böen und Donnergrollen.
Miranda blickte wieder aus dem Fenster und überlegte angestrengt, wie sie es den ganzen Tag schon getan hatte, seit der Episode mit dem Inspektor und dem sogenannten versuchten Diebstahl in der Werkstatt von Mr. Biggs.
Michael lag auf dem Fußboden, umgeben von seinen Hauszeichnungen. Er überprüfte noch einmal, welche Mieter von Melton Court bestimmte Teile des Hauses bewohnten.
Auch Roddy saß im Schneidersitz auf dem Fußboden. Er beob-

achtete seinen älteren Bruder und kritzelte auf seinen Block etwas, das nach Hauszeichnungen aussehen sollte.
Michael verkündete, die Zeichnungen um sich her betrachtend: »Wir haben noch die Wohnung 3E vor uns, und die Leute, die in 1C und 1E wohnen. Aber ich glaube, auch diese Leute haben bereits etwas von dem Haus gehört. Doch wir wissen nicht sehr viel von ihnen. Wir könnten ihre Namen eintragen – ich kenne sie. Mr. und Mrs. Aylott in 3E, ein Colonel Ryder in 2C . . .«
»Michael!« unterbrach ihn Miranda. Sie stand noch immer am Fenster und wandte sich ihrem Bruder zu.
»Mmmh. . .?« murmelte er, ohne aufzublicken.
»Meinst du nicht auch, wir sollten damit aufhören?« fragte Miranda.
Michael sah jetzt seine Schwester an. »Womit sollten wir aufhören?«
»Mit all diesem hier«, sagte sie, wobei sie auf die umherliegenden Zeichnungen deutete. »Mit dem . . . mit unserem Haus.«
»Aber weshalb?« fragte Michael.
»Weil alles mögliche geschehen ist, seitdem wir damit angefangen haben. Es hat sich doch ganz sonderbar auf die Leute ausgewirkt, findest du nicht? Einige scheinen unglücklich, andere nur verärgert zu sein – und es ist alles unser Fehler, meinst du nicht?«
Michael rollte sich auf die Seite und nagte an seinem Bleistift. »Ach, was soll das, Miranda! Ich dachte, wir brauchten jetzt nicht mehr daran zu denken, nachdem wir schon Ärger mit Mammi und Daddy bekommen hatten. Es ist bestimmt nicht unsere Schuld, wenn sich einige Mieter aufspielen. Warum regen sie sich überhaupt auf? Und manche scheinen genau wie wir ihren Spaß daran zu haben. Du hast doch noch immer Spaß daran, oder nicht?«
»Ja, ja, ich glaube schon«, gab Miranda zu, wiederum etwas verunsichert.
Roddy blickte von einem zum anderen. Seine Augen wurden größer und runder, und sein Gesichtsausdruck war etwas bekümmert.

Michael sah seine Schwester verwirrt an. »Also, zum Donnerwetter! Was ist denn plötzlich in dich gefahren?«
Miranda setzte sich auf den Fußboden neben ihn. Sie betrachtete die vielen Zeichnungen und sagte: »Ach, ich weiß auch nicht. Erst ist Mrs. Potter gestorben, dann kam die spiritistische Sitzung, und nun das, was im Keller passiert ist . . . Und vielleicht ist noch viel mehr geschehen, von dem wir gar nichts wissen.«
»Nun höre einmal gut zu!« Michael unterbrach sich und wartete, bis Miranda ihn wieder anblickte. »Zunächst einmal – Mrs. Potter wäre ohnehin gestorben, aber sie hat sich zuvor noch sehr gut mit uns unterhalten, meinst du nicht? Bei der spiritistischen Sitzung hat sich herausgestellt, daß sie in Wirklichkeit nur Theater war, und mit der Sache im Keller haben wir nichts zu tun, wie man auch darüber denken mag. Sicherlich, was wir in unserem Haus tun, ist unsere Privatsache, und niemand anders hat sich einzumischen.«
Was auf Miranda wie eine Art Schock wirkte, war nicht die recht angriffslustige Haltung ihres Bruders, sondern seine unbekümmerte Verwendung des Wortes »Haus« in Verbindung mit ihrem Privatleben. Er hätte »Wohnung« oder »Zimmer« oder »Heim« sagen können, doch er zeigte, wie sehr er sich ihrer Vision angepaßt hatte. Sie lebten nicht mehr in einer Reihe von Wohnkammern, sondern in einem Haus, nach dem sich jeder auf seine Weise gesehnt hatte und das sie in eine Art Realität versetzt hatten, die alles umfaßte.
Dennoch hatte Miranda plötzlich eine etwas ängstliche Empfindung. Sie war nicht mehr ein völlig unbefangenes Kind, sondern eine Heranwachsende, die sich auch ihrer Wirkung auf Erwachsene bewußt wurde. Und diese neuartige Empfindung beunruhigte und bewegte sie. Etwas von diesen Gefühlen übertrug sich auf Michael, als sie gedankenverloren nebeneinander dasaßen. Unvermittelt sagte sie: »Ich glaube, daß etwas Schlimmes passieren könnte.«
»Was?« fragte Michael. »Wem könnte etwas zustoßen?«

Miranda zuckte die Schultern. »Ich weiß es nicht. Vielleicht dem Haus. Vielleicht auch uns.«
»Als ob man vom Blitz getroffen würde?« platzte Roddy heraus, während in der Ferne Donnergrollen zu hören war. »Und alles brennt ab und wir werden auch gebraten? So etwas kann ich nicht leiden.« Er machte ein Gesicht, als ob er zu weinen anfangen wollte.
»Nein, so etwas gibt es nicht. Du mußt nicht so dumme Sachen denken, Roddy«, sagte Miranda.
Aus Michaels Stimme war noch immer eine Angriffslust herauszuhören, als er fragte: »Was hast du eigentlich mit ihm vor, Miranda? Willst du ihn etwa noch mehr einschüchtern? Was hat unser Haus überhaupt damit zu tun, was irgendwelchen Menschen geschehen ist? Du warst doch diejenige, die als erste das Haus erkannt hat. Jetzt scheinst du damit anzufangen, dumme Sachen zu reden.«
Durch den Vorwurf ihres Bruders fast den Tränen nahe, sprang Miranda plötzlich auf und rannte zur Tür. Sie hielt sich am Rahmen fest und entgegnete langsam: »Ich rede dumme Sachen? Nun, wir werden ja sehen.«
Damit schlug sie die Tür ins Schloß, rannte über den Flug in ihr stilles Zimmer, wo sie sich auf das Bett warf und in ahnungsvoller Einsamkeit ihr Gesicht im Kopfkissen barg.
Als Roddy ihr folgen wollte, rief ihm Michael kurz angebunden »Bleib hier!« zu. Doch dann sah er die Traurigkeit in den Augen seines Bruders, und er fügte tröstend hinzu: »Sie muß auch einmal allein sein, Roddy.«
Als dann ein Donnergrollen über dem Wohnblock ertönte, wollte Michael seinen kleinen Bruder von dem Gespräch ganz ablenken, und er schlug ihm vor: »Wollen wir nicht ›Mondlandung‹ spielen?«
Bei diesem Donnerschlag preßte Miranda ihr Gesicht noch tiefer in das Kissen hinein und schloß fest die Augen. Anfangs meinte sie noch, kaleidoskopische Bilder umhertanzen zu sehen, bis sich dann diese in einen nicht herbeigewünschten Schlaf auflösten.

Doch auch im Schlaf verließen die Ängste sie nicht, sondern verdichteten sich zu einem Traum – zu einem langen, erregenden Traum aller ihrer Ängste.
Er begann mit einem betäubenden, erschütternden Knall, der Michael, Roddy und sie selbst über den Fußboden des Spielzimmers rollen ließ, und bei diesem Sturz wurden sie ganz benommen. Verblüfft und verängstigt blickten sie sich an.
›Bleib unten!‹ rief Michael Roddy zu, als dieser aufzustehen versuchte.
›Aber was war das denn? Wo ist Mammi? Habt ihr euch auch nicht wehgetan?‹ rief Mirandas eigene Stimme dazwischen.
›Mammi!‹ Michaels und Roddys Stimmen hallten in Mirandas Ohren wider.
Mrs. Maitland brauchte nicht herbeigerufen zu werden. Innerhalb von Sekunden war sie da. Atemlos rief sie ihren Kindern zu: ›Schnell, schnell! Kommt mit!‹
Auch die Mutter schien den Grund des lauten Knalls nicht zu kennen. Die drei Kinder richteten sich auf und scharten sich um sie. Während sie alle aus der Wohnung stürzten, waren von überallher Alarmsirenen zu hören.
›Die Treppe hinunter!‹ ordnete Mrs. Maitland an. ›Beeilt euch!‹
Die Sirenen hörten sich noch lauter an, als sie den Korridor entlangliefen. Weitere Wohnungstüren öffneten sich, und noch mehr Leute rannten vor und hinter ihnen. Von allen Seiten kamen Gesichter auf sie zu.
›Was ist denn bloß los?‹ hörte Miranda Mr. Brant brummen, als sie an ihm vorbeiliefen.
›Nach draußen! Schnell nach draußen!‹ rief Mrs. Maitland, als sie die Treppe hinabrannten. Alle mußten den unteren Hausflur passieren, um nach draußen und auf die Straße zu gelangen.
Mr. Thompson und Tim Ryan standen mit dem Rücken gegen die geöffneten Türflügel, während sie auf die Leute einredeten: ›Bitte auf die Straße gehen! Machen Sie bitte schnell!‹
›Was ist denn geschehen?‹ hörte Miranda Mr. Fraser fragen.

Mr. Thompson gab eine Antwort, die für alle bestimmt war. ›Wir wissen es noch nicht, werden es aber bald feststellen. Inzwischen beeilen Sie sich bitte!‹
›Kommen Sie bitte nach hier unten, Sir!‹ rief Mr. Biggs von der Kellertreppe her. Inzwischen rannten alle Leute nach draußen in den Regen. Manche humpelten, andere schrien, und alle trugen ihre wichtigste Habe bei sich – Kästen mit Schmuck, die größer waren als sie selbst, Gemälde, Bücher, Pelzmäntel, ja sogar Teddybären.
Aller Verkehr war zum Erliegen gekommen. Autos waren zusammengestoßen, ein Lastwagen war umgestürzt, und alle Wageninsassen liefen ziellos durcheinander.
›Überqueren Sie die Straße und gehen Sie weiter!‹ riefen weitere Stimmen, die in Mirandas Ohren hallten. Der Regen strömte noch immer herab, doch die in Panik geratenen Menschen, die die Hallam Road erfüllten, bemerkten es kaum.
Über dem ganzen Tumult hörte Miranda die Stimme von Mr. Thompson, der wie ein Kapitän zum Verlassen des Schiffes aufrief. Immer wieder wurden ihm ängstliche Fragen gestellt, was denn geschehen sei, doch er beachtete es kaum.
Von allen Seiten vermischten sich die Alarmglocken der Feuerwehrwagen und Ambulanzen mit den Sirenen der Polizeiwagen, während sie quietschend vor dem Wohnblock zum Stehen kamen. Die meisten Feuerwehrleute rannten ins Innere des Hauses, während die Polizisten die verängstigten Mieter auf die andere Straßenseite zurückdrängten.
Plötzlich zersplitterte Glas und fiel durch den Regen auf den Boden vor dem Wohnblock, während ein zweiter erschütternder Knall erdröhnte. Alle starrten nach oben.
›Sehen Sie, dort!‹ schrie Mr. Brant den Umherstehenden zu. ›Die Mauern fallen auseinander!‹
Die Menschen im Regen blickten schweigend auf die riesige Fassade von Melton Court, während die Konturen des Gebäudes sich zuerst langsam, dann in stärker erkennbarer Weise verschoben.

Ganze Betonteile krachten auseinander und stürzten herab, und das Innere des Gebäudes vom Erdgeschoß bis nach oben wurde sichtbar. Einzelne Panikschreie ertönten, und die Menge wich vor den herabfallenden Trümmern zurück.
Immer noch dauerte Mirandas Angsttraum an. Schluchzen und Jammerrufe erfüllten die Luft, während die Mieter das Gebäude, das sie noch Minuten zuvor beherbergt hatte, mit entgeisterten Augen betrachteten. Nicht nur ihre Habe, sondern auch ihre Vergangenheit und ihre Zukunft befand sich hinter diesen Mauern. Alles, was sie besessen hatten, schien verloren, und sie erschauderten, als sie sich des Ernstes der Situation bewußt wurden.
Miranda stand mit ihrer Mutter und ihren Brüdern da und starrte das Gebäude an, während ein Teil nach dem anderen herabflog. Schließlich waren das Erdgeschoß und die ersten drei Stockwerke völlig entblößt, und man konnte in die Räume hineinblicken, wie in eine offene Puppenstube.
Aus den Wolken des herabrieselnden Mörtels erkannte Miranda, wie sich eine dunkle, vertraute Fassade abhob, mit Giebeln, Schornsteinen und einem Säulengang. ›Unser Haus!‹ rief sie aus. ›Dort ist es! Unser Haus! Könnt ihr es sehen?‹
Michael und Roddy blickten hinüber, und auch Mrs. Maitland und andere Leute strengten ihre Augen an. Trotz ihres Ausrufes wußte Miranda jedoch, daß nur sie in der Lage war, mehr zu sehen als nur das Innere der unteren Stockwerke von Melton Court.
›Das arme Kind ist hysterisch‹, murmelte eine Frau, als ob sie eine Warnung aussprechen wollte.
Doch Michael schien etwas zu erkennen, denn er sagte zu Miranda: ›Es ist genau in der Größe unseres Hauses. Genau dort, wo es sein müßte.‹
›So ist es!‹ rief Miranda aus. ›Es muß sich bis zum Bersten angestrengt haben. Doch jetzt nicht mehr. Es hat sich jetzt freigemacht – endlich! Unser liebes Haus! Es ist wieder da. Es wird immer hier bleiben.‹
Miranda sah, daß Roddy seine Mutter ein wenig verängstigt an-

blickte. Er schien sich über Mirandas Schreien zu ängstigen. Er barg seinen Kopf am Leib seiner Mutter. Mrs. Maitland schüttelte den Regen und die Tränen von ihrem Gesicht und drückte alle drei Kinder an sich. Mirandas Augen und ihr Herz registrierten den ganzen Schrecken in der Menschenmenge, die sie umgab. Sie zitterte vor Angst, als sich das ganze Ausmaß des Unheils in den hohlen Gesichtern abzeichnete, und ihr tat es jetzt leid, daß sie überhaupt die Sache mit dem Haus aufgebracht hatte, das inmitten der Katastrophe zu stehen schien. Sie hatte den unbändigen Wunsch, den leidenden Familien helfen zu können. Sie jammerte mit ihnen und fürchtete für sie. Und bei alledem war sie verzweifelt, daß das Haus in seiner jetzigen zerstörten Erscheinung nicht mehr wegzudenken war.

Sie sah, wie Mr. Murchison, der in der Nähe stand, auf seine Frau herabblickte, deren Augen wie in einer Halluzination rollten. ›Der Weltuntergang ist gekommen!‹ schluchzte sie. ›Das Böse in der Welt hat Gestalt angenommen!‹

Voller Verachtung wandte er sich von seiner Frau ab und zischte zwischen seinen Haifischzähnen: ›Nimm dich endlich zusammen! Dies hier hat nichts mit deinem faulen Zauber zu tun. Dies hier ist die Wirklichkeit – und es ist das Ende für uns alle.‹

Als er sich umwandte, sah Miranda, daß Mr. und Mrs. Sinsavang im Gebet versunken hinter ihm knieten. Daneben hatte sich eine Gruppe kahlgeschorener Männer in orangefarbenen Roben auf den regennassen Erdboden geworfen.

Augenblicke später schien die Menschenmenge Mr. Biggs anzustarren, der zwei Polizisten folgte, die Mr. Tringham zwischen sich führten. Mr. Tringham machte einen niedergeschlagenen Eindruck. Er wurde zu einem weißen Einsatzwagen geleitet, und als sich der Wagen mit quietschenden Reifen in Bewegung setzte, wurde Mr. Biggs mit Fragen bestürmt.

›Dies hat überhaupt nichts hiermit zu tun‹, sagte Mr. Biggs mit erhobenen Händen, um die Neugierigen abzuschütteln. ›Er wird wegen einer anderen Sache in Gewahrsam genommen. Nein, er hat nicht geplündert. Es ist ganz etwas anderes.‹

Als er an Miranda vorbeikam, sah sie zu ihm auf und fragte: ›Hat das etwas mit einer Sache im Keller zu tun, Mr. Biggs?‹
Er blieb plötzlich stehen, sah sich um und raunte dann Miranda zu: ›Ja, mit dem Keller hat es tatsächlich zu tun.‹
›Meinen Sie damit, daß er . . .‹ begann Michael zu fragen.
Mr. Biggs unterbrach ihn. ›Ja. Ich fand ihn dort, bevor es zum ersten Mal krachte. Er wollte es noch ein zweites Mal versuchen. Doch als der Erdboden zitterte, sprang er wie eine erschreckte Katze hoch. Er ließ alles fallen und versuchte, wegzukommen – doch er wurde schnell gefaßt. Er muß verrückt sein, dieser Bursche, denn er rief immer wieder: Dieses schreckliche Haus! Schrecklich! Schrecklich!‹
Roddy machte ein Gesicht, als ob er etwas sagen wollte, als eine schwere Explosion das Erdgeschoß des Wohnblocks erschütterte. Als sich die Staubwolke durch den Regen auflöste, waren eine eingestürzte Decke und zwei eingedrückte Wände zu erkennen.
›Was war das? War das eine Bombe?‹ Neue Schreie ertönten. ›Das ganze Gebäude bricht zusammen!‹
Michael blickte gespannt hinüber. ›Das muß dort passiert sein, wo die alte Mrs. Potter ihre Wohnung hatte. Wenn sie sich jetzt dort aufgehalten hätte . . .‹ Er schüttelte den Kopf und sprach den Satz nicht zu Ende.
›Sie starb friedlich, bevor ihr von außen ein Unheil zustoßen konnte‹, hörte Miranda sich sagen.
In diesem Augenblick tauchte hinter drei Feuerwehrleuten mit kniehohen Stiefeln Mr. Thompson auf. Sein Gesicht war geschwärzt, und ein Hosenbein hing ihm zerrissen um das Knie.
›Ist Ihnen auch nichts zugestoßen, Mr. Thompson?‹ sprach ihn Mrs. Maitland an. ›Was ist überhaupt geschehen?‹
Alle drängten sich um ihn, um seine Antwort zu hören. ›Es sieht so aus, als ob irgendwo ein Rohrbruch passiert ist. Der letzte Knall rührte von einer Gasexplosion her, obwohl die Hauptleitungen gleich abgestellt wurden, nicht wahr, Bill?‹
›So war es, Sir‹, antwortete Mr. Biggs.

›Aber was geschieht jetzt?‹ fragte Miranda.
›Wir müssen abwarten‹, meinte Mr. Thompson sorgenvoll. Er steckte die Hände tief in die Taschen und ging langsam davon.
›O Mammi, ob wir auch wieder in unsere Wohnung gehen dürfen?‹ jammerte Miranda.
›Ich weiß nicht. Ich möchte es bezweifeln.‹ Mrs. Maitland schüttelte den Kopf. ›Aber ich muß gleich versuchen, Daddy anzurufen. Wir müssen nachsehen, ob wir in der Nähe eine Telefonzelle finden.‹
Es war das Läuten des Telefons, das Miranda aus ihrem tiefen Schlaf aufweckte – und sie war sehr erleichtert, daß sie sich noch immer auf ihrem eigenen Bett befand. Sie konnte hören, wie ihre Mutter mit ganz normaler Stimme in den Hörer sprach. Und doch war sie durch all die Ereignisse, die sich in ihrem Traum zugetragen hatten, erregt. Sie war überzeugt, daß es eine Warnung gewesen war, und der Regen, der gegen das Fenster trommelte, verstärkte nur noch die Dringlichkeit. Sie sprang auf und eilte in die Diele. Ihre Mutter, die immer noch telefonierte, machte eine unwillige Handbewegung, damit sie schwieg. Verzweifelt versuchte Miranda, sich ihrer Mutter durch Gesten verständlich zu machen, was ihr aber nicht gelang.
So entschloß sie sich, zu Michael und Roddy zurückzugehen. Als Roddy die ängstlichen Augen seiner Schwester sah, fürchtete er sich noch mehr, und er hörte ihr gespannt zu, als sie ihren Traum erzählte.
Als sie nach dem Bericht blaß und erschöpft an Michaels Bettrand zusammensank, fragte Roddy zögernd: »Du meinst doch nicht etwa, daß die Wohnungen überschwemmt werden? Ist denn so etwas möglich?«
Michael setzte sich neben Miranda auf das Bett und legte tröstend einen Arm um ihre Schulter. Er antwortete für sie: »Nein, das gibt es natürlich nicht. Aber es könnte möglich sein, daß es nach diesem vielen Regen eine Art Überschwemmung unter dem Gebäude gegeben hat.«

Für ihn stand es außer Frage, daß der Traum eine Bedeutung haben müsse. Miranda hielt ihren Kopf an seine Schulter gelehnt und verließ sich auf den Scharfsinn ihres Bruders.
»Nun, was meint ihr, sollen wir etwas tun?« fragte Roddy. »Wir können doch nicht einfach nur von einem Traum sprechen. Niemand würde uns etwas glauben.«
»Ich glaube nicht, daß es ein gewöhnlicher Traum war«, sagte Michael langsam.
»Das war er auch nicht. Ich weiß das genau«, fügte Miranda mit Bestimmtheit hinzu.
»Ich glaube, wir müssen es Mr. Thompson berichten«, entschied Michael. »Wir müssen ihm nicht nur von der Überschwemmung, sondern auch die Sache mit Mr. Tringham berichten. Aber wie machen wir das?«
Sie berieten eine Zeitlang, und schließlich gab sich Michael selbst die Antwort. »Wir müssen es zuerst Mammi erzählen«, sagte er.
»Meinst du, wir sollen ihr von dem Traum erzählen?« wollte Roddy wissen.
»Ja, wir müssen ihr alles sagen. Und wenn sie dann alles gehört hat, wird sie es als Warnung auffassen, und sie wird es so empfinden, daß sie unbedingt Mr. Thompson verständigen muß.«
»Wißt ihr, es war Mr. Tringham, den ich im Keller gesehen habe«, sagte Roddy mit vertraulicher Stimme.
»Warum hast du das nicht gleich gesagt?« fuhr ihn Michael an. »Statt des Unsinns mit den Klumpen.«
»Das war kein Unsinn. Er trug eine Art Klumpen an den Beinen – und eine Art Gesichtsmaske – aber ich konnte noch erkennen, daß er es war. Es sah so aus, als ob er versuchte, ein Freudenfeuer anzuzünden. Doch ich hatte Angst vor ihm – und ich wollte nicht, daß er hinter mir herkommt.«
»Aber Roddy«, ermahnte ihn Michael, »wenn du etwas darüber gesagt hättest, dann hätte man ihn festnehmen oder zumindest verhören können, und er würde nicht mehr frei herumlaufen.

Aber so wie es ist, kann er wieder etwas Schlimmes vorhaben, es sei denn, wir geben die Warnung an Mr. Thompson weiter.«
Als sie hörten, daß in der Diele der Telefonhörer wieder aufgelegt wurde, standen sie alle zusammen auf, und Michael, der jetzt besonders um seine Schwester besorgt war, sagte zu ihr: »Komm mit. Wir wollen das alles Mammi erzählen.«
Mrs. Maitland hörte aufmerksam zu, während Miranda, ein paarmal von Michael und Roddy unterbrochen, ihren Bericht machte. Sie versuchte, ihre Besorgnis nicht zu zeigen, besonders darüber, daß die Kinder offenbar mehr von dem Brandstiftungsversuch wußten, als es ihrer Vermutung nach möglich war. Schließlich war sie überzeugt, daß Mirandas Traum etwas zu bedeuten hatte – und daß Mr. Thompson verständigt werden mußte. Sie schlug sogar vor, daß sie mit den Kindern zusammen zu ihm gehen sollte.
Mr. Thompson blickte Mrs. Maitland freundlich an, als sie sein Büro betrat, doch sein Lächeln erstarrte, als die drei Kinder hinter ihr eintraten. Er war anfangs auch etwas irritiert, als er hörte, daß offensichtlich kindische Phantasievorstellungen diesmal sogar von der Mutter geäußert wurden.
Doch nach der Beschuldigung von Mr. Tringham – die ihn sichtlich sehr überraschte – setzte sich in ihm der Eindruck durch, daß er den Traum nicht gänzlich unbeachtet lassen konnte.
Er forderte seine Besucher auf, Platz zu nehmen, und läutete nach Mr. Biggs. Als dieser eingetreten war, forderte Mr. Thompson Miranda auf, ihren Traum noch einmal zu erzählen.
»Da muß ich gleich nachsehen«, sagte der alte Biggs ganz aufgeregt, als sie geendet hatte. »Meine Frau hat in den letzten Tagen schon öfter über eine gewisse Feuchtigkeit in unserer Kellerwohnung geklagt.« Er wandte sich an Mr. Thompson und fügte hinzu: »Die Leitungen wurden letztes Jahr zwar alle ausgewechselt, Sir, aber es wäre gut, wenn sie nach diesem Unwetter wieder überprüft würden.«
Mr. Thompson war einverstanden und bat ihn und die Maitlands,

noch bei ihm zu bleiben, während er zwei Telefongespräche führte.
Der erste Anruf galt dem Detektivinspektor St. Elmo. Er bat den Polizisten, sich sobald wie möglich einzufinden, und erklärte ihm, daß Grund zu der Annahme bestehe, daß Mr. Martin Tringham von Wohnung 3E hinter dem Brandstiftungsversuch stehe. Es war das erste Mal, daß dieser Begriff in Gegenwart der Kinder erwähnt wurde, die einander vielsagend anblickten. Roddy flüsterte: »Was ist eine Brandstiftung?«
Mrs. Maitland hielt einen Finger auf ihre Lippen, um ihn zum Schweigen zu bringen. Sie nahm sich vor, es ihm später zu erklären.
Dann rief Mr. Thompson ein zweites Mal an. Diesmal war es die technische Abteilung der Truciman-Grundstücksverwaltung, die er verständigte. Er sagte, daß er eine Überprüfung der unterirdischen Leitungen in Melton Court für dringend erforderlich halte, da er eine Überschwemmung befürchtete.
Nachdem er die Anrufe getätigt hatte, stand Mr. Thompson auf, um Mrs. Maitland und diesmal sogar den Kindern zu danken. Er versprach, sie auf dem laufenden zu halten.
Die Maitlands merkten nichts davon, daß Mr. Tringham zum Verhör abgeholt wurde, und sie erfuhren auch nicht sogleich, was die Techniker festgestellt hatten. Die Untersuchungen hatten allerdings ergeben, daß die unterirdischen Leitungen undicht waren.
Die Techniker erklärten Mr. Thompson, daß das Überschwemmungswasser abgepumpt werden müsse, um das Erdreich wieder zu festigen. Auch das städtische Wasserbauamt müsse umgehend verständigt werden, ebenso wie Lord Truciman selbst.
Am nächsten Morgen wurden alle Mieter sehr früh davon in Kenntnis gesetzt, daß um 10 Uhr 30 eine Versammlung stattfinden sollte, auf der Lord Truciman eine wichtige Mitteilung machen wollte.
Schon vor 10 Uhr fanden sich in der Haupthalle einige Neugierige

ein, und das Stimmengewirr schwoll an, als die vereinbarte Zeit heranrückte. Pünktlich um 10 Uhr 30 erschien Lord Truciman, ein Mann von eindrucksvollem Äußeren, gefolgt von Mr. Thompson und einer Gruppe ernst blickender städtischer Angestellter.
Er bestieg ein improvisiertes Podium und sprach die Versammelten mit ruhigem, beherrschtem Tonfall an. Er legte nur am Schluß eine Pause ein, bevor er seine letzte, bedeutsame Mitteilung machte. Da Melton Court aus Sicherheitsgründen mindestens eine Woche lang evakuiert werden müsse, währenddessen die Entwässerungsarbeiten vorgenommen wurden, hoffe er, daß die Mieter seinen Vorschlag anzunehmen bereit seien, während dieser Zeit unentgeltlich in seinem neuen Marlborough-Hotel Quartier zu nehmen.
Mr. Thompson stand auf, um Lord Truciman für seine Großzügigkeit, die sich in diesem Angebot kundtat, zu danken.
Die Versammelten gaben durch Zurufe ihr Einverständnis kund. Als Mr. Thompson sich wieder setzte, war er im stillen erleichtert darüber, daß auf diese Weise der Wohnblock für die von den Sinsavangs gewünschte Teufelsaustreibung evakuiert werden konnte, ohne daß die anderen Mieter etwas von dem seltsamen Ritual erfuhren.
Kurze Zeit danach, als die Versammlung endete, gingen die Sinsavangs auf Lord Truciman zu, um ihm für seine Freundlichkeit zu danken. Sie lehnten sein Angebot der Hotelunterbringung jedoch höflich ab, da sie die erforderliche Zeit in der Botschaft von Lao Nam wohnen wollten.
Die Haupthalle leerte sich schnell. Die Mieter eilten in ihre Wohnungen, um das für einige Tage Erforderliche zusammenzupacken. Lord Truciman wandte sich an Mr. Thompson und bat diesen, ihn mit Mr. und Mrs. Maitland bekanntzumachen, die schließlich die ersten waren, die auf die augenblickliche Notlage aufmerksam gemacht hatten. Mr. Thompson nickte verbindlich und holte die Maitlands herbei, die schon auf dem Weg in ihre Wohnung waren.

Nach der etwas förmlichen Vorstellung verabschiedete sich Mr. Thompson. Lord Truciman dankte den beiden etwas ausführlicher, als unter den gegenwärtigen Umständen zu erwarten war. Doch als Mrs. Maitland gerade im Begriff war zu sagen, daß er eigentlich ihren Kindern hätte danken müssen, entschloß sich Lord Truciman zu etwas, das er eine ›Geste der Anerkennung‹ nannte.

»Wenn Sie es mir gestatten«, sagte er mit einer leichten Verbeugung, »dann möchte ich Ihnen im Austausch für Ihre Wohnung in Melton Court eines der neuen Stadthäuser anbieten, die wir gerade bei Hampstead Heath gebaut haben. Ich bin sicher, daß es Ihren Kindern dort gefallen wird – ich hörte heute früh von Mr. Thompson von ihrer Leidenschaft für Häuser –, und Sie können Ende nächsten Monats dort einziehen.«

John und Dorothy Maitland, denen Lord Trucimans Angebot fast unbegreiflich erschien, konnten zunächst nur freudig nicken und lächeln. Doch dann ergriff John Maitland Lord Trucimans Hand, um ihm herzlich zu danken, und der Lord fragte Mrs. Mailand, ob er ihre Kinder, besonders aber Miranda, kennenlernen dürfe.

»Die Mieter hier«, sagte er, »haben keine Ahnung davon, wieviel sie den Kindern zu verdanken haben, und die Versammlung heute früh war nicht die richtige Gelegenheit, um es ihnen zu sagen. Ohne Ihre Tochter hätten wir sicher einen größeren Gebäudeschaden – vielleicht wären sogar Menschenleben zu beklagen. Doch die Leute werden es erfahren, das können Sie mir glauben.«

»Natürlich sollen Sie die Kinder kennenlernen«, sagte John Maitland. »Doch unter einer Bedingung: Von Ihnen selbst, und nicht von uns, sollen sie von Ihrem großzügigen Angebot erfahren.«

»Ganz wie Sie wünschen«, meinte Lord Truciman gut gelaunt, während sie auf die Kinder zugingen.

Michael, Miranda und Roddy waren völlig überrascht, als sie von Lord Truciman sehr herzlich begrüßt wurden.

»Wir haben euch sehr zu danken – und besonders dir, Miranda«, erklärte er. »Ich weiß, die zurückliegende Zeit war für euch recht schwierig und aufregend, aber ihr habt eure Sache glänzend gemacht.« Er legte eine Pause ein und fuhr dann fort: »Ich hatte gerade Gelegenheit, mit euren Eltern ein paar ruhige Worte zu wechseln – und sie bestehen darauf, daß ich euch jetzt sage, was wir besprochen haben. Es handelt sich um das Angebot, eure Wohnung gegen ein neues Haus oberhalb von Hampstead Heath zu tauschen, als Zeichen meiner aufrichtigen Dankbarkeit für euer aufmerksames Verhalten, als ihr alle Betroffenen vor den schrecklichen Gefahren gewarnt habt, die diesem Wohnblock bedrohten . . .«

Die letzten Worte Lord Trucimans gingen im Jubelgeschrei der Kinder unter.

»Oh, wie wunderbar, nicht wahr, Mammi, nicht wahr, Daddy?« rief Miranda begeistert.

»Das ist besonders freundlich von Ihnen, Sir«, sagte Michael gewählt, und lachend fügte er hinzu: »Ich kann es kaum glauben.«

Roddy versuchte es zum ersten Mal mit einer Anrede. »Danke schön, Lord«, sagte er.

Nicht nur deswegen, sondern weil alle sich freuten, brachen sie in ein schallendes Gelächter aus.

Nach einiger Zeit, als die Überraschung etwas abgeklungen war, sagte Miranda: »Ich werde aber nie unser Haus hier vergessen. Ich werde immer daran denken und es lieb behalten.«

»Das werde ich auch«, sagte Michael.

»Und ich auch«, fügte Roddy hinzu.

Miranda sagte flüsternd: »Liebes . . . liebes altes Haus.«

Lord Truciman flüsterte nicht, als er den Kindern antwortete: »Ja, liebes altes Haus. Mach dir keine Gedanken, Miranda, mein Kind. Es wird nicht vergessen sein. Ich möchte nämlich vorschlagen, daß Melton Court umbenannt wird in Melton-Haus, in Erinnerung und Würdigung des Hauses, das nicht verschwinden wollte.«

Leseprobe

Ein humorvoller –
geistreicher Zeitroman

»Punkt, Punkt, Komma, Strich, fertig ist das Mondgesicht. Oben Käse, unten Butter, fertig ist die Schwiegermutter.« Das ist der Führer. Jetzt bekommt er noch knallrote Backen. Braun ist abgebrochen, mal ich die Uniform eben rot. Rot ist viel schöner. Noch Ohren und Eisernes Kreuz und Standarte mit Bommeln und den guten Bello mit Ringelschwanz, den mal ich grün. Der Führer hat eben einen grünen, und den liebt er heißinniglich, wie überhaupt alle Tiere auf der Welt. Und rechts oben mal ich die Sonne. Die scheint ihm auf all seinen Wegen. Und weil er immerzu in der Sonne steht, haben wir deutschen Kinder eine sonnige Jugend. Denn er wohnt ja bei uns und nicht in Amerika.

Für das schöne Bild muß mir mein Vati aber mehr zahlen. Nur mit Bleistift ist ja viel leichter. Manchmal habe ich schon zwei Mark bekommen, aber meistens bloß dreißig Pfennig. Oder fünfzig. Aber immer, wenn ich den Führer gemalt habe, war es viel, zur Belohung, weil ich schon so vernünftig nachdenke, wo ich doch noch nicht mal sieben Jahre alt bin. Ich bin weit voraus, sagt mein Vati. Mal rechnen: Für zwei Mark gibt's beim Bäcker Drombuschat 200 Gummipuppen. Dann würde ich hundert rosane nehmen und die anderen halb grüne und halb weiße. Und dann gebe ich meiner Freundin Trautel fünf ab, damit sie sich freut. Oder drei. Und dann male ich immerzu lauter Führer und Führer, und dann kann ich alle Gummipuppen auflutschen, die es in ganz Grünsburg gibt. Ach, das habe ich ja vergessen: Ich schreibe noch hin, wie es unter dem Bild in der Illustrierten stand: »Der Führer ist Tierfreund«. Mein Vati wird ganz schön staunen über das wunderbare Bild. Er wird es sich über sein Bett hängen und mich doll bezahlen.

Vati streichelt mein Haar, als ob ich ein niedliches Hundchen bin: »Hmhm-hmhm-hmhm, mein Mausezahn, mein Mausezahn«, sagt er und zieht aus der Hosentasche sein braunes Schüttelportemonnaie, aus dem ich schon mal heimlich zehn Pfennig genommen habe. Das gildet aber nicht mehr, denn ich war gleich danach zur heiligen Beichte, woraufhin ich das Dittchen wieder zurück ins Portemonnaie tun mußte. Und noch fünf »Vaterunser« und drei »Gegrüßest seist Du Maria« hat mir der Pfarrer Tuttig als Buße aufgebrummt. Für das kleine Dittchen! Die »Vaterunser« habe ich unserem Dienstbolzen, der buckligen Ida geschenkt. Bei der kommt es auf die paar mehr oder weniger nicht drauf an. Sie betet schon seit fünfzehn Jahren um einen treuen Schatz oder wenigstens überhaupt einen. Und die übrigen drei »Gegrüßet seist Du« vergesse ich. Da kann ich ja nichts dafür.

Mein Vati legt dann das schöne Führerbild auf den Tisch und schüttelt das ganze blanke Geld in dem Schüttelportemonnaie nach vorn, daß ich so richtig fein sehen kann, wie reich mein Vati ist, und dann nimmt er ganze drei Dittchen heraus und das viele andere Geld rutscht wieder ins Dunkle zurück. Vielleicht hat er noch was lose in der Hosentasche, das er erst suchen muß. Aber Pustekuchen! Wer's denkt, ist damlich, daß ich den noch mal malen tu, für drei Dittchen.

Wir sind nämlich Konvertiten. Das ist, wenn jemand von woanders aus reinem Herzen zur einzig wahren Kirche übertritt. Das heißt, ich bin es ja noch nicht. Aber meine Mutti und mein großer Bruder Heia sind es. Seitdem ist unsere Familie in zwei Teilen. Der eine sind wir und mein Vati ist der andere. Dafür ist er aber Märzhase in der Hitlerpartei und muß viel Freizeit für den Zweck verwenden, weil er sich um Deutschland bangt und ganz besonders um unseren heiligen, ostpreußischen Boden, auf dem ich fröhlich bin und in dem unsere Uromas noch ihre Gebeine aufheben, die wir sehr verehren. Das von dem heiligen Boden und alles, das habe ich von meinem Vati. An meinem Geburtstag hat er mir so eine Rede gehalten.

Es war ganz schön spannend, wie wir zu den Konvertiten kamen. Schuld war der Führer. Natürlich können wir ihm auch wieder dankbar sein, daß wir nun auf dem rechten Weg sind und die göttliche Erleuchtung haben, dessentwegen wir nun jeden Sonntag zur Kirche müssen, wehe, wenn nicht, das ist Todsünde und die bekommt man so schwer wieder von der Seele ab.

Die Erleuchtung kam zu meinem Vati in sein Büro. Der Führer war nämlich gerade ganz frisch der Führer von Deutschland mitsamt dem Ostpreußen geworden, weil er der beste ist, und nun meinte er es gleich gut mit uns und hatte wohl auch Sorge, daß wir alle in den Himmel kommen. Wenn nämlich der Führer mal wegen Alters futsch ist, dann will er uns Deutsche wohl dort oben alle unbedingt wieder um sich haben. Jedenfalls haben sie von der Regierung aus so Fragebogen an die Büros überall rumgeschickt, wo jeder Ernährer ein Kreuz machen mußte, ob er denn nun kirchlich getraut ist oder nicht. Fast alle, wie sie da anständig von ihrer Hände Arbeit leben, haben plötzlich einen schrecklichen Bammel gekriegt, wenn sie noch keine Trauung weghatten, daß es dem Führer vielleicht nicht passen könnte, und da sind sie alle schnell, schnell zu den Kirchen gelaufen. Die armen Kirchen wußten gar nicht wohin mit den vielen Heiratungen. Auf meinem Vati seinen Befehl ist meine Mutti mit mir zu den Evangelischen gegangen, wo wir ja zugehörten.

»Sie kommen so einfach daher und wollen mir nichts, dir nichts getraut werden, und nachher sehen sie sich die Kirche nur noch von außen an. Dazu brauchen sie schon ein wenig Vorbereitung«, so sprach der Pfarrer, und weil meine Mutti ihre Zeit nicht gestohlen hatte, schickte er uns mit unseren Seelen wieder vor die Tür.

Die haben wir dann sofort in die Pfarrkirche zu den Katholischen gebracht. Dort sprachen wir mit dem dicken Pfarrer Tuttig, der gleich einen gelben Zitronenlutscher für mich hatte. In der Sakristei roch es nach kokeln und war lausekalt. »Vor Ihrer Ehe gehörten Sie doch wohl zu uns, liebe Frau Walter?« Wegen dem Pfarrer Tuttig seiner Frage tat meine Mutti eine Sünde und nickte. Draußen hat sie mir erzählt: Gleich als wir in die Sakristei reingingen, kam von Pfarrer Tuttig ein Funken zu ihr geflogen und anschließend ist sie noch über eine goldene Brücke von ihm gelaufen. Ich habe davon nichts gesehen und fand, meine Mutti hat ganz schön einen weichen Dassel. Jedenfalls als wir gingen, hatten wir für einen Freitagabend die Hochzeit in der Tasche. Uns war es doch Wurst, wer uns verheiratete, wenn die Evangelischen sich so zierten.

Aber, nun kam's. Nur für so ohne was ist nichts. Wir Kinder mußten streng katholisch werden, sonst konnte der Pfarrer Tuttig das mit der Trauung nicht machen. Aber da gehören wir nun zu den Katholischen bis zum Jüngsten Gericht, wovor wir solchen Schiß haben, seit wir aus dem Unterricht alles davon wissen. Denn was unsere Mutti nicht brauchte, dafür mußten wir tüchtig den Katechismus pauken.

Die nächste Zeit sind dann überall massenhaft Trauungen losgegangen. An unserem Hochzeitstag war es besonders schlimm. Als wir mit unserem Brautpaar, welches auch gleichzeitig unsere Eltern von schon immer waren, an einer Feuerwehrwache vorbeikamen, gingen gerade viele Feuerwehrleute zu ihrer Trauung. Wehe, es wäre wo eine Feuersglut ausgebrochen. Das haben wir jetzt alles glücklich hinter uns, und von da ab gehöre ich nun zu den Konvertiten.

Mit mir geschieht was ganz Besonderes auf der Welt. Jedenfalls ist das noch keiner Freundin von mir passiert. Mit sechseinhalb Jahren werde ich getauft. Vorher habe ich frommen Unterricht. Wenn mich aber der Pfarrer Tuttig zu naß dabei machen will, dann lasse ich mich erst gar nicht taufen. Ich wasche mich nicht gerne.

Kaltes Wasser ist für mich nämlich nicht gut, denn ich habe eine empfindliche Blase.

Ein paar Wochen später schon kommt der schönste Tag im Leben, der Weiße Sonntag, der Tag der ersten, heiligen Kommunion. Und das ist das Wunderbare, wo ich gar nicht dankbar genug sein kann: Obwohl ich doch eben erst getauft bin, darf ich da auch gleich noch mitmachen und bekomme ein süßes, weißes Kleid, weiße Schuhe mit passenden Söckchen und einen Myrtenkranz, in den unsere bucklige Ida weiße Blümchen hineingeknüppert und dabei will sie weinen, denn sie hätte auch zu gerne so einen Kranz auf dem Kopf, aber als Braut, mit einem hübschen Schatz an der Hand. Doch der Buckel liegt da immer im Weg. Außerhalb von dem Buckel ist sie aber ganz hübsch.

Das mit der Kommunion ist gar nicht so einfach, denn an sich bin ich noch viel zu klein dafür. Meine Mutti rannte dem Pfarrer Tuttig die Sakristei ein, wer weiß wie oft, und jedesmal legte sie dem Pfarrer Tuttig ihren Lieblingswunsch an sein Herz, das schon krank ist, mit Fett und Stichen. Das machte sie so lange, bis ich mit meinem Bruder Heia zum Beicht- und Kommunionunterricht mitdurfte, und wenn's soweit ist, zusammen mit ihm auch den Leib des Herren herunterschlucken muß. Das ist aber nicht weiter schlimm, denn der soll bloß nach Oblaten schmecken, und außerdem ist er heilig und benutzt mich einfach als Haus, in dem er sich wohl fühlen will. Deshalb muß ich dieses Haus auch immer hübsch rein halten ohne Sünden. In den Zehn Geboten stehen ja die Verbote alle darin, wonach ich mich richten soll. Wenn ich mal nicht dazu komme, ist es auch nicht weiter schlimm, dann gehe ich schnell zur Beichte und gut. Wir haben beim Pfarrer Tuttig auch schon tüchtig beichten geübt, und er hat uns jetzt, so kurz vor dem Weißen Sonntag, auch schon die erste, richtige Beichte abgenommen, die gildet. Da habe ich dann auch gleich das gemauste Dittchen gelassen.

Das ist eine praktische Sache mit der Beichte. Es geht alles ganz einfach, bis auf das sechste Gebot. Jetzt weiß ich nicht ganz genau, ob es auch das sechste ist, jedenfalls das mit den Unkeuschheiten, Da kann man noch so leise und undeutlich flüstern, da wird man ganz gewaltig ausgefragt. Manchmal dachte ich schon, wenn wir nun nicht Konvertiten geworden wären, hätten wir uns viel Umstände erspart. Aber dann hätten wir natürlich die Sünden ewig mit uns herumgeschleppt, und es hätte auch keine Hochzeit gegeben. So ist es wohl doch besser und ich bin eigentlich ganz gern bei den Konvertiten.

Der Pfarrer Tuttig schenkte mir im Kommunionunterricht immer einen Apfel, damit ich die Gusche hielt. Zu meiner Mutti hat der Pfarrer Tuttig gesagt, daß er wegen mir in seelischen Konflikten ist, von wegen meiner Reife, ob die denn nun für die Kommunion ausreicht oder nicht. Als er meiner Mutti das sagte, hatte sie keine Augen mehr vor lauter Tränen, und da hat er die seelischen Konflikte lieber wieder weggetan.

Ich fand, daß ich ja wohl reif genuug war und Verantwortlichkeit hatte, mit reinem Herzen, immerdar, und daß ich nur noch mit dem guten Vorsatz mall was stehlen wollte, es aber auch bestimmt nie, nie, nie mehr wiederzutun. Amen. Und damit der Pfarrer Tuttig auch merken sollte, wie fromm und reif ich war, habe ich, als wir das Lied lernten: »Fest soll mein Taufbund immer stehen«, so laut und inniglich mitgesungen, daß mir der Hals weh tat, und bei dem Satz: »Dank sei dem Herrn, der mich aus Gnad' zur wahren Kirch' berufen hat«, sind mit vor Dankbarkeit ganz herzlich die Tränen gekommen. Ich bin aber doch froh, daß ich nach der Taufe auch noch die Kommunion weghabe, denn nun kann der Pfarrer Tuttig ja nichts mehr zurücknehmen.

Mein Vati hat sich aus unserer Kommunion nichts gemacht. Aber wie es sich gehört, ist er doch noch im letzten Moment mit. Er hat uns sogar eine Taxe spendiert, weil es ihm peinlich war, ich mit der langen Kerze und einem Kranz von der Ida auf dem Kopf, Mutti mit Hut und Gebetsbuch und Heia mit dunkelblauer Hose bis an die Knie. Schön, daß es ihm peinlich war, sonst hätten wir zu Fuß laufen müssen, wie wir es jeden Sonntag tun. Meine Mutti hat mir in einem Sarggeschäft eine riesengroße, dicke, weiße Kerze gekauft, wie weit über meinen Kopf ging, wenn ich sie trug. Um die Kerze herum hat unsere bucklige Ida eine Myrtengirlande gewunden, und meine Mutti hat die Kerze noch vorher extra für mich in der Kirche weihen lassen. Und nun sollte ich sie würdiglich, ohne Lachen und Quatschmachen, mit einem weißen Spitzentaschentuch in der Hand, vor mir hertragen, an meinem allerschönsten Tag. Ich kam mir ganz befleckt vor. als ich so an ihr hochsah. »Du wunderschöne, reine Kerze, o ich Sünder, measchulpa, meamaximaschulpa«, oder wie das heißt.

Ich war mit meiner Festkerze wegen der Vorsicht zuletzt ich die Taxe eingestiegen. Ich quetschte mich an Heia, der sich immer so dick macht. Neben ihm saß mein Vati. Der schlug die Tür zu und es machte KNACK. Heia stieß die Tür gleich wieder auf, aber ach du Allgewaltiger: Die Hälfte von der herrlichen Kerze baumelte nur noch an einem dünnen Docht.

*